攀登之路

文艺名家宣讲文稿摘编

Excerpts From The Speeches Of
Literary And Artistic Masters

中国文联国内联络部 编著

中国文联出版社

图书在版编目（CIP）数据

攀登之路：文艺名家宣讲文稿摘编/中国文联国内联络部编著．－－北京：中国文联出版社，2024.12.
ISBN 978-7-5190-5778-7

Ⅰ．I267

中国国家版本馆 CIP 数据核字第 20240D6F85 号

攀登之路：文艺名家宣讲文稿摘编

著　　者：中国文联国内联络部
责任编辑：张超琪　于晓颖　黄雪彬
责任校对：胡世勋　方　悦
图书装帧：武　艺
排　　版：靳　逸

出版发行：中国文联出版社有限公司
社　　址：北京市朝阳区农展馆南里 10 号　邮编：100125
网　　址：http://www.clapnet.cn
电　　话：010-85923091（总编室）　010-85923058（编辑部）
　　　　　010-85923025（发行部）
经　　销：全国新华书店等
印　　刷：廊坊佰利得印刷有限公司

开　　本：710 毫米 ×1000 毫米　　1/16
印　　张：21
字　　数：290 千字
版　　次：2024 年 12 月第 1 版
　　　　　2024 年 12 月第 1 次印刷
定　　价：88.00 元

版权所有　侵权必究
如有印刷质量问题，请与本社发行部联系调换

出版说明
CHU BAN SUO MING

党的十八大以来,习近平总书记多次对文艺工作者崇德尚艺、从艺做人提出明确要求,深刻阐述了新时代文艺工作者应该走什么样的人生之路、艺术之路这一重大命题,为做好行风和职业道德建设提供了根本遵循、指明了前进方向。

在文艺界聚力建设社会主义文化强国之际,全面推进行风建设、提升文艺队伍职业道德素质,既是大势所趋,更是势在必行。

为营造文艺界见贤思齐、奋发有为、追求德艺双馨的浓厚氛围,强化文艺先进典型的示范引领和标杆带动作用,推进职业道德和行风建设工作走深走实,中国文联于2018年启动文艺名家宣讲项目,7年来先后前往40多个城市举办宣讲,覆盖全国各省区市。文艺名家以讲故事的形式,倾情讲述他们崇德尚艺、潜心耕耘的信仰追求和艺术实践,在文艺界等社会各界取得良好反响,受到广泛欢迎。

为使更多的文艺工作者了解文艺名家创作道路上的经历、体验和感悟,体悟他们对修身守正、创作精品、攀登新时代文艺高峰的认识和理解,我们出版这本《攀登之路——文艺名家宣讲文稿摘编》。该书以时间为序(截至2023年8月),精选、摘编了29位文艺名家宣讲中的精彩内容,配以部分创作实践和艺术作品图片，图文并茂展现文艺名家崇德尚艺、潜心创作的心路历程。

  本书在编写过程中，尽管我们力求严谨和全面，但由于水平有限，书中可能仍存在疏漏或不当之处。真诚地欢迎广大读者提出宝贵的意见、建议，以便我们不断改进和完善。

2024 年 10 月

中国文艺工作者职业道德公约

（2022年3月29日中国文学艺术界联合会第十一届全国委员会第二次全体会议修订）

为进一步加强文艺工作者职业道德建设和文艺行风建设，大力弘扬社会主义核心价值观，积极践行爱国、为民、崇德、尚艺的文艺界核心价值观，争做有信仰、有情怀、有担当的新时代文艺工作者，共同营造山清水秀的文艺生态，为建成社会主义文化强国、实现中华民族伟大复兴中国梦贡献力量，特制定本公约。

一、坚持爱国为民。 忠于祖国，忠于人民，拥护中国共产党的领导和中国特色社会主义制度，坚持为人民服务、为社会主义服务，胸怀"国之大者"，心系民族复兴伟业，自觉承担举旗帜、聚民心、育新人、兴文化、展形象的使命任务，弘扬主旋律，传播正能量。坚决抵制一切分裂祖国、破坏民族团结、危害社会和谐稳定和损害人民利益的言行。

二、坚定文化自信。 坚持走中国特色社会主义文艺发展道路，坚持守正创新，坚守中华文化立场，弘扬以爱国主义为核心的民族精神和以改革创新为核心的时代精神，推动中华优秀传统文化创造性转化、创新性发展，吸收和借鉴人类文明有益成果，歌颂真善美，针砭假恶丑，讲好中国故事，弘扬中国精神，传播中国价值。坚决抵制调侃崇高、扭曲经典、颠覆历史，丑化人民群众和英雄人物，反对唯洋是从、历史虚无主义和文化虚无主义。

三、潜心创作耕耘。 坚守人民立场，始终坚持以人民为中心的创作导向，树立精品意识，深入生活、扎根人民，增强脚力、眼力、脑力、笔力，坚持思想精深、艺术精湛、制作精良相统一，积极投身现实题材创作，讴歌党、讴歌祖国、讴歌人民、讴歌英雄，创作满足人民文化需求和增强人民精神力量的精品力作，书写生生不息的人民史诗，勇攀艺术高峰。坚决抵制粗制滥造、抄袭跟风，反对唯票房、唯流量、唯收视率。

四、追求德艺双馨。 坚守艺术理想和艺术良知，保持对艺术的敬畏之心和对专业的赤诚之心，守正道、走大道，加强思想积累、知识储备、文化修养、艺术训练，讲品位、讲格调、讲责任，把个人的道德修养、社会形象与作品的社会效果统一起来，做到襟怀学识贯通、道德才情交融、人品艺品统一，为历史存正气、为世人弘美德、为自身留清名。坚决抵制庸俗、低俗、媚俗，反对拜金主义、享乐主义和极端个人主义。

五、倡导团结向上。 坚持百花齐放、百家争鸣，尊重艺术规律，发扬学术民主、艺术民主，开展专业、权威、健康的文艺批评，增强朝气锐气，褒优贬劣、激浊扬清，见贤思齐、取长补短，团结和谐、共同进步，弘扬行风艺德，树立文艺界良好社会形象，积极营造自尊自爱、互学互鉴、天朗气清的行业风气。坚决抵制造谣诽谤、网络暴力，决不做不良风气的制造者、跟风者、鼓吹者。

六、引领社会风尚。 坚持从严律己，模范遵纪守法，遵守公序良俗，恪守行业规范，尊崇职业道德，弘扬社会正义，践行法治精神，热心公益、乐于奉献，珍惜党和人民赋予的庄严使命，认真履行人类灵魂工程师的神圣职责，堂堂正正做人、清清白白做事，成为真善美的传播者、先进文化的践行者、时代风尚的引领者、社会形象的塑造者。坚决抵制偷逃税、涉"黄赌毒"等违法违规、失德失范行为，反对炫富竞奢、见利忘义，摒弃畸形审美。

全国各级文联组织及所属文艺家协会要广泛宣传和推动本公约的施行。全国广大文艺工作者要自觉遵守本公约，主动接受监督。

目 录 CONTENTS

1 — 用60余年的书写实践承传中国传统书法（孙晓云）

13 — 把握时代语境，唱响时代之声（何沐阳）

23 — 用镜头记录时代，用影像诠释担当（居杨）

37 — 你离人民有多近，人民就与你有多亲（姜昆）

49 — 用影像保护自然——从三江之源到洱海之滨（奚志农）

63 — 为人民而舞（黄豆豆）

73 — 从染房学徒到国家级传承人——我的蓝印花布传承之路（吴元新）

85 — 有信仰才有力量（吴为山）

目 录

CONTENTS

- 95 — 做有信仰、有情怀、有担当的文艺工作者（岳红）
- 103 — 从乡村来，到乡村去（翁仁康）
- 115 — 守正创新 不负时代（张继）
- 127 — 还原美德，放大信仰（康洪雷）
- 141 — 纪实摄影的社会实践——「大眼睛」背后的故事（解海龙）
- 151 — 坚信中国文化 用魔幻的双手展现新时代（傅琰东）
- 159 — 舞蹈的力量（王亚彬）
- 171 — 守正创新，用中国式摄影语言丰富人民精神世界（李舸）

CONTENTS

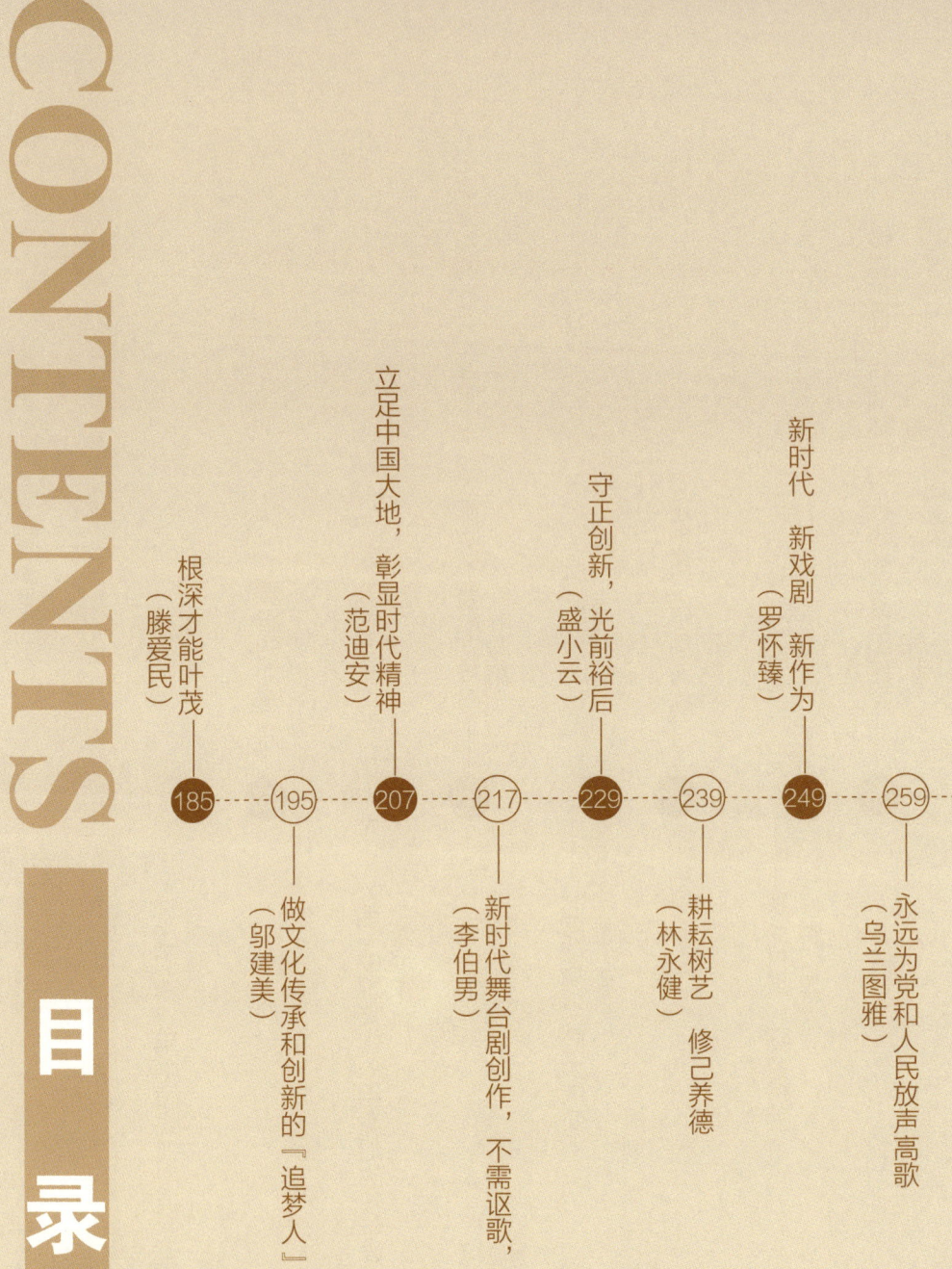

目 录

- 根深才能叶茂（滕爱民） …… 185
- 做文化传承和创新的『追梦人』（邬建美） …… 195
- 立足中国大地，彰显时代精神（范迪安） …… 207
- 新时代舞台剧创作，不需讴歌，只道描绘（李伯男） …… 217
- 守正创新，光前裕后（盛小云） …… 229
- 耕耘树艺　修己养德（林永健） …… 239
- 新时代　新戏剧　新作为（罗怀臻） …… 249
- 永远为党和人民放声高歌（乌兰图雅） …… 259

目 录
CONTENTS

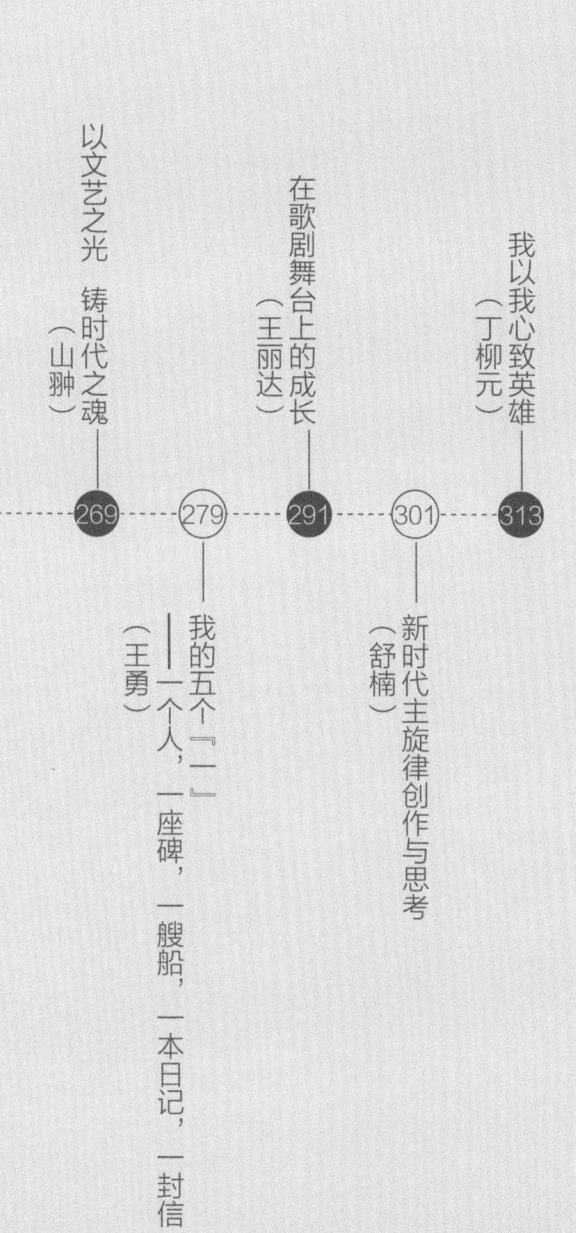

- 269 以文艺之光 铸时代之魂（山翀）
- 279 我的五个『二』——一个人，一座碑，一艘船，一本日记，一封信（王勇）
- 291 在歌剧舞台上的成长（王丽达）
- 301 新时代主旋律创作与思考（舒楠）
- 313 我以我心致英雄（丁柳元）

攀登之路

用 60 余年的书写实践承传中国传统书法

—— 孙晓云 ——

"3岁习字,她用66年的光阴学习积累、研究传承,为弘扬书法艺术这一中华优秀传统文化不懈努力。《书法有法》,一本以她探索书艺的心路历程为主线的书法著作,是尝试学术通俗化的优良示范,至今已再版41次,成为众多从业者、爱好者的必读书。10多年来,她又全身心致力于用小楷和行、草书把四书、历代家规家训、诗词歌赋与国家重大主题相结合,一笔一画写出来,原原本本传下去,这三十余万字正是她践行艺术初心踏踏实实的行动。她是中央文史研究馆馆员、中国书法家协会主席、江苏省书法家协会主席、书法家孙晓云。"

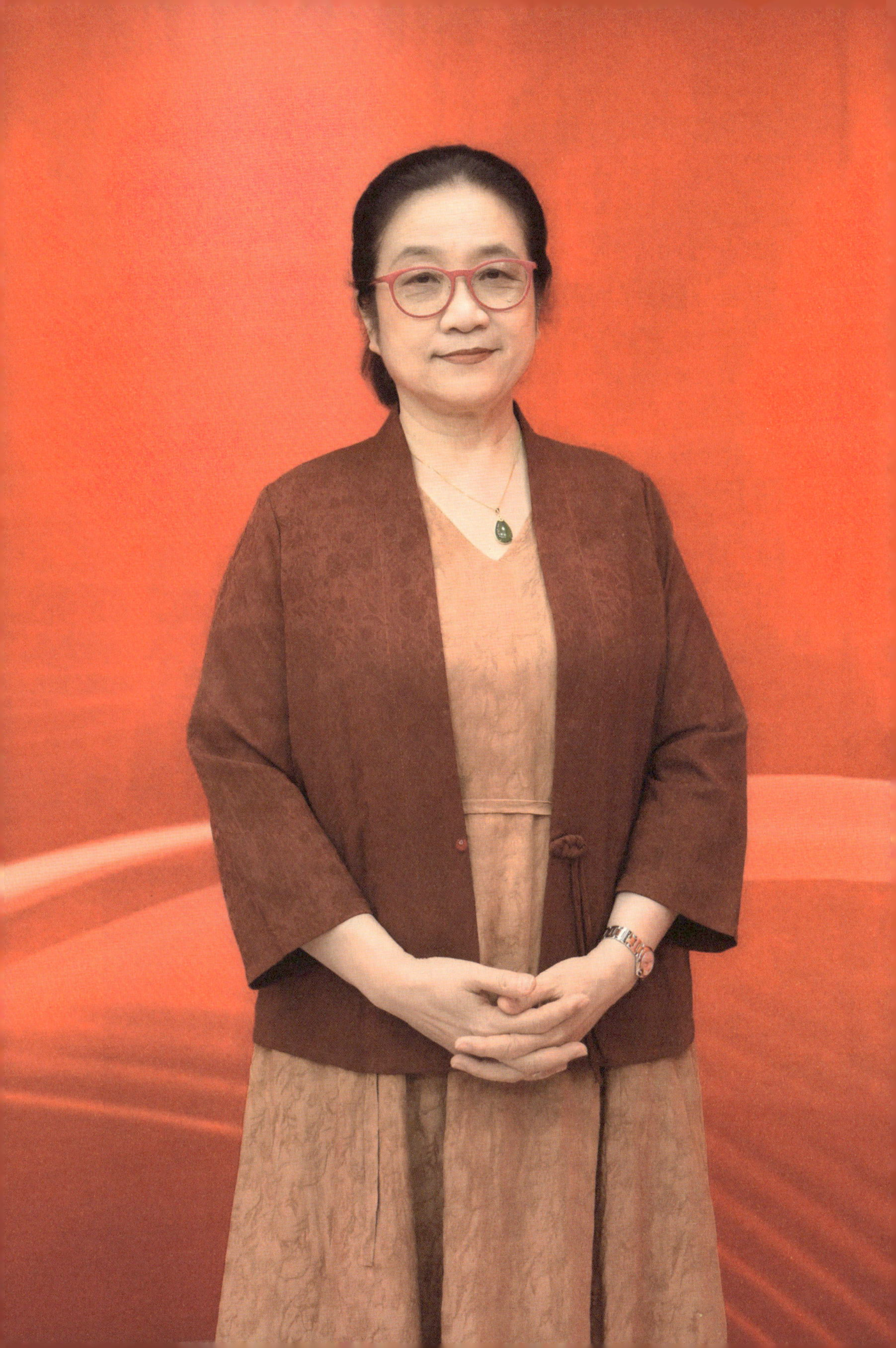

"我在文化系统工作了 47 年,从没有停止过书写。改革开放 40 多年来新中国的书法发展,我是亲历者、见证者,更是实践者。作为一名女性书法家,我对书法热爱的初心始终没变。"

我父亲是抗日老战士,母亲出身书香门第。我 3 岁起习书,至今已 60 多年了,我经历过"文化大革命",下乡插队 5 年,又当兵 8 年,是在改革开放中成长起来的新时代书法工作者。

从小写字就是我每天的必修课,学生时代所有书本空白的地方都会密密麻麻写上字,不留一点空隙。记得我 5 岁那年出麻疹,连着十几天高烧不退,迷迷糊糊醒来时,讲的第一句话就是"我想写字"。外婆在我背后垫了一床被子,在腿上放了一块玻璃板,给我披上小棉袄,戴上帽子手套,我坐在床上就写了起来,当时外面下着大雪,白茫茫一片,我却觉得无比的安逸,仿佛所有的病痛都没有了。

▲下乡插队时

小时候,《毛主席语录》非常珍贵,我们全家只有一本,我就想手抄一本。每天放学回来抄上几段,成了我每天最开心的事。我从 1973 年插队,就没有跟父母住在一起了。前几年,妈妈交给我一包东西,说是在我们家的小阁楼里找出来的,其中居然有我 58 年前手抄的《毛主席语录》。幼年的书法实践就像一粒种子牢牢地扎根在我的心里,让我能 60 年如一日孜孜不倦。

▲入伍时

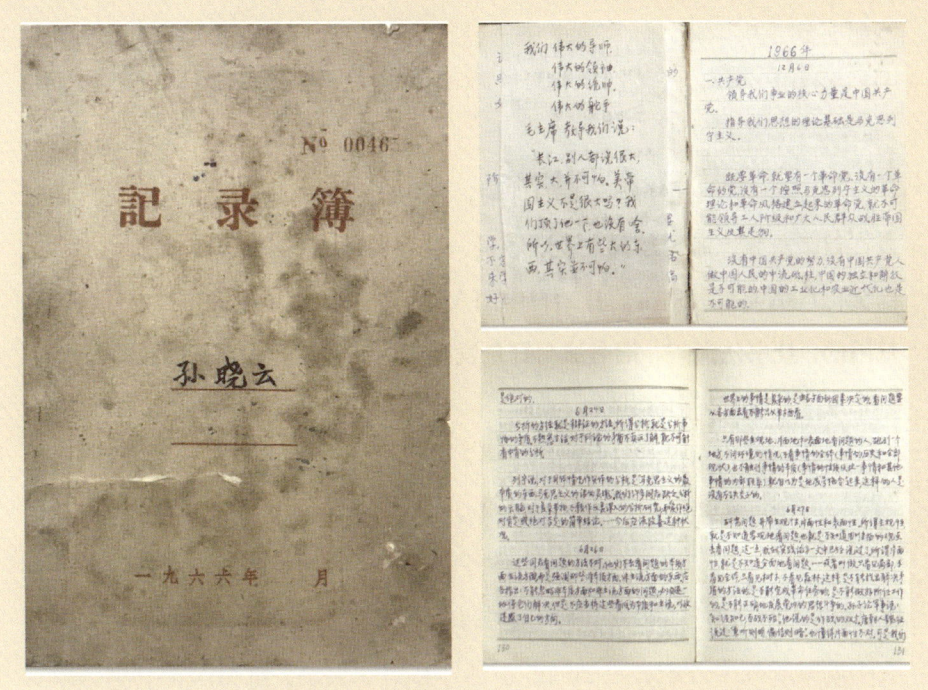

▲ 11岁时（1966年）手抄的一本《毛主席语录》

"我的所有研究都与实践有关，解决实践中的问题，换来一个清醒的、客观的头脑，这才是我研究的最终目的。"

1998年，我将在多年的书法实践中遇到的问题和思考写成《书法有法》一书，从2001年出版以来，国内外已有6家出版社出版了29个版本。2016年，台湾繁体字版的《书法有法》题目后面，出版方加了"给书写实践者的寻本之经"，我觉得非常准确，我给自己的一生定位就是"书法实践者"。

《书法有法》出版20多年来，我签名售书了三四十次，签了不少于5万册，最多的一次连续签了5个半钟头，4000多册。我希望跟读者有一种书法家跟读者间独特的书写沟通和交流，这也是对读者的尊重。因为一直不停地重复用一个动作签名，最后导致我右臂肌腱损伤。我每年有很多次的签名售书，每年都要为治疗肌腱损伤不断去理疗。这些年虽然辛苦，但是看到有那么多人认可我的书、我的字，我就无比高兴。每当我看到延绵百米的读者在排队等我签售，我都十分感动。

"中国书法就是中华文明的神明，是历代积累下来的宝藏，这种神明一直在召唤着我、激励着我，让我敬畏、让我敬仰，让我心里总装着她。我坚信文化自信要从书法自信开始，中国人的精神和血液里是天生有书法情结和基因的，让书法振兴、把书法写好是发扬中国文化最直接、最简便的方式。"

2016年12月，"不忘初心——孙晓云书法展"在江苏省美术馆开幕，7天有近10万人从各地来看展览；2018年11月在中国国家博物馆举办了"与古为新——孙晓云书法作品展"，正值"伟大的变革——庆祝改革开放40周年大型展览"同时展出，我书写的"习近平总书记在十九届中共中央政治局常委同中外记者见面时的讲话"在其中展出，数百万计的观众参观了展览。我再次受到震撼，再次体验到中国书法的巨大魅力，巨大的民族凝聚力是最能体现中国文化自信的。

▲"与古为新——孙晓云书法作品展"展览现场

"中国文化的传承应该是匹夫有责，'匹夫'不分男女，是每一个中国人都应该做的事情。在当前要做的事情就是做好中国书法的承传，展现出中国风、中国味、中国情。这需要我们书法人一笔一画地、一点一滴地去努力构建，用笔墨写就书法人的中国梦。"

我非常热衷做一些公益事业，除了为各地政府、公共文化单位、学校活动、展览等题写书法作品，还包括写春联、送福字等书法惠民、慰问活动，在我看来，书写春联、福字是以书法为载体去表达中国文化习俗，在传统的佳节期间营造喜庆祥和的文化氛围。我从2006年的200多张，到现在的每年要写2000多张，十几年下来，体验、见证了书法等中国优秀传统文化在人们心中被重新唤起，分量越来越重，普及面越来越广，大家越来越喜欢的过程。后来我除了书写还复制印刷了很多我书写的福字、春联，免费送给大家，随着志愿者的队伍几乎走遍了中国。我们坚定文化自信，就要在小事上着力，让中国文化通过书法传播的途径走进人们生活。这需要我们做长期持久的努力，不以善小而不为，文化自信才能真正建立起来。这些年的书法实践活动，真正坚定了我以人民为中心的创作导向和服务方向，一生一世，矢志不移。

▲ "送万福进万家"书法公益活动

我在医院挂水，从不扎右手，左手血管不能再扎了，就扎脚上，生怕影响右手书写小字的精准度和敏感度。我有一方印，叫"术后书"，那是2013年动手术时刻的。手术要将脊椎打开，稍有不慎就会面临胸部以下瘫痪，但是我想到即便瘫痪了，手还能写字，便对这个手术充满了希望。手术前，我托朋友给我刻两方印：一方是"术后书"，就是手术以后写的字；一方是"术后体"，是怕手术以后神经受伤，写字的字体变了。原本2.5小时的手术，做了7.5小时，手术醒来后，我一直想印证自己到底能不能写好字。术后第三天，有位小护士拿来《书法有法》找我签名，我上半身还不能动，护士将床摇到一定角度，我把书靠在胸前，签了名。我发现无论是手的控制力还是字的造型，居然和术前是一样的。我开心极了，这是书写的复活。记得那天是2013年4月18日，我立刻告诉朋友，"术后体"这枚印章不要刻了，只刻"术后书"吧。

手术后，我有半年背弯不下来，只能直着身子写大字，后来经过不断的努力，才慢慢恢复写小字。我总有紧迫感，时不我待，尤其是留给我书写精致、精微的书法的时间太少了，我绝不能有愧于这一生。我术后抓紧时间，一有空就在家写，完成了小楷《道德经》《大学》《中庸》《论语》《孟子》，2017年出了《四书合辑》；后来又完成了小楷《历代家规家训选》；2019年我又书写了行书《中国赋》，选取了历代30篇著名文赋，近3万字，向中华人民共和国成立70周年献礼。

▲ "术后书"印章

▲ 出版的手术后写的作品——《道德经》

◀ 孙晓云书《道德经》

◀ 孙晓云书《大学》

◀ 出版的手术后写的作品——《大学》

攀登之路——文艺名家宣讲文稿摘编

9

攀登之路——文艺名家宣讲文稿摘编

◀ 出版的手术后写的作品——《中庸》

◀ 孙晓云书《中庸》

◀ 孙晓云书《论语》上

◀ 出版的手术后写的作品——《论语》

◀ 出版的手术后写的作品——《孟子》

◀ 中华国学德育经典·孙晓云书《孟子》

◀ 孙晓云书《历代家规家训选》

◀ 出版的手术后写的作品——《历代家规家训选》

攀登之路——文艺名家宣讲文稿摘编

11

书法伴随我半个多世纪的辰光，让我头上有神明，脚下有底线，胸中有正气，手里有活干。只要我拿起毛笔，我就是最幸福的人，就是离理想最近的人。书法家最终是要用优秀的书法作品说话，用作品去讴歌时代，用作品去感染人。要以笔胜口，行胜于言，生命不息，书写不止，思索用手中的毛笔为这个时代留下些什么，为读者观众留下些什么，为短暂的书法人生留下些什么。

关于文艺家的更多信息，请查阅：

《展现中国书法的中国风、中国味、中国情——专访中国书协第八届主席孙晓云》

《写好中国字　做好中国人——访十八大代表、江苏省美术馆馆长孙晓云》

《让书法成为时代风尚——专访党的二十大代表、中国书协主席孙晓云》

攀登之路

把握时代语境，唱响时代之声

—— 何沐阳 ——

> 他创作的《美丽中国》《天耀中华》《丝绸之路》《我和2035有个约》通过央视春晚唱响了时代的强音，唱出中华儿女的心声。他创作的《月亮之上》《彩云之南》《坐上火车去拉萨》回响在街头巷尾，为百姓口口相传，掀起了现代民歌的新风尚，用纯粹的民族音乐元素融合人文歌词、现代化音乐定位，打造新时代的现代民歌，这是他的音乐之旅，也是他回应时代、赞美中华的责任担当。他是中国音乐家协会副主席、音乐制作人何沐阳。

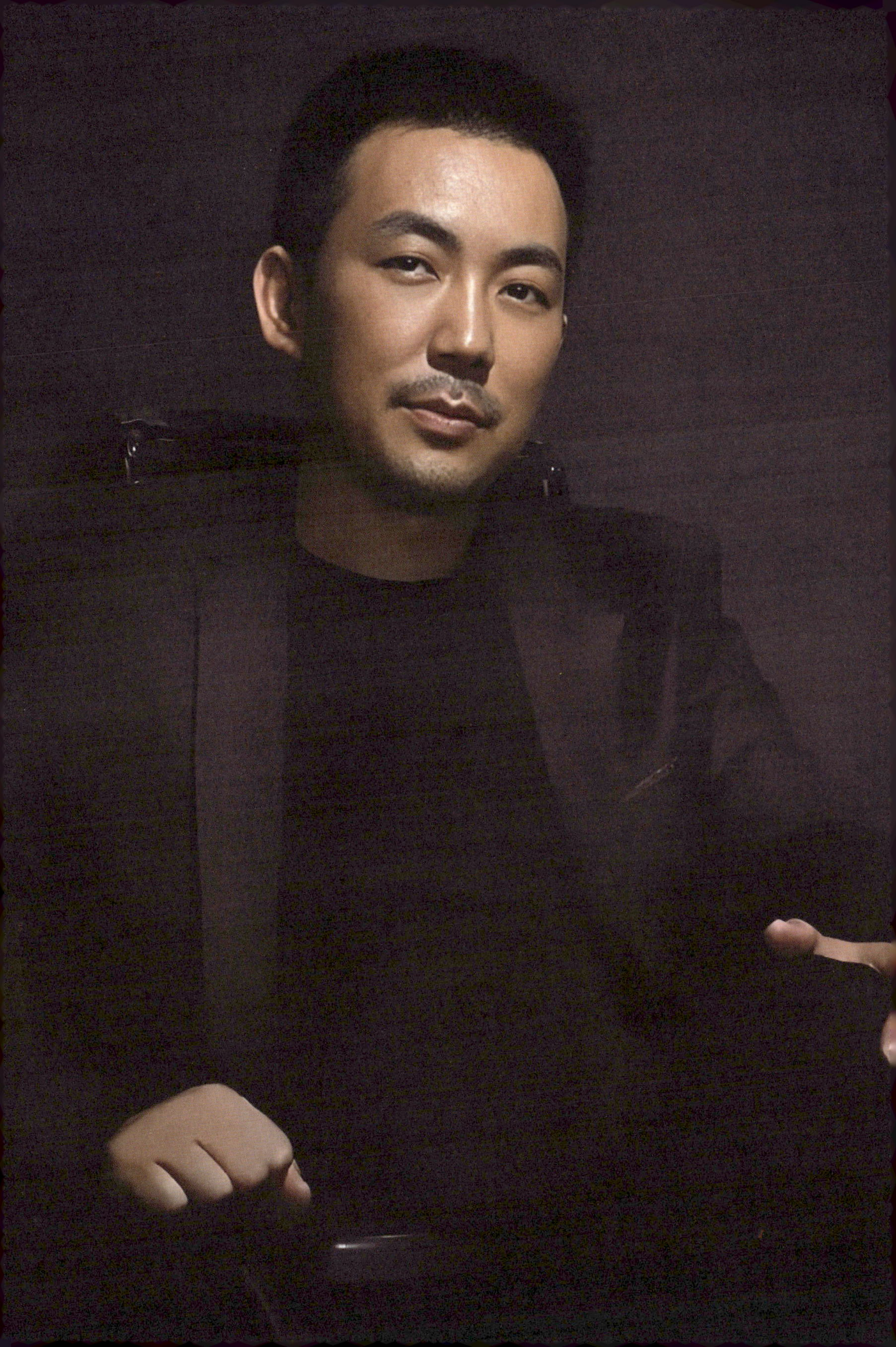

"好的歌词和旋律就是一种武器，好的创作一定来自内心的情怀，来自内心深处的表达。"

我父母爱听民歌，我从小听着民歌长大。在读书期间，有一个音乐电台播放各种流行歌曲，我准备了空白的录音带，把节目中自己觉得好听的歌曲录下来，一遍遍地听，时常为了弄明白一段节奏、一个音，翻来覆去地倒带重听。这也许就是后来我在创作中，能将现代流行音乐和民歌融合起来的原因。

1997年我去了深圳，一边漂泊，一边坚持着音乐梦想。1999年5月8日，美国B-2轰炸机发射的五枚联合制导炸弹轰炸我国驻南联盟大使馆，邵云环、许杏虎和朱颖三名中国记者当场牺牲，数十人受伤，大使馆建筑严重损毁。我在电视里看到这个消息，热血一下涌上来，一首《永别了，贝尔格莱德的夜》连夜创作出来。我组织了深圳16个歌手一起来演唱，并且拍了MV，在一些电视台播放。当时感动了不少人，虽然这个MV的画面有一点模糊，但是心中的印记不会模糊。

"为生民立命，也是一个创作者的使命和发心。一个好的作品既可以成全自己创作的初衷，也可以成就别人。"

2003年是非典肆虐的一年，全国各地人心惶惶，我当时所在的深圳更是如此。唤起人们的信心，成为了一种责任。于是那一年，深圳电台和我一起创作了一首歌曲叫《勇气》，希望通过这首歌曲，唤起民众抗击非典的信心和信念、勇气和担当。这是群星合唱的歌曲，在这首歌的录制中，我想找一个有力量的女声。当时回到我的出租屋里，打开电视机，看到深圳电视台抗击非典的晚会时，凤凰传奇组合的女歌手玲花唱得让我印象很深刻，我觉得这个声音很有力量，很有冲击力，我马上打电话联系她，她二话不说就参与了这首歌的录制。那时候他们名字叫"酷火组合"，我考虑到玲花和曾毅一男一女，提出了"凤凰"这一元素，并给出一个新的名字："凤凰传奇"。寓意着他们如同凤凰般涅槃重生，传奇般地在乐坛上绽放光彩。随后，我为他们制作一张专辑。我指出玲花和曾毅当时主要是模仿欧美和韩国的歌曲，但这样的风格并不能让他们脱颖而出。于是，我重新对他们进行定位：走一条属于自己的路，即民族结合现代。我根据玲花粗线条的个性、豪迈的嗓音特点，加快了歌曲的节奏，还加入说唱部分，这首歌就是后来"凤凰传奇"的成名曲《月亮之上》。

"音乐是时代的产物，任何创作者都离不开时代语境。只有立足时代现实、感受时代之变，才能真正记录时代之声。"

2008年汶川大地震，举国震惊，这是我们生命中一段难以抹去的伤痛记忆，也是中国音乐创作井喷的一年。当时为汶川写歌的人非常多，我也写了一首歌，叫《我们有爱》。当时是港澳台艺人和我们一起录制的，录制了30多个小时。后来，在云集了海峡两岸群星的专场募捐慈善晚会上也演唱了这首歌，募到了很多的善款，有力地支持了灾区人民。对我一个创作者来说，这是非常值得珍藏的回忆。

在创作时我经常问自己：这个作品是为谁而写？什么是创作的终极追求？什么是创作的格局？在不同层面上该怎样去表达？因为有这些思考，我在2004年左右有了给中华民族写一首歌的想法。我分析了很多爱国歌曲，还有十几个国家的国歌，思索找一个什么样的主题，去表达个体和中华民族母体之间的关系。后来就想到一个名字"天耀中华"，当这个名字出来时，副歌就一下子喷涌而出："天耀中华，天耀中华，风雨压不垮，苦难中开花。"

我花了将近一年的时间去打磨这首歌，在2006年推出，在2014年春晚演唱，之后在很多大型活动和晚会上都有演绎，2019年《天耀中华》作为国庆献礼片《我们走在大路上》的主题曲呈现，在庆祝中华人民共和国成立70周年文艺晚会《奋斗吧中华儿女》里也有呈现。对我来说，这是我多年创作情怀和使命的体现。

天耀中华

何沐阳作词、作曲

1=♭E 4/4
中速

5 6 5 3 - | 6 6 5 2 - | 2 3 2 1 1 |
(合)天耀中华， 天耀中华， 风雨压不垮，

1 7 6 5 3 - | 6 6 5 2 - | 0 5 2 3 2 1 | 5 5 |
苦难中开花。 真心祈祷， 天耀中华， 愿你

6 1 2 3 5 3 2 1 | 1 - - 5 6 | 1 1 2 1 3 · 3 2 |
平安昌盛生生 不息 啊！(女独)我是 多么的幸运， 降生

2 1 1 · 6 1 · 5 6 | 1 1 2 3 5 · 3 5 | 6 · 5 5 2 2 · 1 |
在你的怀里， 我的 血脉流淌着 你的 神奇和美丽。那

2 3 2 1 6 6 · 2 | 3 · 7 6 7 5 · 5 6 |
仁慈的情 义， 那 温暖的回忆， 你对

1 1 2 3 5 3 2 1 | 2 - - 0 5 6 ‖: 1 1 2 1 3 · 3 2 |
我的恩泽感动 天和 地。 1. 从来 不曾放弃你， 因为
　　　　　　　　　　　　　　 2.(你就) 是我我是你， 你的

1 2 1 1 1 · 6 1 5 6 | 1 1 2 3 5 · 3 5 |
希望埋在 心底， 追寻 自由的勇 气， 多少
尊严我的 荣誉， 踏平 大千路崎岖， 为梦

18

▲歌曲《天耀中华》

"文化是一种信息，歌曲携带着当时的生活信息才有可能流传下去。作品应该接天气、接地气、接人气，这背后不变的是音乐人的社会责任。"

古人把歌曲分为风、雅、颂，风是接地气，雅是接人气，颂是接天气。《月亮之上》《坐上火车去拉萨》，是比较偏"风"、接地气的；我对《天耀中华》这首歌有很清晰的定位，它一定是"颂"，一定是接天气的，但是怎样在接天气的时候又能接地气，我思考良久。后来在旋律上，我既用到了中华民族的一些传统的五声调式，也有一些中西结合的概念。我希望有一天它会像《我和我的祖国》一样，能让每个中华儿女传唱。"真心祈祷，天耀中华，愿你平安昌盛，生生不息"，我相信这也是所有中华儿女对于我们祖国、对于中华民族的祝愿。

"创作现代民歌，我一直坚持 3 个要点：民族音乐本源性的元素、具有现代人文气息的歌词风格和国际性的演绎手法。最重要的是，创作中国风格的音乐意象。"

2003 年在创作凤凰传奇的第一张专辑《月亮之上》时，我提出了"现代民歌"的概念。我还有"音乐版图"的想法，为中国的每个地域都写一首歌。像《彩云之南》写的是云南，《坐上火车去拉萨》《万年吉祥》《我和西藏有个约定》写的是西藏，还有写青海的《青海湖》，写杭州的《西湖春天》，写黄山的《黄山之约》，写新疆的《跟我到新疆》等。

很多地域都有自己独特的音乐文化和音乐元素，但如果只停留在原生态这个层面上，就会慢慢消亡；如果是停留在之前学院派民歌的层面上，那也就只是那个时代的痕迹。我希望能为每个地域留下我的创作，留下能够反映当代的作品。

"守住中华传统文化的根脉，对把握音乐创作的基调非常重要。创作者既要与时俱进，关注时代变化，深入了解不同音乐风格和路线的变化，更要以不变应万变，吃透经典的创作手法、音乐创作的一般规律。随着中国国力的强大，文化输出也是我们文艺工作者的一个重要责任。"

牙买加向世界输出了叫雷鬼（Reggae）的音乐，中国随着国力的强大，未来输出的可能还不止一种音乐形式。当某一天我们的某种音乐类型能够成为世界音乐的主流时，当未来不同国家的人听到中国的音乐时，能听出中国的特点，那就更有意义、更有价值。这是我们创作者需要去努力的，是文化自信很重要的体现，也是国力和文化强盛的表现。

▲ "第二届中国音协新兴音乐群体词曲作家苏州行采风创作活动"现场图

这些年我已经为上百个城市、地区写过歌，2016年，中国文联开展的西藏采风创作活动，给了我一次身入、心入雪域高原的难得机会。走进高原，才知道什么是天高地厚；仰望雪山，才懂得什么是绝顶巅峰。一路走来，我们克服了高原缺氧、水土不服、长途跋涉等各种困难，用心用情去感受西藏壮美风光和风土民俗，挖掘特色音乐元素，汲取丰富创作养分。此次西藏采风之旅，不仅让我们经历了从平原走上高原的生命体验，更获得了从"高原"走向"高峰"的文化自信。从西藏回来后，我很快创作完成了《高原的梦》《万年吉祥》两首歌曲。

人民生活是一座艺术矿藏，人民生活是一切艺术取之不尽、用之不竭的创作源泉。只有走进生活深处，在人民中体悟生活本质、吃透生活底蕴，才能创作出激荡人心的作品。虽然作为一个创作者能力有限，但是我希望用一个个小音符，为时代的交响和鸣做一些铺垫。

▲《高原的梦》MV 图

关于文艺家的更多信息，请查阅：

《现代民歌要接"天气""地气""人气"——专访知名词曲作者、音乐人何沐阳》

《越是主题宏大的作品，越要艺术地去表达——专访中国音协副主席、著名词曲作家何沐阳》

攀登之路

用镜头记录时代，用影像诠释担当

——居杨——

> 8年的时间她用手中的相机、心中的信仰记录着丢丢,不仅让全社会为之动容,也让她寻找到了自己的方向。禁毒一线、监狱高墙、抗震救灾、抢险救援、脱贫攻坚、乡村振兴……她的镜头在为大众展现客观真实的同时,也阐释着公平正义、大爱无疆。或许人们无法想象纤秀外表下的她可以写就饱含理性思考、充满传奇色彩的摄影故事,但她却用坚定的快门声响传递了内心的执着顽强与影像的强大能量。她就是中国摄影家协会分党组成员、秘书长,摄影家居杨。

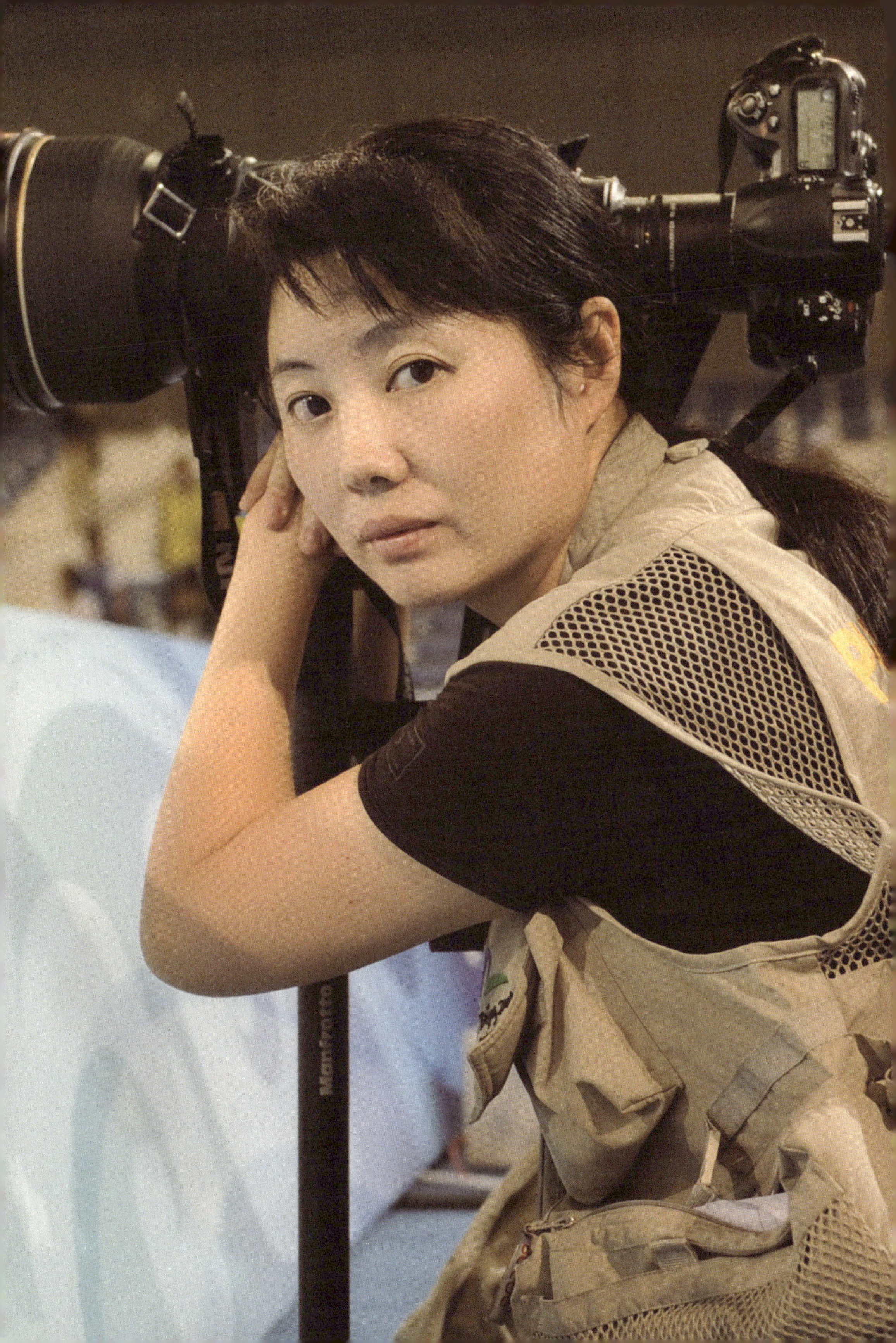
Manfrotto

"摄影是瞬间艺术,精彩瞬间是照片的生命,拍摄反映事件本质的决定性瞬间是摄影人的任务和追求。在艰苦的条件下,怎样利用有限的时间、体能、器材进行准确拍摄,抓住那些稍纵即逝的决定性瞬间?是我在前线始终都思考的问题。"

2008年5月12日汶川地震发生时,刚刚生下一对双胞胎男孩、尚在哺乳期的我,第一时间向报社请战,在我反复坚持下领导同意了。我乘坐震后开通的第一个航班,于5月13日赶到了灾区。

这次采访十分艰苦和危险。地震引起的山体滑坡和泥石流将许多山路都阻断了,需要我们徒步走进去。一边是山一边是河,随时都会有大石头滚落下来。一天有上百次的余震,没有水、没有吃的、没有住的地方,连电和信讯信号都没有。震后那些天,天天下雨,大山里的夜寒冷入骨,因为没有任何物资,我在半夜曾不得不跑到废墟上去捡一些塑料袋,裹在身上御寒,帐篷里面是用砖头废门板垫起的床,而帐篷外面就摆放着不少遇难者的尸体。

一开始不知道震中在哪里,听说都江堰倒塌的房子很多,我们第一站就赶到那里。都江堰新建小学的教学楼全部倒塌,在救援队伍中,我注意到有一个着便衣的中年男子一直在埋头干活,直到挖到一个穿红色T恤的小男孩。救援人员把孩子从废墟中清理出来时,他低声说了一句:"拜托大家小心一点,我在这干了两天两夜,这是我的儿子!"刚开始没有包裹尸体的袋子,就用军被把孩子的尸体一裹,经过简单的防疫处理,放进不远的面包车。这位父亲试图让儿子平躺下来,但因为孩子的尸体已经僵硬,没有成功,他就自己把孩子抱了起来。他的情绪一开始还算平静,但就在走向面包车的那一刻,神态骤然发生了变化,他突然扬起头,用尽力气大喊了一声:"儿啊,爸爸最后再抱你这一回!"然后泪如雨下。当我按动快门拍下这个瞬间时，照相机取景框里一片模糊，我的眼泪是崩出来的，心被绞着般疼痛。这张父亲的面孔，也深深刻进了我的心里。

▲《汶川地震·"儿啊，爸爸最后再抱你这一回！"》

因9岁儿子被埋在都江堰新建小学倒塌的废墟中，父亲赵建忠自发加入到救援队伍中。2008年5月14日下午，经过两天两夜的挖掘，救援队伍发现了他儿子的尸体。赵建忠坚持自己抱儿子上车，并用尽全身力气大喊一声"儿啊，爸爸最后再抱你这一回！"然后泪如雨下。

"我要将镜头对准灾难中有代表性的那些普通人，拍摄感人故事、人与人之间的大爱真情，由此记录并见证人性光辉和真挚情感中展现出的抗震救灾精神。"

在映秀镇，军用直升飞机迫降下来，紧急转运重伤员。为节省时间，飞机马达是不停的，螺旋桨依然旋转着，战士们都在争分夺秒地抢救伤员。我发现一个受伤的男孩被战士抱着跑向机舱，孩子腰部受伤，一直在哭,他的母亲跟在后面。在男孩被安置在机舱内之后,这位母亲迟疑了一下,就退了下来。现场紧张纷乱,她一退下来其他人就立刻又涌上来安置其他的伤员。她绕到飞机的另一侧,隔着窗玻璃看她的儿子。就在飞机将要起飞的一刻,这位母亲突然上前一步,趴在窗玻璃上与不断哭喊的儿子告别,我迅速按动快门拍下照片。等直升机离开后,我问那位母亲:"你怎么没有跟儿子一起走?"她告诉我:"我的儿子是他们班上幸存的11个孩子中的一个,我是映秀镇的护士,我留下来,可以救护更多的伤员。"

▲《汶川地震·告别》

　　2008年5月16日,四川省映秀镇,母亲吴泽会隔着救援直升飞机的窗玻璃与儿子告别。她10岁的儿子因重伤将转移至成都救治,丈夫因参加救援无暇看望儿子,作为医护人员的她也决定留下来救护更多的伤员。

采访拍摄救援需要争分夺秒，但我面对的是近千公里漫长的战线，信息不通，又往往只能徒步前往，这让我时常感到非常孤独和纠结，总会问自己：应该去拍摄什么才能展现这场灾难中最重要的瞬间？这位母亲给了我答案：我要将镜头对准灾难中有代表性的普通人，拍摄感人故事，人与人之间的大爱真情。拍摄事件中的决定性瞬间，一定要有决定瞬间的思想做指引。我们需要浓墨重彩地记录那些平凡英雄，让他们的精神得到传扬。

在地震一线，我始终被一种力量推动着，不断拍摄，舍不得吃饭睡觉，总是觉得时间不够用。在北川，当我踏上摇摇欲坠的楼板，再次往废墟山上爬时，一不小心头就撞在水泥柱子上，两眼金星乱冒，腿不由自主地打抖，只能是跪在地上才能稳住照相机。汶川地震是我流眼泪最多的一次采访，但我总是努力告诉自己，除了流泪，还有许多事情是必须要做的。

▲《汶川地震·废墟上的哀悼》

2008年5月19日，全国哀悼日第一天，在汶川地震重灾区北川县城举行了一场特别的哀悼仪式。武警某部队在他们夜以继日展开抢救的七八层楼高的废墟山上向死难同胞们致哀。

攀登之路——文艺名家宣讲文稿摘编

"《丢丢的故事》的采访拍摄给我很大的感触——我们应该怎样选择题材？现在很多摄影人会觉得唯有重大事件才可以出好作品，还有人认为应该去远处拍照片，去边疆、非洲、南极……却对身边的人和事缺少关注。我们不要只去想诗和远方，而忽略了身边属于自己的好题材。"

1997年夏天，报社交给我一个线索，北京警方从吸毒者的手中解救出一个孩子。当我在医院第一次看到被吸毒母亲当作抵押品，遭到吸毒者摧残、全身布满伤痕的3岁男孩丢丢的时候，我被孩子的惨状震住了，再也放不下这个可怜的小孩。我想通过报道帮帮他，那个夏天便利用所有业余时间泡在医院里进行拍摄。

▶《丢丢的故事》
1997年7月，遭吸毒母亲遗弃、被吸毒者摧残得遍体鳞伤的3岁男孩丢丢。

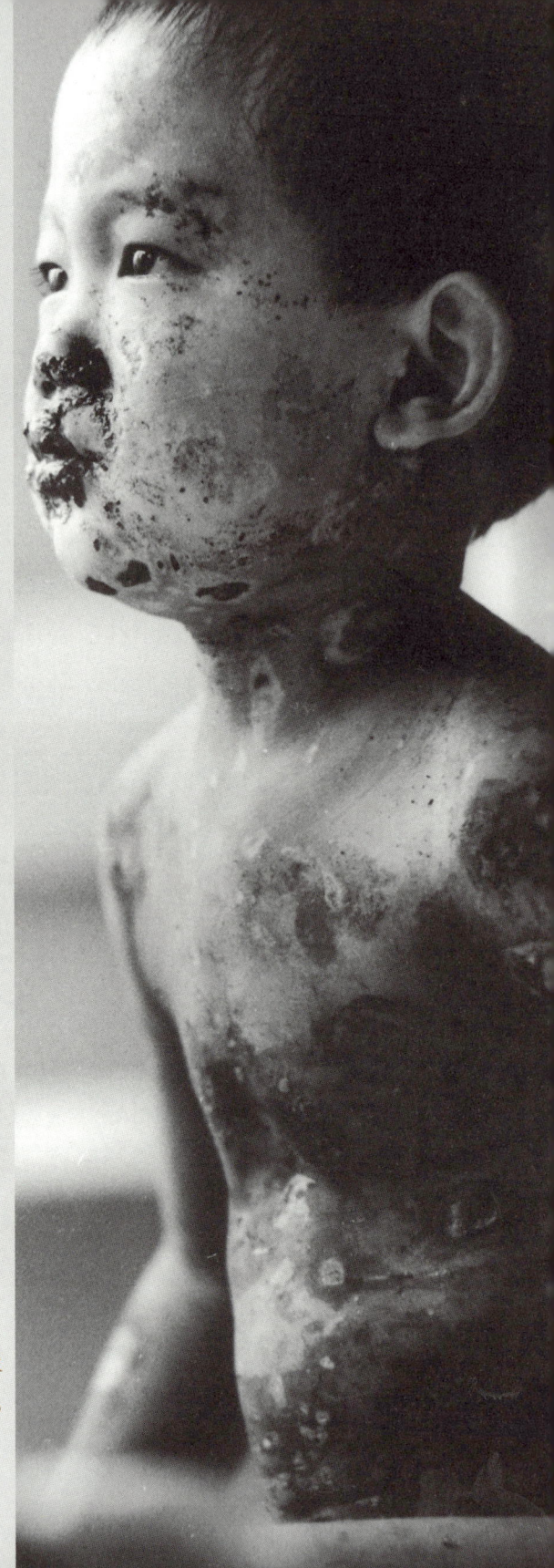

30

两个月后这个报道刊出时，编辑部的电话几乎被打爆了，全国各地以及海外的捐款一下子解决了孩子的医药费问题，还有许多读者希望领养丢丢。这个报道又在1998年全国禁毒展览以及随后几万套全国禁毒挂图上展出。

1999年在劳教所释放丢丢母亲时，她表示悔过并想接走孩子。其母带走丢丢是需要签领条的，5岁的孩子还很懵懂，但是他本能地跑过来伸出小手，在领条上摁下了手印。相信很多人认识我是通过丢丢开始的，他或许是我一生的好题材，但我希望孩子能够忘掉以前的一切，不被打扰，开始新的生活。于是，带着美好愿望，我悄悄停下了拍摄。

▲《丢丢的故事》

1999年4月，丢丢在劳教所与母亲重聚，母亲表示悔过。随后，丢丢随母亲回到山区农村。

在5年后即2004年，我突然得知因其母复吸毒品，丢丢又被遗弃了。此后，我4次去信阳，推出了9篇报道，再次引起人们对丢丢命运的关注，并引发了关于保护未成年人相关法律的大讨论。我从一个本该永远是冷静拍摄记录的摄影者变成了一名志愿者。只要想起哪个单位、部门或许能帮助丢丢，我就会打电话过去。不久后，政府找到了代养丢丢的家庭，孩子终于搬出了大山里的家，走进了代养家庭。

◀"我不想再和妈妈在一起"
2004年7月，在信阳市政府与其母进行协商时，丢丢面对母亲做出苦涩的选择。

▶2004年9月，丢丢搬出大山里的家，由信阳市一对夫妻抚养。

拍摄丢丢的 8 年时间，其实也是我伴随孩子成长的 8 年。其间，我感受到了影像记录的力量和摄影报道中的人文关怀，也感悟到身上的责任与担当。丢丢原本只是生活在社会边缘的一个小人物，后来成为全国禁毒宣传的典型，也让我明白了在看似普通的日常生活中，应该怎样去选择题材进行创作。

"虽然摄影者看似用镜头在拍摄，但实际上是用心来拍摄的。摄影语言表达能否到位，取决于心是否与被摄者离得很近，这需要我们走进生活，深入到被摄者的内心，让影像由心而来，努力去拍摄那些有温度、有深度、有厚度的作品。"

2018 年到 2020 年，我参与到中国文联、中国摄影家协会主办的"影像见证新时代，聚焦扶贫决胜期"大型影像跨界驻点调研创作工程，持续三年采访拍摄了湖南湘西十八洞村。我带领项目组 4 次驻村，先后采访百余人，收获了 15 万张照片、16 万字采访笔记、100 个小时的视频。我们力求真实朴素、安静平和，用老老实实的纪实手法来记录，努力为这个有特殊意义的村庄留下具有文献价值的影像。

我们每天的调研拍摄时间都在 10 个小时以上，天刚亮就去拍摄农忙，下午到晚上是光线最好的时间段，谁都舍不得放弃，总是等到晚上 8 点多天黑透了才会收队。通过走街串巷，与村民深入交流，我们发现了许多生动的故事。

2013 年 11 月 3 日，习近平总书记来到十八洞村，首先走进位于村口的石爬专老人的家。因为穷，看不起电视的石爬专并不认识习总书记，就用苗语问："不知怎么称呼您？"村委会主任介绍："这是总书记。"习近平总书记拉着老人的手询问年纪，并说："你是大姐。"之后，又详细问了她家的生活和收入情况。如今，随着乡村旅游的发展，来石爬专家的游客越来越多，大家都争相与"大姐"合影留念，石爬专成了十八洞村的形象大使，越活越有精气神……

随着调研的深入，我发现有太多的内容需要拍摄记录。感恩时代，让我有幸成为见证者和记录者，用镜头讲述深山苗寨在精准扶贫工程不断推进中发生的巨大变化和奋斗故事。我也期待那些在田间地头收获的影像，即使只是时代大潮中的一朵朵小小浪花，也闪亮而生动，能映照出波澜壮阔的发展历程。

▲《十八洞村》01

2018年8月15日，返乡不久的十八洞村民施俊（右二）与怀孕的妻子张雪琴、母亲石庆英、二姐施晓霞、奶奶隆得玉在家门口拍下一张全家福。除了80多岁的奶奶，施家七口人原本均在外打工。自2018年起，十八洞村发展起乡村旅游等扶贫产业，这一家人陆续回到家乡，他们办农家乐、开奶茶店、当讲解员、负责村镇银行业务……用勤劳的双手把山沟沟里的日子过得越来越红火。

▶《十八洞村》02

2019年清明节，被称为十八洞村形象大使的"大姐"石爬专（中）和回村看望她的女儿、女婿、外孙女、外孙子高高兴兴吃团圆饭。

▲ 2018年8月13日晚上，十八洞村扶贫驻村工作队工作人员来到龙金娣家了解情况。为了不影响村民白天劳作，工作人员经常在晚间入户调查。

▲ 2019年8月9日，苗族赶秋节，十八洞村游客中心前的"秋场"上站满了人，大家相聚一起，喜庆丰收。

关于文艺家的更多信息，请查阅：

《居杨：以有价值的瞬间记录中国故事》

《感恩时代，发现藏在生活深处的瞬间——专访中国摄协副主席、著名摄影家居杨》

《弘扬真善美、传递正能量，用镜头讲好中国故事》

《居杨：她用镜头表现人性》

《居杨：携镜头出生入死"金三角"》

攀登之路

你离人民有多近，
　　人民就与你有多亲

——姜昆——

> 40年来他一直活跃在中国的艺术前沿,他创作表演的相声经典作品,几乎每天都为人民播撒着欢笑。1987年春晚,他的相声《虎口遐想》成为他艺术风格不断成熟的经典之作。2017年春晚,24次踏上这个舞台的他时隔30年带来似曾相识又充满新意的《新虎口遐想》,在延续艺术风格的基础上寻求着突破,也记录和展现着30年来中国的变迁与发展。他是中国曲艺家协会第七、八届主席,相声表演艺术家姜昆。

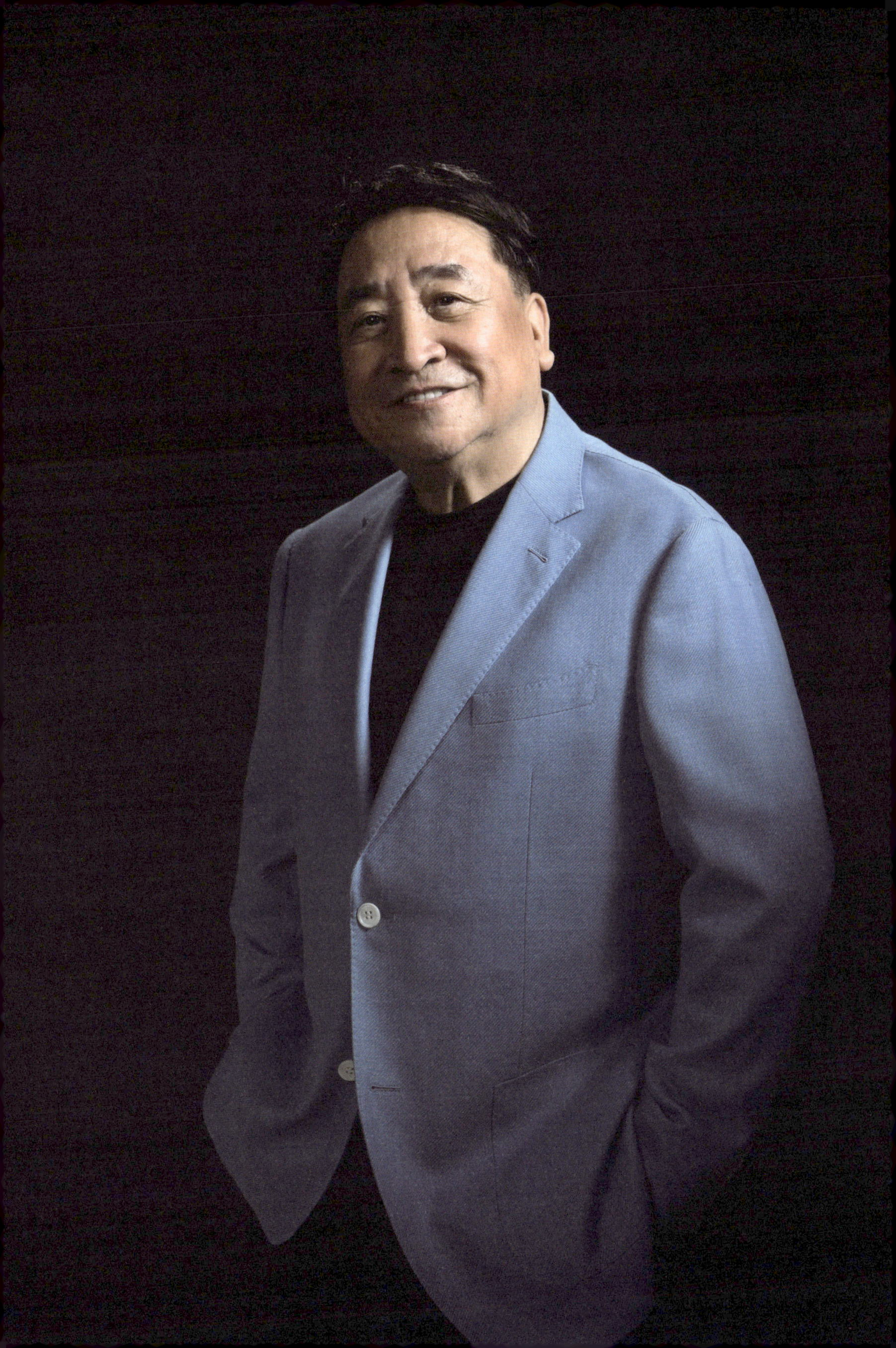

"我之所以能够走到今天，得益于黑土地的养育。背景、门路、后台、圈子都是很时髦的字眼，但是这些字眼对一个真正的艺术家来讲，是一钱不值的，艺术家就应该练本事，除了本事以外，靠人民，靠人品。"

我们相声演员都讲"观众是我们的衣食父母"。我出生在一个普通家庭，没有任何背景。我从小就喜欢文艺，经常跟同学们演这个演那个。17岁上山下乡，在黑龙江生产建设兵团当农业工人，在宣传队做宣传员，后来说相声。我所有相声最原始、最基本的技巧是跟师胜杰老师学的，他是我的开蒙老师。在北大荒我学会了说相声，成了兵团里的文艺骨干。我妹妹比我小三岁，我们一起来到北大荒，在那里经历着零下40多摄氏度的严寒。冬天，我们用锄头一下一下地开垦冻得像铁一样的地面，刨土修筑堤坝。其他时间，则忙着耕地、播种、收获。

在兵团我度过了8年时间，这段经历锻打了我的筋骨，练就了我在任何艰难困苦的条件面前都不畏惧的品格。

▲姜昆和师胜杰的合照

"我按照老一代艺术家的样子，行走在艺术人生的道路上，完成社会、人民对我的期望。这就是一个接力棒的传递，老艺术家们满怀着期望把它交到我的手里。"

1976年，时任中央广播说唱团演员的马季先生同侯宝林先生一起，亲自到建设兵团接我回北京。兵团在零下30多摄氏度的广场上，用两个解放牌大汽车的板子凑在一起搭成舞台。他们两个老人家戴着棉手套、棉帽子，穿着棉衣服、棉乌拉鞋，为兵团战士演了一段相声。合影时，侯先生指定我坐在本该是他就座的中心位置上："让你坐在这里，是希望你不要忘记这片培育你的土地和人民。"我在一个"不该坐"的位置，留下了人生中"最难忘的一张照片"。

▲侯宝林先生一行与二师十六团工作人员及食堂炊事员在一起

从此，我在马季先生的带领下，深入学习相声艺术，1983年第一届春节晚会上，侯宝林大师指着马季说："他是我的学生。"又指着我跟马季说："他是他的学生。"在全国亿万观众观看的节目中，他把这种师生关系说得清清楚楚，寄托了他对我们后来人的无限希望。马季老师常教导我说："你是相声演员，你的舞台就是你的战场，你在这个舞台能站多久取决于你的创作，人民群众什么时候不给你鼓掌，不欢迎你了，那就是你的艺术生命到头了。"我从老一辈身上学到了"对同道心存平实，于艺术怀抱忠诚"这种优秀品质，我们一定得一代一代传承下去。

▲ 1976年，马季带着姜昆在列车的餐车上为大家演出

"文艺志愿活动的兴起掀起了一种风气,就是习近平总书记讲的向乌兰牧骑学习。文艺志愿服务把我们送到了每一个希望看到我们节目的人民群众面前,几十年如一日的公益演出活动,就是我向老艺术家学习的一种收获。"

1988 年,我来到了曾经待了将近 5 年的北大荒农村,一切都还是那么破旧,我心里很沉重,打电话给戴志诚,我们站在村口为兵团的老职工们说了 45 分钟的相声。

在拉萨,我跟土登老师一起演了小品《姜昆开店》,我用了很多的学藏语、学藏族歌曲的素材,我调侃土登老师的衣服:"您看您这衣服穿得多有特点,这在我们那边就叫'藏一手露一手'。"全场哄堂大笑。

◀《姜昆开店》演出图

2005年，我在中国曲艺家协会担任分党组书记时正式向中宣部提出了申请，要组建义务小分队，进行"送欢乐、下基层"的演出。我跟所有的曲艺演员说："你们一年给我两次时间就行，这两次是义务演出。"中国曲艺家协会的"送欢乐、下基层"就这样做起来了。三年以后，"送欢乐、下基层"成为中国文联开创的一个重要文化惠民品牌项目。又过了一年，中宣部把"送欢乐、下基层"作为中宣部十大惠民政策之一。2013年5月23日，中国文艺志愿者协会成立，从此这种文艺志愿服务就步入了制度化、常态化，如今各种文艺志愿服务演出如火如荼、生机蓬勃。

◀《如此照相》演出图

▲《新虎口遐想》演出图

"写相声要深入生活,把最打动你的东西写出来,不仅要有站位、有品位,还得有韵味。用曲艺独特的艺术表现方式,用讽刺、幽默愉悦百姓,用欢笑的方式记录时代,才会收获四两拨千斤的效果。"

1978年,我跟李文华老师写出了相声《如此照相》,一下子就红了。之后几十年来,我创作了上百段相声,其中大多取材于自己的亲身经历、自己的亲耳所闻。

2014年北京召开文艺工作座谈会的时候,我向习近平总书记汇报曲艺创作,得到了他的肯定与鼓励。我们又丰富了创作,写了《新虎口遐想》,登上了2017年春节晚会的舞台。

"你和人民有多近,人民与你有多亲。一个演员也好、一个作者也好,他所走过的每一步,轻、重、浅、深,都应该给自己的生活或者给他所经历的这个时代留下一点什么。"

1994年我第一次到西藏,来到了一个小学,这个小学没有桌子,就是一个木板，钉着两个柱子，孩子们就在那个板前念书。当时我写了一本书叫《笑面人生》，获得了有生以来第一笔稿费，40万元人民币。1995年第二次来的时候，我就把那些钱捐了；我又找了好朋友黄小勇，他拿了20万；还找了当时北京的一个建筑公司，对口支援了60万。用120万元建起了这所小学——"姜昆黄小勇希望小学"，就在现在贡嘎机场到拉萨路上的堆龙德庆区。

学校经常需要钱用于修缮和师资，我就组织了一帮华侨和旅客来学校捐款，我跟孩子们说："孩子们，等这些客人来了以后，把哈达都戴在他们脖子上，咱们要做塑胶跑道、建楼房。"可是我万万没有想到，献哈达的时候，40多条哈达全部戴在我脖子上了，压得我头都抬不起来。我心里一边怪孩子怎么不给人家戴，一边感激孩子们，孩子们真是懂得感恩，做一点儿好事，他们就忘不了。那天我掉眼泪了。

▲姜昆与希望小学的孩子们

▲姜昆在河南演出现场后台一个人独坐　（《光明日报》李玉／摄，2013年）

"相声是一种深植民族文化、应对苦难和挑战的奇妙'武器'，我们要永远记住人民对我们的期望，记住祖国对我们的期望。"

现在舞台上活跃的相声年轻人都是小剧场里培养出来的，小剧场给了他们一个非常好的环境，每天演出，每天接触，每天和观众在一起，这样就有一个量变。但是想要走上更大的平台，要有质变才可以。要逐渐把视野放宽，站到高于普通老百姓的视野上，才能让作品立意高、有热度、有深度、有广度，这样才能有温度。

我在河南南水北调工程现场演出时，正是母亲过世的第二天，时间是三个月以前就定下来的，之前已有不少人知道我要来，十分期待。两难之时，想到自己对工人们的承诺，我找到弟弟妹妹们，让大家守好母亲的灵堂，自己先去演出，等演出结束之后，立马回来给母亲送终。我想，我妈要活着的话，她也会说，"孩子你去，一定去"。因为她知道，我不仅是母亲的孩子，我还是人民的姜昆。这是妈妈和祖国妈妈共同的要求，我做到了。

攀登之路——文艺名家宣讲文稿摘编

47

关于文艺家的更多信息,请查阅:

《这辈子就离不开曲艺——访中国曲协第八届主席姜昆》

《姜昆:〈如此照相〉是群众心声的真实表达》

《继承曲艺优良传统 发扬伟大抗美援朝精神》

攀登之路

用影像保护自然
——从三江之源到洱海之滨

—— 奚志农 ——

> 多年来，他一直致力于中国野生动物的拍摄与保护，他的镜头中写满了自然的美好，也记录着破坏的代价。他始终以用影像保护自然作为自己的理想信念，不辞辛劳、不畏艰苦、不惧阻挠，用每一张底片、每一帧画面履行着他对时代的担当与抱负。他是保护自然环境的苦行僧，是绿色发展理念的践行者，更重要的是他是用手中的相机记录中国自然野性之美、呼吁全社会关注保护自然的中国摄影人。他是中国摄影家协会理事、"野性中国"工作室创始人兼首席摄影师奚志农。

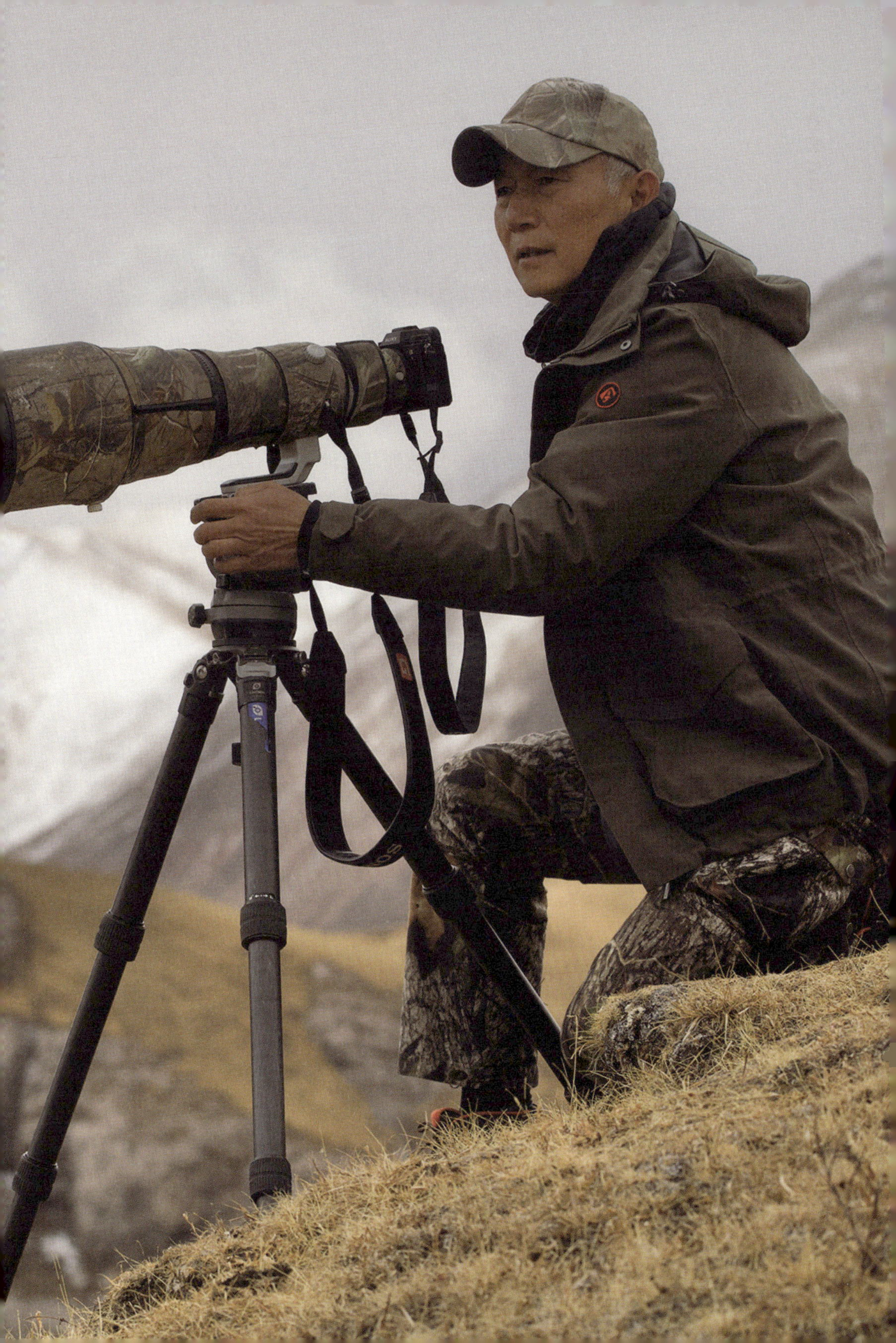

我成长在云南，童年是在大理度过的，童年的记忆让我对这块土地有了一种特别不一样的感情。本着"用影像引起人们对野生动物关注"的初心，2002年，我和朋友创办了"野性中国"工作室，不仅拍摄了大量野生动物素材，2004年还开始联合相关机构、部门开设了"中国野生动物摄影训练营"。20年里，我们培训了近1000名一线的野生动物摄影师，留下了无数野生动物的珍贵影像。

"2009年最后一天的明月正在缓缓地落入地平线，2010年的第一缕阳光把我镜头前的这群可可西里的藏羚羊照亮。作为一个野生动物摄影师，我真的很幸运。我特别感恩，感恩中国的博大、生物种类的丰富，让我有机会用镜头把这一切美好记录下来，传播到更远的地方，让世界知道中国的美好。"

青藏高原被称作世界的第三极，这里有着独一无二的自然景观，也有很多珍稀的野生动物，更是我们的母亲河——黄河、长江的发源地，也是澜沧江的发源地。从20世纪90年代初期，我就有机会到青藏高原去追寻野生动物，印象深刻的就是在青藏高原上驰骋的藏羚羊。它是中国的野生动物中奔跑速度最快的，在海拔四五千米的地方，奔跑速度在每小时100公里以上。

◀一只在可可西里深处刚刚出生大概两天的小藏羚羊（奚志农/摄，2000年）

青藏高原上，一直有着血腥的屠杀，在那个年代，在西方的时尚界，商人编造了一个谎言：藏羚羊绒织的披肩很贵，之所以那么贵，是因为在那么高的海拔，当地的妇女和儿童要趴在地上，把藏羚羊脱落的绒毛收集下来。1997年12月，在可可西里深处，我作为中央电视台《东方时空》的记者，和一支来自玉树州治多县的西部工委的队伍一起去巡山。

回到北京后，我们带回的真实的影像在国际媒体上传播，在保护机构的宣传品上出现。通过各个国家政府强有力的打击，藏羚羊绒披肩的贸易被彻底地消灭了。这，就是影像的力量。

◀ 偷猎分子猎杀的动物图片

攀登之路——文艺名家宣讲文稿摘编

53

"我们的牧民摄影师也成为《国家地理》中文版的封面人物。这是牧民摄影师的时尚大片。我们的时尚大片不能总是明星,最基层的牧民摄影师应该成为明星。康卓是世界上拍到雪豹年龄最小的人,只有7岁。"

在澜沧江的上游,我发现了两位年轻的牧民,他们用很简陋的照相机竟然拍到了雪豹,遗憾的是,由于设备的局限,拍到的画面不是那么完美。我就通过我们的机构、我的朋友们给他们找到更好的设备。再后来,又有第三个牧民摄影师自己带着设备加入了我们。从2016年开始,我带着我的助手长期和他们一起工作,手把手教他们拍摄,还把他们带到了大理,参加了我们的野生动物摄影训练营。在2020年,我们为整个峡谷的牧民办了一次野生动物摄影训练营,我们牧民摄影师队伍从3位扩大到了40多位。

牧民们有了钱之后不买汽车了,也不买摩托了,开始买照相机、镜头,既成了三江源国家公园的巡护员,也成了牧民摄影师。2020年,我带着他们的作品在上海做了一个影展,也把他们带到了上海,从江之源来到了江之尾。2020年年底,我们在青海省省会西宁也做了一场牧民摄影师的作品展,牧民摄影师达杰的女

▲牧民摄影师康卓拍摄的雪豹

▲牧民摄影师达杰拍摄的藏原羚

▲牧民摄影师曲鹏所拍摄的白唇鹿

▲牧民摄影师次丁拍摄的穿过彩虹的黑鸢

儿，一个只有7岁的小朋友——康卓，主动要来参加，在当年的9月，她拍到了雪豹。我们用牧民摄影师的成果在《国家地理》做了一个雪豹的专辑，当中国编辑部把选题报到《国家地理》总部的时候，总部的编辑说："你们可以不用我们的稿子，就用你们自己的稿子，你们自己的稿子比我们的还要好。"

▲上海影展现场

▲牧民摄影师达杰的女儿康卓正在拍摄　　　▲牧民摄影师正在拍摄

攀登之路——文艺名家宣讲文稿摘编

▶ 牧民摄影师达杰和曲鹏成为《国家地理》中文版的封面人物

11.2020

被病毒定义的世界
身体运动学
军金刚鹦鹉

NATIONAL GEOGRAPHIC
華夏地理

牧民摄影师
切换身份 用镜头守护荒野

"作为摄影文艺工作者，我们手中的照相机在记录时代的进步、生活的变化。"

1922年4月22日，博物学家约瑟夫·洛克来到大理拍摄，从大理的坝子穿越森林，走上了苍山，一下豁然开朗。苍山有十九峰、十八溪，玉局峰是其中的一个山峰，洛克就拍摄了照片，上过洗马潭的很多朋友应该知道这个奇特的、漂亮的苍山冷杉，洛克和他的同伴，还有当地的白族兄弟在这个地方拍了一个合影。100年后，这棵冷杉依然还矗立在这儿，而且没有什么变化，所以可以想象在将近4000米的高海拔，植物生长得多么慢，经历了100年，这棵树好像基本没有变化。我从北京搬回了大理后，在苍山的洗马潭建了一个苍山自然中心，希望用我们之前的经验来为大理做一件小小的事情，用这个中心展示苍山的生物多样性，让来到大理的游客，通过这个中心能感受到苍山的温暖和博大，也让来自全国各地的志愿者，通过这个小小的窗口给来苍山的游客进行讲解和服务。

▲苍山（奚志农/摄）

▲苍山（奚志农/摄）

> "我自己是一个摄影师，能把苍山的美及丰富的生物多样性展示出来，让公众有更进一步了解，是'野性中国'保护自然的最好体现。"

我第一次上苍山就被震撼到了，一路都是盛开的杜鹃花。后来，在建苍山自然中心时，我们首先考虑选用低能耗的环保材料做保温，利用之前屋顶的坡度做了两个不规则形状的加建，让人产生一种在山里面游走的感觉。苍山自然中心是中国第一个依靠民间力量筹措成立的自然中心，在全中国是一个全新的起点。怎样去发挥自然中心的作用，把科学的东西转化成有趣的语言、有趣的展现方式，让人知道该怎么在苍山玩，怎么认识自然、关爱自然，这对中国生态保护意义重大。我希望它成为人和自然连接的一个窗口，人与人之间交流的一个窗口。

苍山有火尾太阳鸟、金色林鸲、白腹锦鸡、血雉，还有小熊猫。游客在洱海边就可以看到美丽的海菜花，看到蜜蜂在海菜花上采蜜，看到黑水鸡在海菜花之间带着它刚出生不久的宝宝觅食，还能看到在洱海越冬的水鸟，还有紫水鸡，从洱海月湿地到洱源的西湖，再到鹤庆的草海，已形成了中国目前可能最大的紫水鸡种群。我们还能看到苇鸦、池鹭、赤麻鸭、赤颈鸭。

▲洱海里的海菜花

▲ 紫水鸡

▲ 火尾太阳鸟

▲ 赤麻鸭

▲ 金色林鸲

▲ 血雉

我搬回大理已经超过 10 年了，我把我的家改造成了一个博物馆，叫苍山自然影像博物馆。希望通过这样的博物馆，让这些美好的自然影像在大理呈现，让大理的朋友们，特别是让孩子们，能够通过这样的方式来认识中国的自然。我把自己的藏书捐献出来，建了一个图书馆，就在离博物馆大概 20 米的地方。我们放了红外相机，拍到了豪猪、豹猫、果子狸。可以想见，大理是人和自然多么和谐美好的一个地方。这些年在国家政策的推动之下，洱海保护、洱海治理、山水林田湖协调修复工作都在稳步进行当中。我希望从我的角度、从影像的角度出发，能多为大理做些事情，让美丽中国的生态故事传播得更远。

▲苍山自然影像博物馆

攀登之路——文艺名家宣讲文稿摘编

▲ 苍山自然影像博物馆

关于文艺家的更多信息，请查阅：

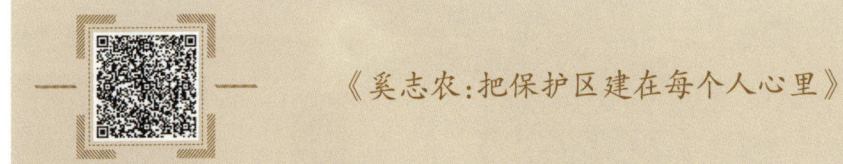

《奚志农：把保护区建在每个人心里》

《奚志农：用影像保护自然》

攀登之路

为人民而舞

—— 黄豆豆 ——

> 他说:"舞蹈是自己喜欢去做的事,虽然苦,但苦中有乐,以苦为乐,先苦再乐。"1995年春晚,一段至今都被视为经典的舞蹈《醉鼓》,让18岁的他大放异彩。2004年雅典奥运会闭幕式上,他以舞蹈《中国功夫》展现了中国精神、中国力量和中国气派。2016年春晚,他再次与鼓结缘,随鼓起舞,在一个个潇洒起落中敲响新时代的鼓声,舞出新时代的气概。2021年《伟大征程》文艺演出他悬顶、驻足在空中,高喊那句"为了胜利,向我开炮",向革命英雄致敬,深情诠释"战旗在,信仰就在"。从12岁习舞至今,从先天不足、求学坎坷的平凡舞蹈爱好者,到站上世界舞台舞出中国风,他完成了一个舞蹈演员到一个创作型舞者,再到舞蹈艺术传播者的蜕变。他,就是全国青联副主席、中国舞蹈家协会副主席、一级演员黄豆豆。

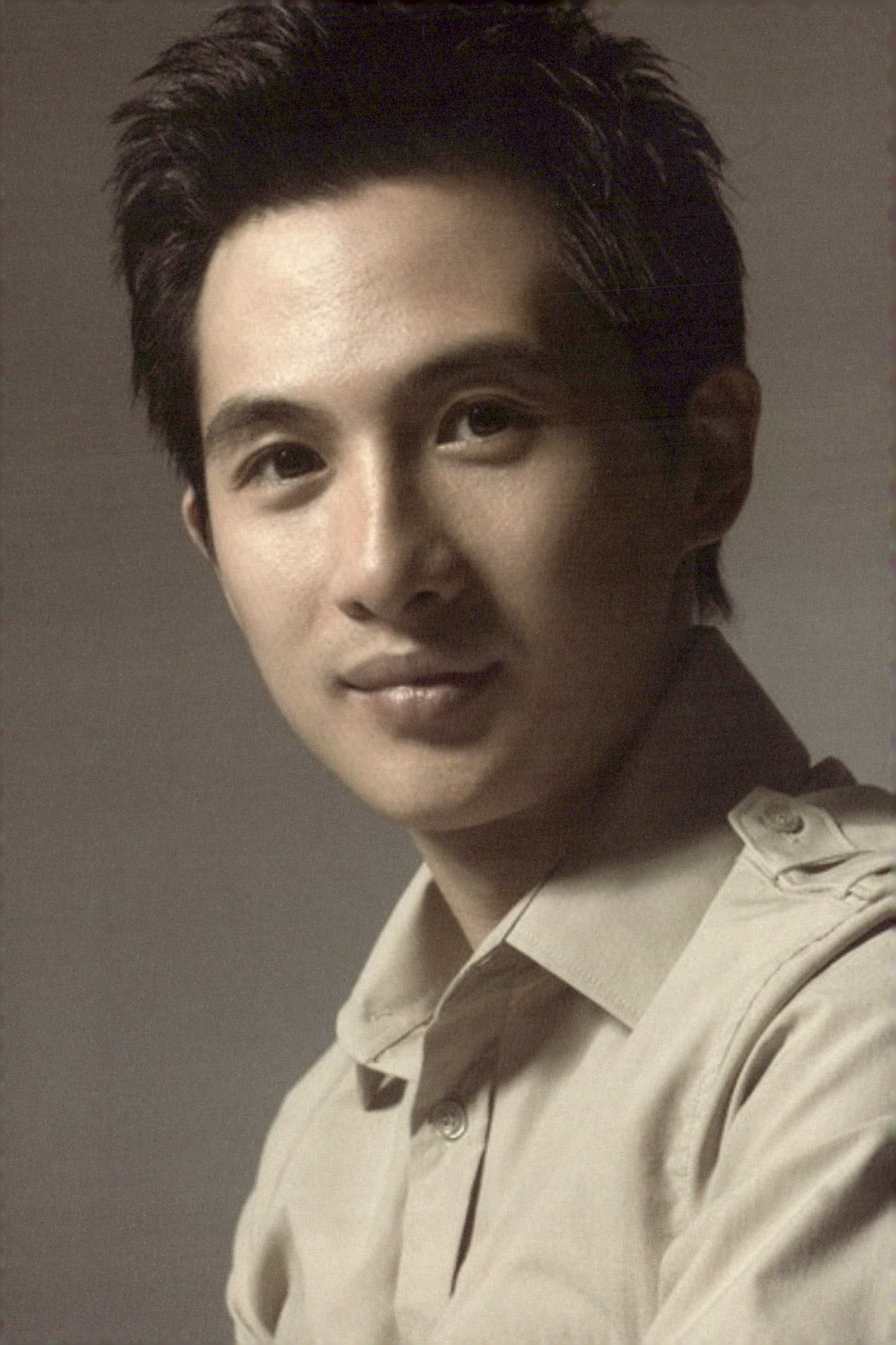

"做艺术工作是很幸福的，因为永远是在追求自己的初心。越努力，越优秀。所谓亮点，都是练出来的。"

2004 年，我有幸参加北京奥运会的接旗团队，在雅典奥运会的闭幕式上完成中国接旗 8 分钟舞蹈《中国功夫》。

舞蹈融入太极元素，在形体上充分体现中国的精气神，成功展现了龙的形象，并传达了中华优秀传统文化中"和"的核心思想。由于场地安排的原因，我们没能提前走台，距离上台还有 40 分钟时，我们才知道舞台的正中间是一大块玻璃，当时女演员穿的是软底鞋，男演员穿的是爵士靴，在玻璃上进行舞蹈表演，极有可能摔得人仰马翻。为了防滑，我们想到一个方案，把碳酸饮料倒在玻璃上，通过糖分的黏性来增加摩擦力。9 个舞蹈演员围成 1 个圈，用脚把碳酸饮料踩在玻璃上，依靠糖分防滑。碳酸饮料的黏性大概能维持 1 分半，后来的 2 分钟我们靠着必须完成任务的坚定决心、刻苦训练出的专业素养和团结协作的默契信任，在世界的舞台上成功地展示了中国的舞蹈艺术，更是把当代中国人的精气神和我们对于和平和友谊的态度传递给了全世界。

▶ 2004 雅典奥运会《中国功夫》

"中国文化就像在我自己的血液里。我并不是要非常硬性地把它表达出来,而是当血液里流淌的是中国文化,体内的基因是中国基因时,真正发自内心的表达就一定是中国文化。"

每年我们很重要的一项工作就是创作、演出爱国主义文艺作品。我自己特别喜欢演战士,小时候有一个军人梦,但是非常遗憾没有实现。作为文艺工作者,可以在舞台上演很多自己想演的角色,从红军到游击队,到八路军,到抗美援朝的志愿军,到现代的穿迷彩服的军人,还有军医,我都演过。

《保卫黄河》是庆祝建党 90 周年的舞蹈作品。为了通过舞蹈把保卫黄河这样的题材较为完美地呈现出来,以满足观众内心的一种期待,我们做了很多的探索和创新。首先,我们把大家耳熟能详的《黄河大合唱》融进来,把团体操融进来,团体操再慢慢过渡到舞蹈;其次,在大屏幕上投放革命先烈们在战场上冲锋陷阵的镜头,这些镜头很多是珍贵的纪录片镜头,同时还有人民大会堂 1:1 的背景投影,内容是航拍的奔流的黄河,效果非常震撼;再次,舞美设计了一个运动装置,随着剧情的展开,可以在台上做成战壕,形成斜坡,画面感非常壮观;最后,我们是和近 200 位解放军战士同台表演,枪用的是很长的"三八大盖",用起来有点困难,但特别能舞出八路军的气势,我们用"三八大盖"拼出的枪浪,与视频里面黄河奔流的巨浪呼应,象征全国人民的革命热浪。当冲锋号吹响时,台上台下演员和观众一起高唱《保卫黄河》,视频里老百姓拿着大刀冲上来,我们的部队要渡江了。最后的舞台动作是,老百姓在后面,部队在前面,全国人民在党的指挥下,冲向革命的伟大胜利。

◀《保卫黄河》演出照

"舞蹈要因地制宜，在不同的环境里选择合适的节目，这样才能真正把演出的意义和作用发挥出来，而且能够真正跟老百姓融入到一起。"

疫情最严重时，中国文联号召文艺工作者在线上开展文艺活动，文艺志愿服务工作不能停下来。当时我主要是琢磨如何让大家通过视频舞动起来。我挑了一首歌《幸福红》，它的旋律朗朗上口，歌词也特别好，但如何设计好看、简单易学且不容易受伤的舞蹈动作，确实让我费了很多的思量。

如何设计出能完成广播操就能学会的舞蹈？我想到了用秧歌的元素，老百姓都很熟悉，而且秧歌里融合了老百姓对党的拥护和对幸福生活的歌颂，所以我就在全国各地不同风格的秧歌里面找了一些动作。2021年春节期间，第一次开始在视频里教人跳舞，虽然很多动作没法手把手地教，但我发现这种教学方式的互动性很好。4月份时，疫情过去了，中国文联的线下文艺志愿服务工作开始了：我们在西安进行了第一次演出，只有十几个人一起跳；在雷锋的故乡是第二次演出，已经有几十个人一起跳了；中国舞协吕萌副主席在旅顺领舞的第三次演出，有近百人一起跳；后来到了一个脱贫村，有100个人在跳；"七一"之前，我们到了云南的蒙自，和老百姓一起跳舞，1000个人一起跳的现场让我强烈感受到了艺术的力量和人民的力量。我内心充满了无限动力和热情，真正体会到了为人民而舞、与人民共舞的重要性。

▲云南蒙自千人共跳《幸福红》现场照01

▲云南蒙自千人共跳《幸福红》现场照 02

"舞蹈的学习永远没有止境。探索的过程就像走在一座迷宫里，推开这扇门后面还有门，走过那道门，有更深不可测的门。舞蹈的世界是如此深奥，值得我们用一生学习。"

▲云南蒙自千人共跳《幸福红》现场照 03

我平时在上海国际舞蹈中心的上海歌舞团工作，舞蹈中心有很多向社会半开放的活动，其中一个是每年暑假都举办的青少年舞蹈节。我们希望通过这种形式，培养更多的懂舞蹈艺术的观众。

2020年，我们克服疫情、场地、经费不足等困难，如期举办了第二届上海国际舞蹈中心青少年舞蹈节暨舞蹈比赛，参加的孩子也增加到近80人。排练节目的主题是感谢白衣英雄，配乐是《坚信爱会赢》。如果没有白衣英雄冲在第一线，我们怎么可能办成舞蹈节？这些孩子们怎么可能继续过上他们幸福的生活，追求他们艺术的梦想？《坚信爱会赢》的音乐版权，是在中国文联领导的联络下，由中国电视艺术家协会免费提供的。为了节省经费，我们网购了最便宜的白色衣服；把买来的一把把塑料花拆开，保证每个孩子人手一朵。我们把这些不同年龄、舞种、水平的孩子集中在一起，用2天半的时间给他们排了一个舞蹈，很有意义。跳得好的多跳点，跳不好的少跳点。通过这样的活动，一方面让孩子们感受到舞蹈艺术的美，从而爱上舞蹈，另一方面也引导孩子们不单单要学会舞蹈，更要知道应该为什么样的人而舞蹈。这是一个感恩白衣英雄的舞蹈，可以让孩子们在学习舞蹈的同时也接受感恩教育。

▲上海国际舞蹈中心青少年舞蹈节暨舞蹈比赛《坚信爱会赢》表演图

关于文艺家的更多信息,请查阅:

《"一生太短,我愿把一生献给舞蹈"——专访中国舞协副主席、上海歌舞团艺术总监黄豆豆》

《舞蹈工作者要走出练功房,走下舞台,走到老百姓当中去——专访中国舞协副主席、中国文艺志愿者协会副主席黄豆豆》

《黄豆豆:舞出大爱的青年舞蹈家》

攀登之路

从染房学徒到国家级传承人
——我的蓝印花布传承之路

— 吴元新 —

> 从 17 岁到 47 年后的今天,他从匠人成为研究者,又从研究者成为传承保护国家非物质文化遗产的践行者。6 万多件古蓝印花布、20 多万个纹样,这是多年来他在抢救、挖掘原生态、传承蓝染技艺的过程中,浸透着文化自觉与执着付出的惊人数字,也是最真实的成果和褒奖。有人说,他每一分钟都要提起蓝印花布,因为这是他的艺术初心,这是他多年不懈追求、不断付出的动力和源泉。他是中国民间文艺家协会副主席、南通蓝印花布印染技艺国家级非遗代表性传承人吴元新。

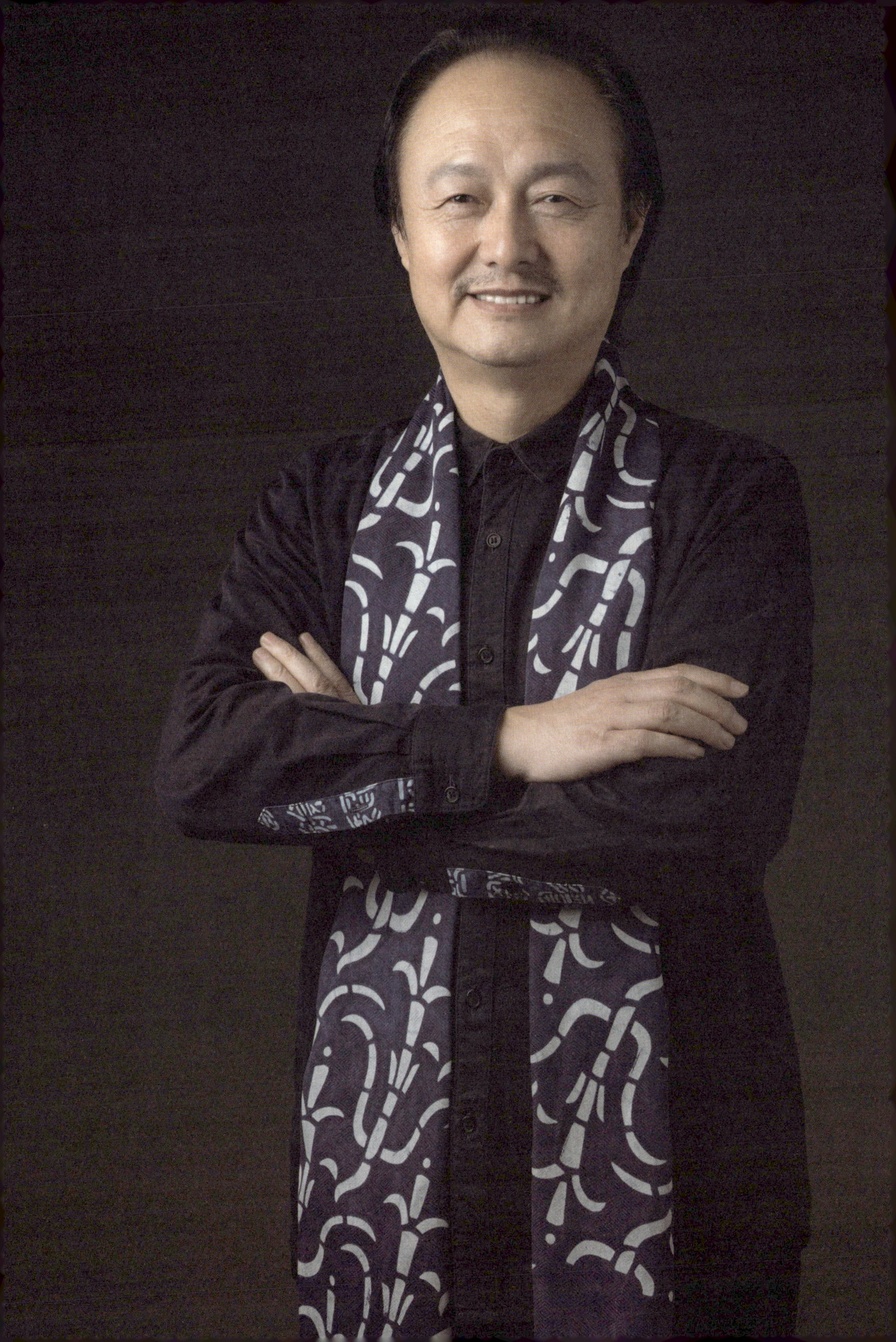

"有人说蓝颜色很单调，但我觉得蓝颜色很丰富，它是五彩的，是很有美感的，蓝色是同我们的生活、美学、民俗紧密结合在一起的。"

我的祖籍是苏州市吴县，1860年迁到了江北的南通启东。我从小在母亲的纺纱织布声中长大，17岁进入染坊，23岁考入江苏省宜兴陶瓷学校陶瓷美术专业，后进入中央工艺美院和中央美院深造。40多年来，我一直在做蓝印花布的收藏、研究、传承和保护工作。

蓝印花布的历史渊源可以追溯到唐代或更早，刻版、防染、印花这样完整的蓝印花布工艺，是南宋嘉定县安亭镇一位姓归的染坊业主发明的，后来在江苏、浙江、上海流传开来。走亲戚、回娘家就用有吉祥图案的包袱布；帐沿、蚊帐、服装、头巾、门帘、靠垫等用蓝印花布来美化；小孩一出生包裹着的襁褓布，戴着的肚兜都是蓝印花布制成的；等要上学了，盖的被面要印上"状元及第""三子夺魁"的纹样；结婚时，会盖上"麒麟送子""年年有余""和合二仙""吉祥如意"图案的被面；年老了，子女会送来"福寿双全"的被面、"仙鹤寿桃"的包袱布、"三星高照""福寿延年"的帐帘。可以说蓝印花布陪伴了老百姓的一生。20世纪70年代以后，随着洋布的进入，蓝印花布作为一种落后的象征，慢慢被遗忘在箱子底、橱柜中。

我是穿土布长大的，上中学的时候在县城，看别人穿洋布感觉很自卑。母亲就同我讲："我们通过自己的手艺把布织出来，只要干净整洁，穿在自己的身上，应该感到很自豪。"我15岁初中毕业以后就插队务农，乡村企业要招收印染厂的学徒，那时候随

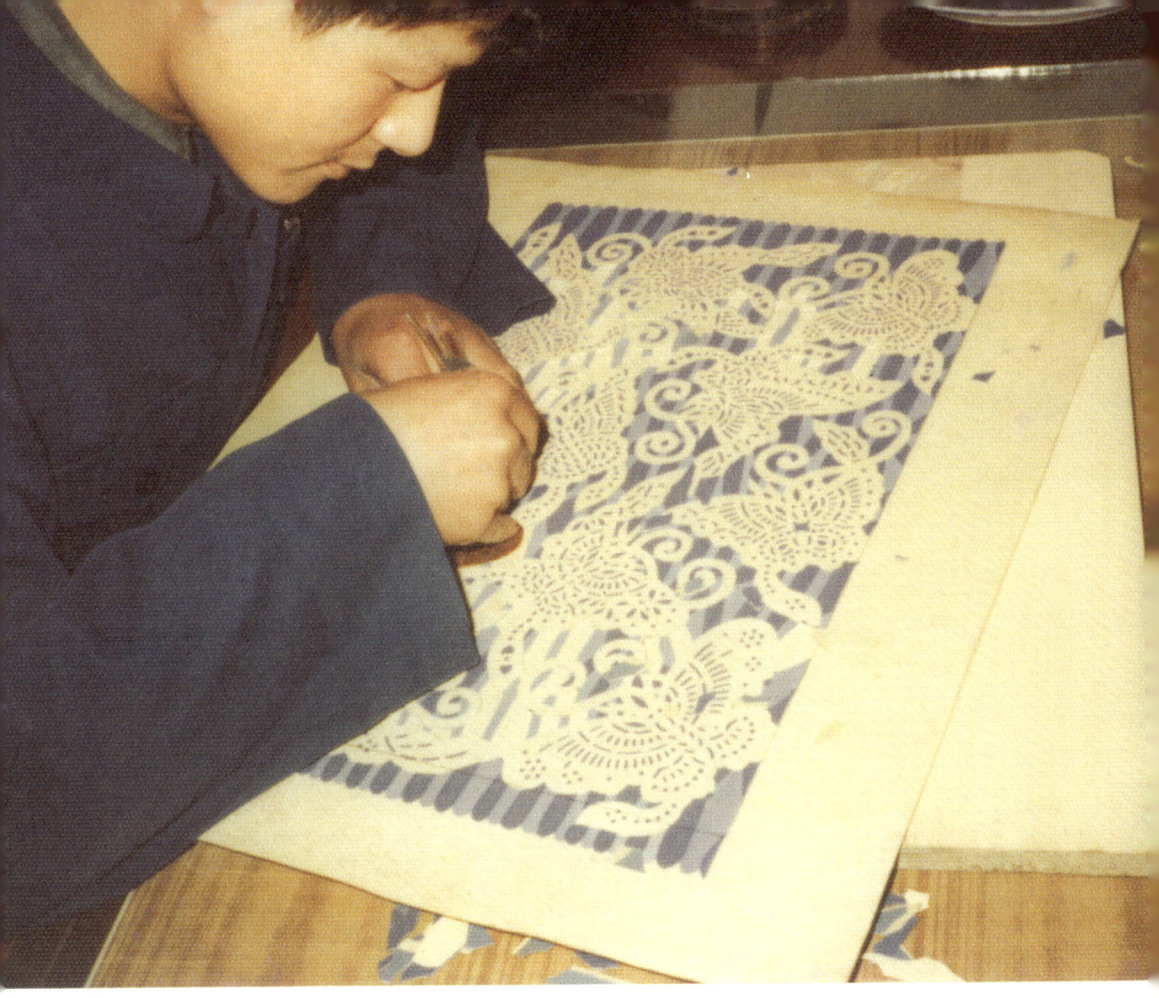

▲ 1977年日本人到厂里来拍摄的吴元新工艺流程中的第一张的刻版工作场景照

着国家外贸的发展，需要用民间工艺品换外汇，我就进了印染厂当学徒。进入染布的世界以后，虽然很寂寞，但在辛苦中间，内心是快乐的。

蓝印花布对我来讲是生命中最重要的一部分，我从17岁开始就跟着师父走街串巷，走村串户，跑了2000多个村庄，收集了明清以来的蓝印花布、夹缬、绞缬、民间彩印等传统印染实物6万余件、20多万个纹样，于1996年自筹资金创办了南通蓝印花布艺术馆（后更名为南通蓝印花布博物馆）。那时白天黑夜忙碌，我们刚刚建蓝印花布馆，顾不上照顾女儿。有一天她就突然问我："蓝印花布是不是你的儿子？你都不管我了。"我跟她说："蓝印花布是你爷爷的爷爷的爷爷。"

"民间老百姓的东西,虽然当时来讲都是自生自灭的,但10年后,国家经济水平提升后,蓝印花布变成了首批国家级的非物质文化遗产,被提高到了国家级文化遗产的高度,对此,我真的很欣慰。"

在收集蓝印花布作品的过程中,有很多故事。在收一件刺绣和蓝印花布结合的枕头时,主人是位老奶奶,她希望能在百年以后把它"带走"。我一听很着急,"带走"就意味着又一件优秀的作品消失了。我一连跑了七八次,做她女儿、儿子,甚至孙子的工作。我跟她讲:"百年以后'带走'的话,只有你一个人知道,如果把这样优秀的民间艺术带进我们博物馆,可以让后代、让千千万万人都了解这个动人的故事,都了解这样优秀的手工技艺。"后来我们用一床丝绸被面换来了这个刺绣同蓝印花布结合的珍贵藏品。

▲刺绣与蓝印花布相拼的枕头

▲吴元新指导女儿女婿创作蓝印花布

"老话说'荒年饿不死手艺人',但现在不是这样了,传统手艺要活下来、活得好,就必须有符合现代生活需求的创意产品。蓝印花布来自生活,还必须要回到生活。"

我女儿、女婿是家族式的传承人。女儿从中国艺术研究院毕业后,想留在北京,不想回来从事蓝印花布工作,她的很多同学都留在了国家博物馆、中国美术馆工作,她认为在北京的发展空间更大。我从小培养她,让她学画,就是为了以后能够回来做蓝印花布的设计,如果她不回来,蓝印花布的传承就要断了。为这事着急上火的我只好向老朋友求助,经冯骥才先生、韩美林先生做工作,她还是回来了,跟我一起做蓝印花布的传承与保护工作。

在女儿的记忆里,我的大半辈子只有两件事,一件是忙着走街串巷地收老布,另一件便是扎在家里的作坊刻花板、染新布。坚守了几十年老手艺的父亲,和走在时尚前沿的女儿,分歧在所难免。想要创新,就得先扎扎实实地掌握传统工艺，而蓝印花布想要真正重新走进大众，也的确需要更适应现代人的审美。女儿提出将蓝印花布的设计纹样运用到丝巾和绸缎被面上，提出浅蓝扎染的新理念。这个创新打破了蓝印花布厚重的棉布质地局限，广受年轻人喜爱。只有不断地适应现代的社会，不断地适应百姓的需求，不断地适应当代设计的需求，传承才是有生命的，我们的传承之路才会越走越宽，我们的传统技艺才能得以活态传承。

我们四代人，我母亲，还有我、我爱人，我女儿、女婿，包括小孙女都很喜欢蓝印花布，我从心底里感到很开心，蓝印花布后继有人。我的小孙女经常带着幼儿园的小朋友们到我们染坊里体验做一块手帕，做一条小围巾。从小把这样的种子播下去，让孩子们接受传统印染等非物质文化遗产，才能够有这样的理念、基因，非物质文化遗产才能够得到不断的传承和保护。

年轻人是未来的希望。院校是非物质文化传承保护很重要的阵地，我现在是在院校与染坊间、时尚与传统间不停游走。一个传承人从作坊走进院校，自己也是学习提升的过程，也能培养一批传承人。我们在清华大学美术学院有印染工作室，幼儿园、小学、中学有我们的课堂；我们在

指导学生传承工艺

▲ 吴元新与学生合影

南通大学承接了蓝印花布印染技艺的传承工作；在中央美术学院，我连续讲了八年的选修课，很多留学生、版画、油画、雕塑专业的人都报名，只要选课消息一出来，马上就爆满；在台湾大学，我们演讲、展览，帮他们做了很多工作室方面的激励促进工作……通过这样的培训，蓝印花布重新回到民间，走入千家万户。

近些年，元新蓝团队一直同韩美林先生合作，希望在他的指导下，把普通的蓝印花布生活用品上升到艺术的高度。韩美林先生举办世界巡展时，都会带上蓝印花布。他说："蓝印花布是以前老百姓最常用、最普通、最朴素的生活用品，我们有责任把优秀的东西留下来，应用在现代生活中。"2014年、2015年我们在瑞士、比利时做展览时，很多外国友人喜欢蓝印花布，我从早到晚喉咙都讲哑了。第二天，新华社一位年轻翻译来了以后，有人采访他："你今天有什么感受？"他说："我今天走在瑞士的大街上，脊梁都比平时直了。"我听了以后很感动。瑞典的客人连续20年到南通蓝印花布博物馆来参观，从小孩子到上年纪的纺织专业人员，对我们的文化遗产都很重视。

40多年来，我只是做了一些应该做的事情，国家就给了我很高的荣誉。我从一个民间染坊的学徒走上国家级传承人的行列，真是碰上了一个好时代。我很幸运，我要不断努力，做好家族传承、院校传承、社会传承的立体式传承，把蓝印花布传承好、保护好、发展好，使非物质文化遗产传承后继有人。

▲南通蓝印花布在海外展览

关于文艺家的更多信息，请查阅：

《艺术家，更是开拓者——记中国民协副主席吴元新》

《靛蓝人间布上美——专访中国民协副主席、南通蓝印花布印染技艺国家级传承人吴元新》

攀登之路

有信仰才有力量

—— 吴为山 ——

> 在侵华日军南京大屠杀遇难同胞纪念馆门前，由他塑造的关于那场浩劫的残酷与哀伤，总是让参观者在震撼灵魂中感叹与祈愿和平之珍贵。在更多地域、国家乃至遥远的南美，由他塑造的中国古代先贤昂扬屹立，展示着华夏艺术之大美，也传扬着中国精神、中国风格的独特魅力。2018年，马克思诞辰200周年之际，他的马克思青铜塑像在伟人故乡德国特里尔落成，不仅完美展示着伟人风范，承载着中德友谊，更寄托着中华民族对马克思信仰的崇敬与拥戴。他是全国政协常委、民盟中央副主席、中国美术家协会副主席、中国美术馆馆长吴为山。

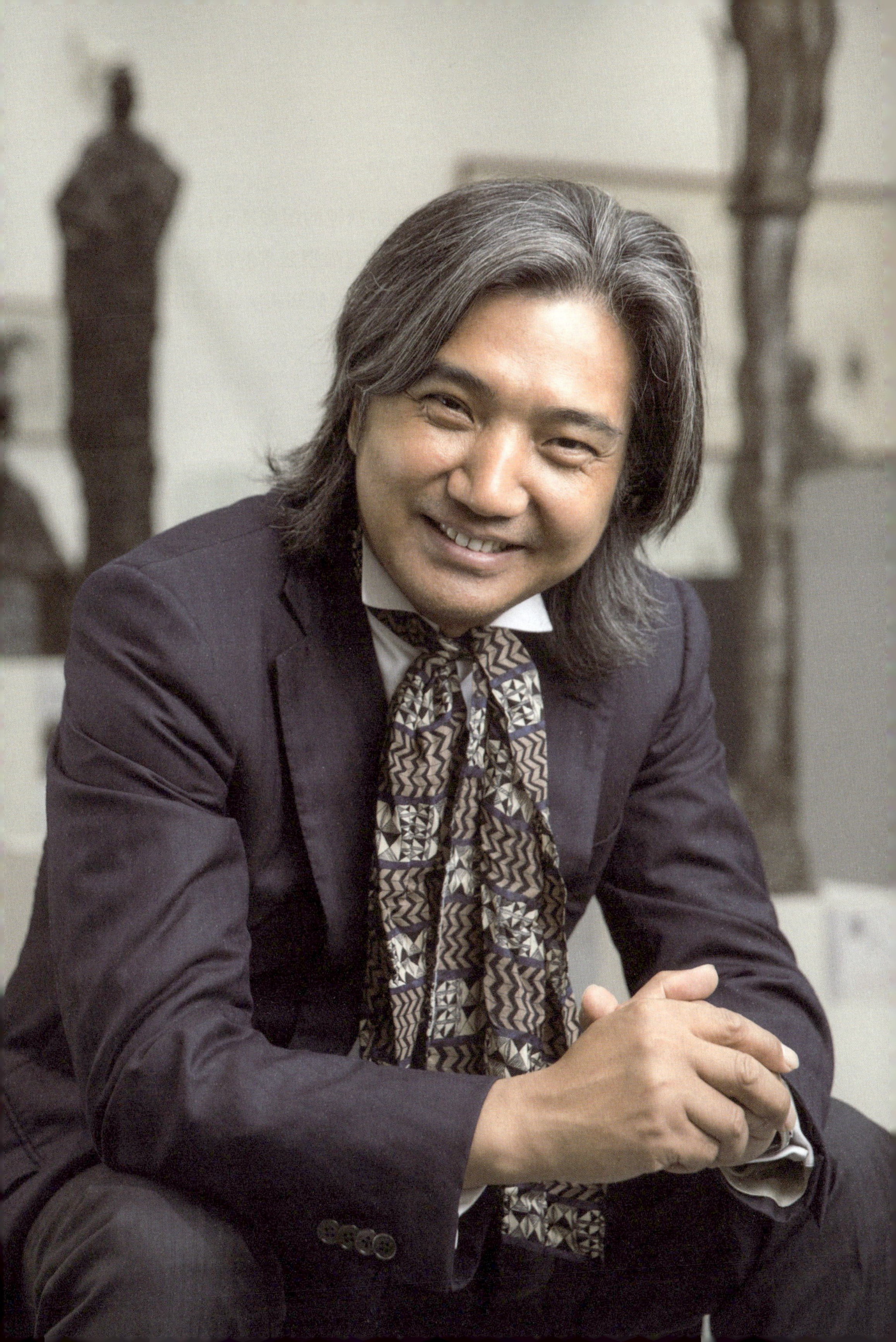

"一个没有人文科学、没有灵魂、没有精神的国家是不打自倒的。这些杰出人物，本身就是一座座历史丰碑，通过雕塑艺术的形象，把杰出人物的独特精神气质展示出来，也让当代人触摸、感知实实在在的历史。"

20世纪90年代，有感于在社会发展转型期，许许多多的年轻人把我们历史上伟大的思想家、科学家、文学家、艺术家、政治家等都忘却了，我给自己立了一个项：为中华历史上杰出的人物塑像。目前为止，我已经创造了600多件有名有姓的历史人物塑像，他们矗立在博物馆、纪念馆、大学等公共场所，不仅在中国，也在其他几十个国家矗立着，有的还被邮票、各种杂志刊载。

费孝通先生对我的影响很大，他跟我讲："一个人一生当中把一件事情做好就很不简单了。你立志为中华民族历史上的杰出人物塑像，特别是为那些知识分子塑像，而知识分子最重要的就是爱国，孔夫子时代的知识分子、苏东坡时代的知识分子、鲁迅时代的知识分子和我们时代的知识分子是不一样的，你要塑造出一代知识分子的精神风貌，得其神胜于得其貌，神比貌更重要。"季羡林先生知道我要为中华历史上这些人物塑像的时候，他说："你要扬中华之文化，开塑像之先天，中国知识分子最重要的就是爱国，没有商量。"

我在中华历史文化名人写意雕塑的语言风格中，融合了西方写实手法和中国传统写意技法，在不可言说的"似与不似之间"，体现出人物内在的精神。用这种艺术手法，特别是雕塑手法把中华历史文化名人塑造出来，就可以展示一个时代的风采。同时，通过这些名人雕像的表情、长相、神韵，就能体现出中华文明生生不息的文化。所以，塑造好不同时代的人物，就是为时代造像。

▲《空谷有音——老子出关》高 0.74 米 × 宽 0.93 米 × 厚 0.33 米　2012 年 青铜

▲《问道》高 7.8 米　2012 年 青铜

◀《伟大的友谊——马克思恩格斯》高 2.5 米　2015 年 青铜

攀登之路——文艺名家宣讲文稿摘编

89

"艺术作品写在纸上，写不好会被人骂 100 年；刻在石头上，刻不好会被人骂 500 年；铸青铜里面，铸不好会被人骂 1000 年。我们所努力的不是要人骂，而是要人赞美。"

我常常讲，一个艺术家最崇高、最有价值的追求就是 500 年之后还有人在你的作品面前掉眼泪。这是我的美好梦想，要实现这样一个梦想，就要敢于在作品里花时间，还要有对历史和人民负责的态度。

我们今天要记住的不是仇恨，而是历史，让历史不再重演，这是我作为艺术工作者发自内心的一种期盼。从人性的角度来表现遇难的同胞，会引起世界的关注，会勾起人类心灵深处的最隐蔽的那种情感。在侵华日军南京大屠杀遇难同胞纪念馆，历史的真实和艺术的表达不仅仅要引起中国人的反思，要引起世界各国人民的反思，还要引起日本许许多多观众的反思。每年国家公祭日都有上万人来这里。

在创作这些群雕前，我查阅了大量史料，还走访了常志强、夏淑琴等幸存者，从大量历史照片和人物故事中感受 87 年前在悲苦中的人们的呐喊。我希望通过艺术语言，让这些冤死的灵魂复活，并告诉全世界，我们的民族曾遭受过的危难，以及普通民众在灾难面前的挣扎和呐喊……我在进门的组雕《冤魂呐喊》的背上刻下了这些文字："我以无以言状的悲怆记忆那血腥的风雨，我以颤抖的手抚摸那 30 万亡灵的冤魂，我以赤子之心刻下这苦难民族的伤痛，我祈求、我期望，古老民族的觉醒，精神的觉醒。"

曾经有很多经纪人找上门来，一年给我几百万，要我把这一年创作的所有作品都给他，我拒绝了。我始终认为，我属于这片土地，属于人民。一个艺术家最好的生命状态就像一个农民种瓜，好朋友来了，从瓜田里摘一个瓜送给朋友尝尝；有人要来买了，按照最基本的价格卖出，毕竟第二年还要继续生产，也需要成本。艺术家最重要的是要远离炒作，用自己真诚的创作本然状态与世界交流。

5000 年文明、960 多万平方公里的土地、56 个民族，这样博大精深的中华文化,是全世界都不可比拟的。我们只有把这种文化的正能量和它最强劲的生命力融汇到作品中,才会得到世界的认可。全世界的文化是多元的,世界人民需要互补的、能给他们力量的文化。所以,艺术家在创作中不但要想到中国人民,还要想到世界人民,特别是在构建人类命运共同体的过程中,中国文化将会发挥世界其他文化不可替代的作用。

"我们应该有大写的中国人立在世界上,让更多的外国人看到。他们不会说话,但他们的形象是无声的语言,是中国文化的代名词。"

中国文化要有组织、有计划地出去进行展示。我们只有把意识形态融汇在作品当中,润物细无声,向世界讲述中国文化生命体里最含蓄、最有温度的故事,世界才会高度认可你。从2012年开始,我有计划地向世界推动主题雕塑展,旨在:第一,传播传统的中国文化;第二,传播当代的中国文化。

"文心铸魂——吴为山雕塑艺术展国际巡展"在很多国家和地区展出,2012年9月在联合国举办时,时任联合国秘书长的潘基文,让联合国所有的副秘书长全部到场,还有100多个国家的外交使节参加,他用中国

国家公祭纪念碑
南京大屠杀组雕
《家破人亡》

国家公祭纪念碑
南京大屠杀组雕
《逃难·求》

国家公祭纪念碑
南京大屠杀组雕
《逃难·挣扎》

国家公祭纪念碑
南京大屠杀组雕
《逃难·孤儿》

国家公祭纪念碑
南京大屠杀组雕
《冤魂呐喊》

▲ 2017年，雕塑作品《孔子》立于巴西库里蒂巴市广场，该广场被命名为"中国广场"

书法写下"上善若水"送给我,他手抚《巍然成山——孔子》像说:"孔子'修身齐家治国平天下',至今是真理,我在浓浓的儒家文化环境中成长,深受儒家思想的影响。"同年,在意大利巡展时,罗马市中心主要的区域里有500多张巨幅的《达·芬奇与齐白石对话》雕塑广告。考虑到齐白石身形较为瘦削,我把齐白石的拐杖拉长,拉长的拐杖可以看作一根线,是中国艺术当中接天接地、接古接今、横跨于东西方之间的一根线,这个作品一直矗立在意大利国家博物馆。达·芬奇在世界的影响很大,可以说人人皆知,但齐白石并没有多少人知晓,把齐白石和达·芬奇塑在一起,就会促进人们对这个老人以及他背后文化、国家的了解。

意大利国家艺术科学研究院有461年历史,首任院长是文艺复兴的巨匠米开朗基罗,2020年这组雕塑的模型被立进了该院。从意大利国家艺术科学研究院建院至今,能立进去的人物和放进去的作品是极少的,整个东方目前也只有我的作品。

对我来说,雕塑创作是求艺,更是问道。艺术家只有把自己的情感与人民、民族、国家相融合,作品才能获得巨大的艺术感召力,才能饱含不断向前的精神力量。

▲在一条船上——达·芬奇与齐白石的神遇
达·芬奇塑像高2.25米 × 宽1米 × 厚0.65米 2012年 青铜
齐白石塑像高3.5米 × 宽0.9米 × 厚0.65米 2012年 青铜

关于文艺家的更多信息，请查阅：

《不断回答"塑者何为"的追问——访中国美协副主席、中国美术馆馆长、雕塑家吴为山》

《承续传统当体现于创新——在"承续：新中国新发现书法主题大展"开幕式上的致辞》

《吴为山：在中国与世界之间行走》

攀登之路

做有信仰、有情怀、有担当的文艺工作者

—— 岳红 ——

> 她曾说美好是她的人生追求,她把表演艺术当成美好的事业,深入生活、感知人物,精心创作。40多年里,她塑造了一系列生动鲜活的不同人物形象。她把生活的不平当作美好的动力,坚持以阳光自信的心态去拥抱、创造属于自己的生活,最终成为人生的勇者、乐者。她把艺术抱负化作美好的种子,潜心耕耘,回馈社会,时刻把新时代文艺工作者的责任担当记在心头,用真挚情怀、真诚奉献,将艺术之美洒向普通群众的心田。她是电影表演艺术家岳红。

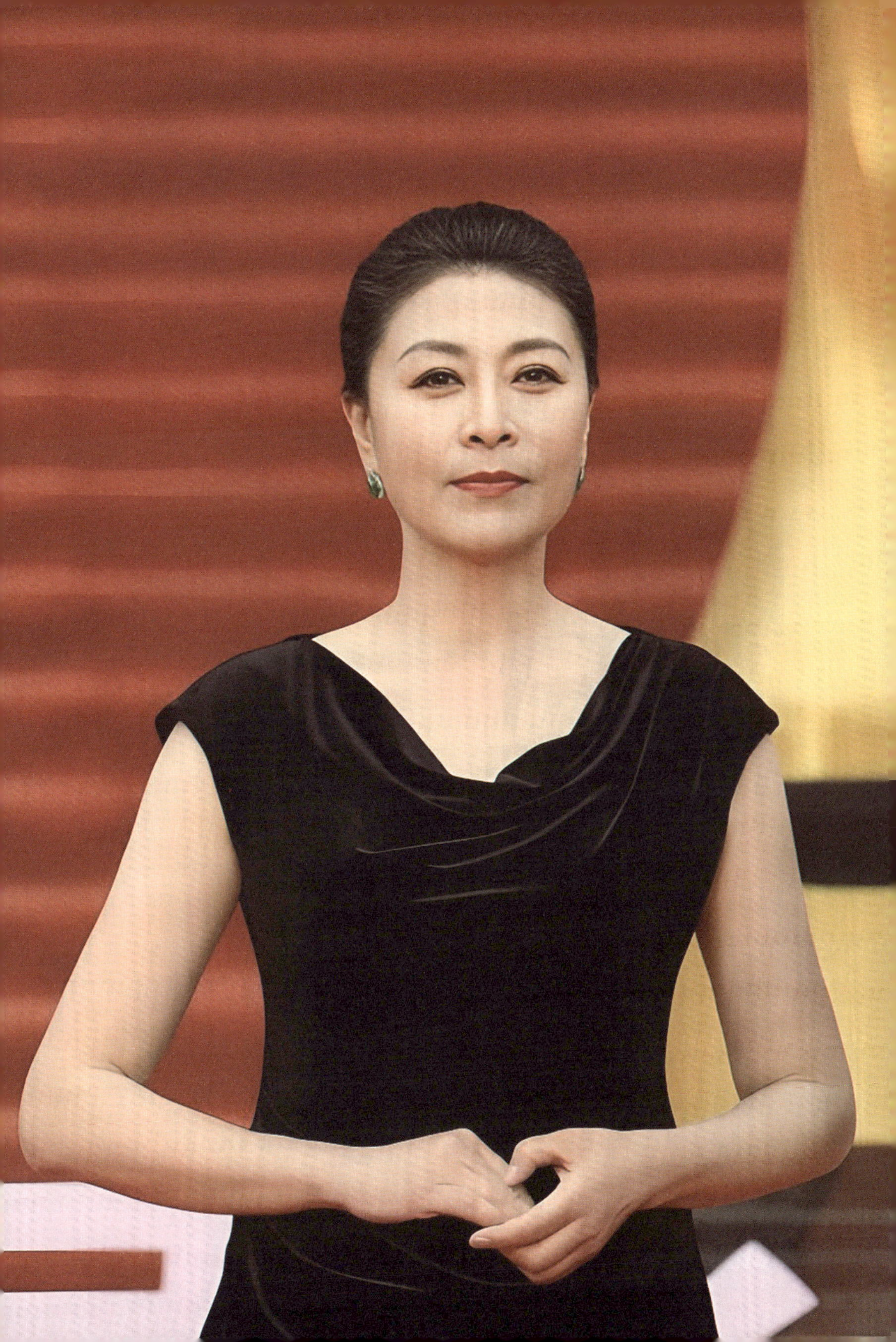

"一个人除了要有美好的心灵，还得向上、得努力才可以有所成就。我之所以可以走到今天，全靠执着。我可能比别人差，但是我能够一步一个脚印地往前走，能走多远我不知道，但我能坚持尽我最大的努力做到最好。把工作做好，把戏演好。"

1980年，我从成都考到中央戏剧学院表演系，当时是连续考了三次才考上。我家里没有人从事演艺行业，我是因为音乐老师的引领和帮助才走上了艺术之路。我上中戏的时候，什么都不会，普通话都不会说，老师布置的作业我全做了，但是第一年的表演课还是全班成绩最低。我在半年之内胖了40多斤，后来为了荧幕形象，基本上都是在饥饿中度过的。

我可能比不上别人，但是我有一颗奋斗的心，在学校4年，我的主要活动场所是宿舍、排练厅、教室和图书馆，没有时间去吃吃喝喝，也不去跟人家攀比，力所能及地做我自己能做的事情。大学二年级时，我突然开窍了，在台上演戏不紧张了，可以很正确地把心里想说的表达出来。天道酬勤，到大学毕业的时候，我成绩全优。直到现在，所有的台词不管长和短，我从来不背，单纯背不能变成自己的，要把人物、情节想清楚，知道要说什么，然后顺理成章地把词表达出来，这是我的秘密武器。

"我所有的角色、创作都从生活中来。要做一个有心人，去观察生活、体验生活，才能让自己的形象更丰富，让创作的艺术形象深入人心。"

我第一次在中央电视台表演的小品叫《卖花生仁的姑娘》。北京的冬天很冷，为了观察卖花生仁的姑娘，周末我都到北京的后海，跟卖花生仁的姑娘聊天，通过观察和接触，了解她们生活的细节。我用了整整半年时间揣摩这个角色，等到年终汇报的时候，大幕还没有拉开，我在里边的吆喝就赢来了很热烈的掌声，那个掌声是对我大半年付出的回报。后来王扶林导演到我们学校来选1983年大年初一晚上的"新春乐"晚会节目，选上了这个小品，我就一炮而红了，大年初二一上街，所有人都跟在我后边叫"花生仁来了"，这是观众认可了我的角色。

"一个演员要尽可能学会各种各样的手艺、技术，给自己储备，不一定演什么样的角色就用上了。"

1984年我大学毕业后在电影《野山》里演一个陕南农村的媳妇儿。我当时刚刚满22岁，我没有去过乡下，家里也没有农村的亲戚，对农村生活没有概念。1984年10月去剧组，1985年9月底才从陕南外景地回到西安。其间没有回过家，也没有请过假，在陕西省镇安县白塔乡的老乡家里住了整整一年，里里外外穿上了老乡的衣服，在这一年

▲《野山》剧照

里学会了一个乡下媳妇要干的所有农活，包括带孩子、挑水、劈柴、干农活、纳鞋底等。"艺多不压身"，之后演农村戏对我来说，就是轻车熟路。在这个戏拍摄过程中，我读完了贾平凹老师所有的作品，看完了张瑞芳老师创作《李双双》的体会。我努力把自己变成李双双，每一分、每一秒都在这个人物里。电影上映后贾平凹老师给我写了一幅字，叫"山上桂，涧下兰，色壮野山"。

"创作者最好的机会是在不同的时候体会不同的人生、感受不同的时代。我是党员，是军人，是演员，我清楚身上承担的责任。"

1987年八一电影制片厂拍了一部电影叫《八女投江》，这部电影开拍是

电影《惊天动地》海报

在1987年的正月初七，我们从北京来到了牡丹江的小北湖，那个地方非常冷，我们每天去拍戏的环境也非常艰苦，在原始森林里，雪到了大腿根，根本走不动，我每天扛着枪就在雪上爬，一天下来棉裤、秋裤全都是湿的，第二天湿的又穿上。

我们当时还请了李敏老师，她是抗联最后的女战士，她来给我们讲当时抗联艰苦的生存环境，我觉得我们吃的苦跟真正的抗联战士比差得太远了。拍戏的时候要把沼泽炸开，水很脏、很臭，每天我们就在沼泽地里拍戏。那时我只有104斤，每天扛着机枪跑，回去身上全是伤。拍投江的时候，8个女演员的生理期不可能都避开，我们裹着被子、毯子，凌晨2点就去江边等着了，太阳露了一丝的时候，就要脱了衣服，穿着单衣往江里走。那种感觉真的是太冷了，一天不行就两天、三天……拍完这个戏后，有很长时间我呕吐、掉头发，过了很多年才知道是瘴气中毒了。

"一个演员在创作的时候，为了艺术，顾不上其他的，就是要付出，就要为了艺术献身，这就是'为人民服务'。"

2008年11月，我们来到了地震后的绵阳市北川羌族自治县，当时基本上还是地震后的原貌，拍摄的现场就在真实的环境里。这部电影叫《惊天动地》,我饰演县委书记任月。我们拍戏的时候有雨戏,11月底的成都是很阴冷的,雨戏拍一个星期,我每天都是在水里浇着。为了还原地震的场面,拍摄用了几十吨的水泥,4个大鼓风机,导演叫"预备"的时候,鼓风机就响起来了,场工把水泥一铲一铲对着鼓风机扬,鼓风机一吹,铺天盖地的都是水泥。

县委书记任月要跟大家一起抢救群众,45天我们天天在这样的环境里,眼睛里、嘴里、头发里,甚至肺里,都是水泥。我每天拍完戏回酒店洗澡,洗下的水泥最后把下水道都堵塞了。抗震救灾之后,县委书记任月要带着大家离开,有一个镜头叫"回望北川",导演要求我的眼睛里要有血丝,有沧桑的感觉。化妆老师把甘油滴在我眼睛里,我疼得睁不开眼,眼泪哗哗流,为了有头发飘起来的效果,鼓风机还得对着我吹,在这种情况下,要睁眼、有泪、满眼红血丝,太难了。但这是我的职业,我必须想尽一切办法克服困难。

"哪怕只有一个镜头也应该全心全意地去付出,只要努力付出了,演好了,就算一个镜头,观众也是看得到的。演员吃苦是应该的,奉献也是应该的,要自己去化解,演员只有一个权利,就是把最好的奉献给观众。"

我在46集电视剧《离婚律师》里只有8个工作日,虽不是主演,但我得努力地把自己演成主演。拍"离婚典礼"那段戏的时候,是北京的12月底,导演要求我们早上6:00就到现场,那天群众演员很多。"离婚典礼"是我在台上讲,观众听,然后才有反应,但是创作时没有完全遵循这个,要先拍反应。剧组的制片主任来找我:"岳老师,你来给他们搭一下戏。"20多分钟的激情戏,搭戏也得全身心地投入,对方才会有正确的反应。我一遍、两遍、三遍、四

▲《离婚律师》剧照

遍地跟他们搭戏,累得筋疲力尽。轮到我拍的时候已经是晚上9:30了,我打起精神,拿出了最好的状态,6台机器对着我拍,从一开始的讲述到最后,我一个字都没有错。拍完了一遍,又拍了一遍用于技术保证,都拍完以后,所有群众演员起立,给我鼓掌,他们看到了我这一天的付出。30多年,我就是这样一天天演、一场场戏、一个个镜头地过来的。

◀岳红在伊犁哈萨克自治州霍城进行志愿服务

"一个艺术家要心中有爱,要看得见我们身边需要帮助的人,力所能及地去帮助他们,把所学、所用回馈于社会,回馈于抚育我们的人民。"

除了演戏之外,我参加了许多文艺志愿服务活动。一个艺术家要有一颗感恩的心,要眼里有泪,心中有爱,全心全意地为人民服务,把所学回馈于社会,回馈于人民。做一个有信仰、有担当、有情怀的人,做一个优秀的演员,做好人,演好戏。

关于文艺家的更多信息,请查阅:

《做一个美好的人——专访著名影视表演艺术家岳红》

《岳红:践行文艺为民的"电影人"》

攀登之路

从乡村来，到乡村去

—— 翁仁康 ——

"

12岁那年,他从瓜沥大园的田野走向了舞台,17岁的他大着胆子到茶馆说书,一口地道的萧山东片口音,一脸滑稽的表情,再配上几个夸张动作,常惹得听众捧腹大笑。从艺50年来,他立足农村,面向基层,从普通的农村青年成长为浙江曲艺界的领军人,从一名民间艺人成长为全国有影响的表演艺术家、艺术管理者。无论身份如何改变,他念念不忘自己是农民的儿子。他说:"我的舞台在乡村,我的老师是农民,我喜欢广场演出胜过剧场演出。"从参与"送欢乐、下基层""送欢笑"慰问演出、全国道德模范故事会、基层巡演,到举办"百善孝为先"莲花落专场演出,他奔走于全国各地,每年演出过百场,一个"忙"字可谓是他的代名词。正如他常言道"老百姓放假,曲艺不放假"。他就是中国文联全委会委员、中国曲艺家协会副主席、浙江省文联副主席、绍兴莲花落表演艺术家翁仁康。

"

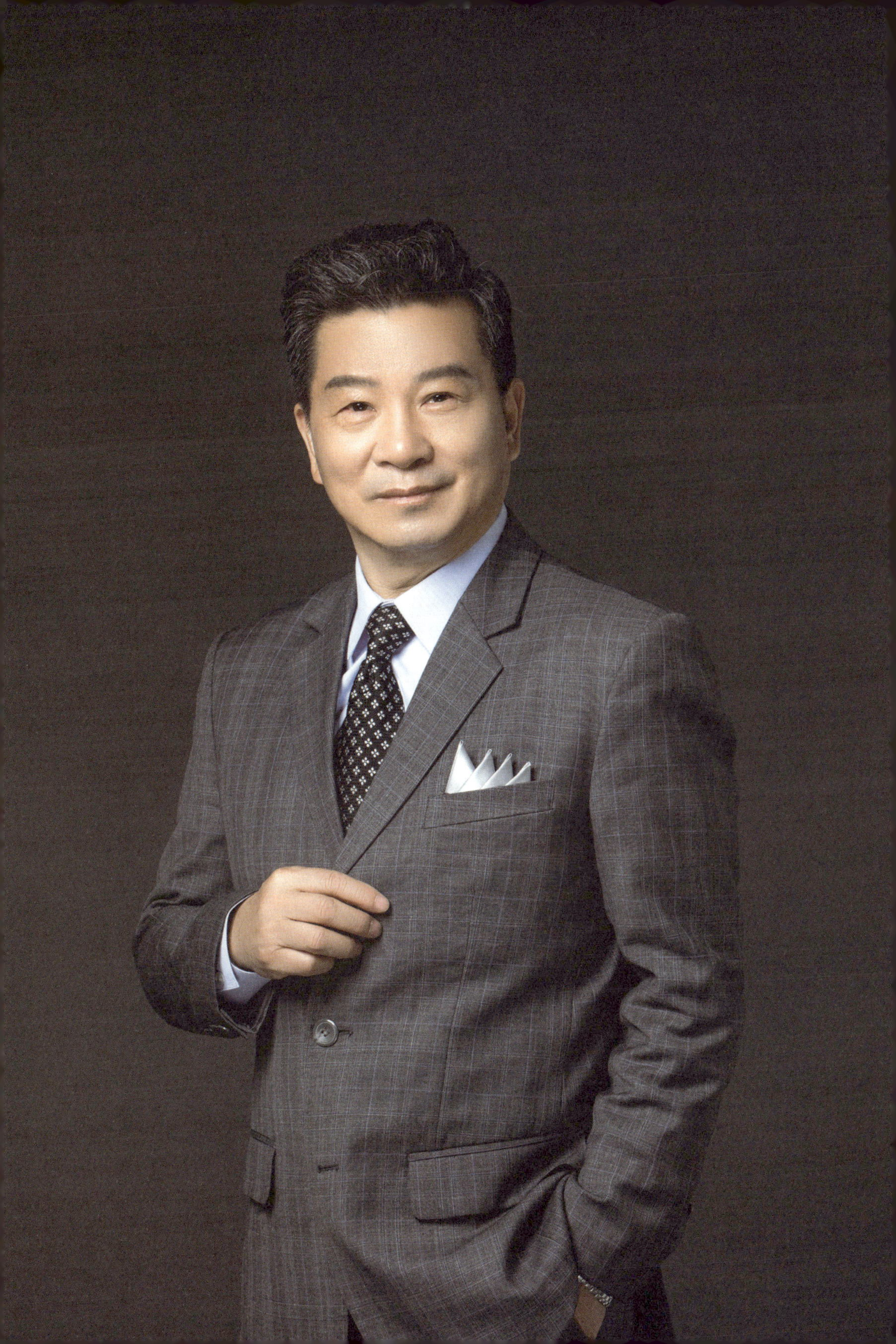

"一句话、一个节目、一个专场能够影响到别人,不说所有人,但凡能够影响一两个人,我觉得这就是曲艺价值的体现。"

我的老家是钱塘江南岸的萧山,萧山有一个飞机场,飞机起飞的跑道就是我小时候睡觉的地方。我出生在浙江农村,是农民的儿子。我出生于1960年,那个年代乡下都很穷、很苦。10岁的时候,也就是1970年,家里才有有线广播,那个时候根本没有收音机、电视机,有个有线广播已经不得了了。乡下的文化生活很枯燥,萧山县只有一个文宣队。我从小就喜欢文艺,读小学的时候就是校文艺骨干,到初中的时候正好班里面、县里面要培养一些"学生故事员",就是讲故事,所以我就一边讲故事,一边锻炼自己。后来我就考进了一个萧山民间曲艺队,获得了演出许可证。

我20多岁的时候,我母亲有60多岁,有一天我母亲对我说:"阿康啊,我今年60多了,钱塘江北岸的杭州我没有去过,你可不可以带我去一次?"那年我很忙,我跟她说:"娘,今年我很忙,我明年带你去。"日子过得很快,马上就过完年了,我老早就忘了。我母亲还记得,她又对我说了:"阿康,去年你跟我说的,今年要带我到杭州去……"上半年我很忙,我说:"娘,上半年我很忙,我下半年一定带你去。"哪晓得,过了三个月,我的母亲去世了。我的母亲一辈子没有去过一江之隔的杭州。这件事情直到今天我还在后悔,深感内疚。我不管有多忙,哪怕抽出一天时间带她到西湖边去坐那么一会儿都行,但这样一拖两拖,拖成了终生的遗憾。

曲艺工作者在基层、体验生活、吸收养分,创作出自己的作品,再返回到老百姓当中去,这是一个良性循环。因为我愧对自己的父母,所以更加坚定了服务于老百姓的信念。我有一台节目叫《百善孝为先》。有一年在临安演完，第二年再去的时候，一个40多岁的男同志对我说，因为听了我的节目，他召集他们兄弟三个连夜开家庭会，他决定把原来每家10天轮流住的80多岁老母亲接到自己家照顾。我十分感谢他，如果他不跟我讲，我也不知道《百善孝为先》这个作品有这么大的作用，能够影响到大家对父母的态度。我也希望大家记住，孝顺父母不能从明天开始。我们给父母的一个电话、一条短信，都会让他们很开心。

◀《百善孝为先》演出海报

"这么多年来，我一直在农村，讲故事也是在农村，到了文化馆以后，我的舞台、我的阵地也没有变，以萧山为主战场，周边的县区也是我的阵地，这些地方是培养我成长的摇篮。"

▲ 1982年民间艺人翁仁康在农村会堂为农民演出现代新编莲花落

我喜欢走村串巷，学唱莲花落，我没有进过任何院团，也没有进过任何艺术院校，我是野生的。我一直坚持在农村唱露头戏，露头戏就是没有剧本，只知道故事梗概，说、唱都是现编的，是即兴表演。露头戏的一场戏可以唱两个小时，也可以唱四个小时，就是一个人站在舞台上说，如果东家跟你说要上三个小时，那我7:00上台，10:00才能走下来。露头戏是非常锻炼人的，1981年我就在杭州开个人专场了。那年5月24日，《杭州日报》刊登了由我主演的莲花落广告。这张发了黄的报纸，我现在还保存着。后来，我评副高职

▲ 翁仁康2012年举办莲花落交响乐演唱会

▲翁仁康在当地地方电视台创办主持《莲花剧场》,让莲花落走进千家万户

称的时候，人事部门说我工作年限不够，我就是用这张报纸证明了自己的年限符合要求。我出版过一本书，叫《我唱莲花落》，内容是记录我演的露头戏。基层工作者一定要把自己的作品保管好，积累到一定的数量把它们装订成册留下来。好的作品，领导肯定，专家认可，百姓欢迎，留下来总归是好的。习近平总书记有句话叫"人民对美好生活的向往就是我们的奋斗目标"，人民群众有什么奋斗目标？他们有什么向往？向往的是好的住房，好的工作，好的收入，健康向上的文化生活。健康向上的文化生活这一点就是我们要做的。人民群众不是模糊的、抽象的群体，是一个一个实实在在的个体。我唱的绍兴莲花落是地方的，我们要用良好的心态，去寻找我们相对应的老百姓。特别是南方，这个村的方言跟那个村说的方言都是不一样的，我们能够服务好这一方土地的老百姓就够我们忙的了，有这方土地的老百姓喜欢我们，也够幸福了。

▲翁仁康演出照

"迈开腿,走到老百姓中去,管住嘴,台上不能乱说话,说话时脑子里一根弦要绷紧,宁可不到、不要过头。"

我除了自己服务好老百姓,也有自己的小分队,但是我们这支小分队很艰辛。医生说我血糖高,嘱咐我管住嘴、迈开腿。我想我们搞语言艺术的也是这样。这些年,大江南北都留下了我的脚印,我也到过海外去演出,但是我始终坚持一

▲翁仁康演出照

▲ 1989年9月翁仁康在北京参加第二届中国艺术节，演出莲花落《糊涂村长》，受到中国曲艺家协会老主席骆玉笙先生的肯定和指点。

▲ 2005年翁仁康和浙江越剧院合作，将说唱莲花落《小小父母官》拍摄成角色化的莲花落电视剧，并多次在央视播出。

点，我要嘴上有担当。我到美国去演出，节目是《我心中的党》，我一上台就说："我是来自中国的基层文艺工作者，我非常热爱我们中国共产党，只有生活在中国才知道中国共产党的伟大。今天的美国我看到了，我觉得还是我们浙江好，你们不相信可以到浙江看一看。美国人口少，我们中国14亿人口，中国共产党领导我们老百姓不但有房子住，还有车子开，其实，能让这么庞大的人口吃饱穿暖就是件不容易的事情。所以，我们中国的老百姓拥护共产党，歌唱共产党，最重要的是体谅共产党，这么大一个家庭，当家的不容易。"台下皮肤不一样、心态不一样的人听到我这段话也给予了热烈的掌声。我们在舞台上演节目，一定要跟老百姓交心。我的一个老朋友跟我说的一句话："翁仁康，我今年89岁了，你出去演出也好，宣讲也好，你要告诉大家我们要有良好的心态。钱，生不带来死不带去；子女，长大要成家立业，都要离你而去；夫妻，总有一个早走，一个晚走的；只有中国共产党是永远伴随我们的，年轻人靠赚钱能吃饭，年纪大的人共产党会发钱，所以我们一定要传递正能量，歌唱中国共产党。"

▲翁仁康参加活动

▲翁仁康在百姓中站在椅子上演唱

113

关于文艺家的更多信息，请查阅：

《从乡村来，到乡村去——专访中国曲协副主席、浙江省曲协主席、著名莲花落表演艺术家翁仁康》

《扎根沃土 心系百姓——记曲艺表演艺术家翁仁康》

攀登之路

守正创新
不负时代

—— 张 继 ——

" 他自幼喜爱书画，数十年来笔耕不辍，他以隶书见长，书风古拙浑厚，别具一格。他诗书画印兼擅，曾耗时三年完成《中国书画千字文》诗书画印大型创作，成为当代文学工程、艺术工程的典范，他将"根植传统，鼓励创新，艺文兼备，多样包容"作为创作信条，先后荣获一系列全国书法篆刻大奖，并长期担任全国书法篆刻大展评委。作为当今书坛的一员老兵，他坚持践行德艺双馨，内外兼修，深入基层部队、革命老区、边疆民族地区、重点项目建设工地等参与文艺志愿服务。他资助上百位贫困学生读书，不辞劳苦，不计得失。他大力倡导书法教育，呼吁互联网时代下的低头族们放下手机，拿起毛笔，用笔墨抒发时代之情怀。他就是全国政协委员、中国文联全委会委员、中国书法家协会副主席张继。"

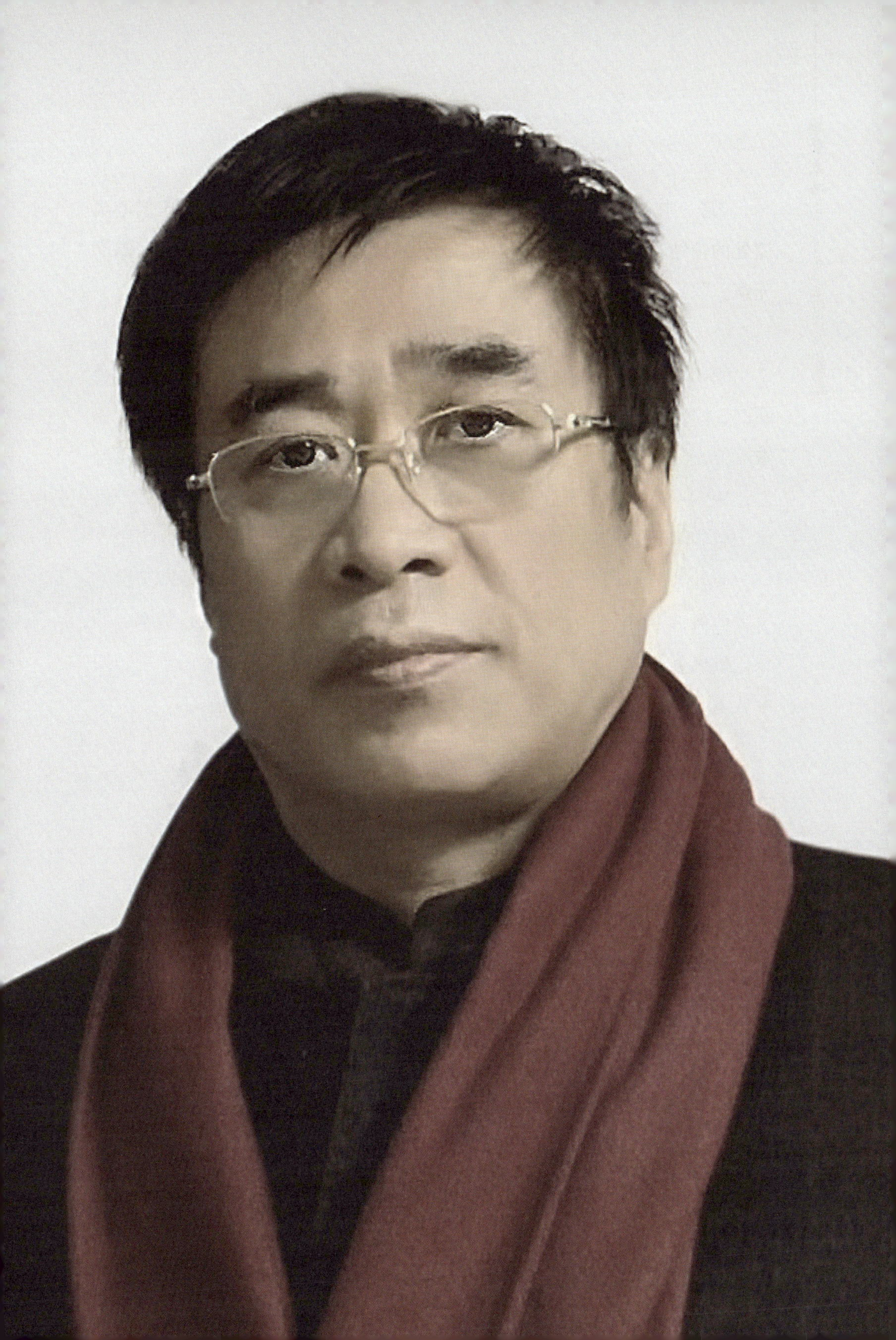

"诗、书、画、印都是中华民族最富内涵的文化遗产，更是人们心灵深处的情结，它折射出的深厚的中国传统文化底蕴，既辽阔广大，又温润无声。"

书法艺术创作，不仅仅是技法、技巧的问题，还要求我们具有更加全面的、综合的修养。我在《我之当代书法创作观》中总结了以下10条："务求品位，深挖传统，广涉诸艺，超越技术，关注时代，融入个性，立足原创，探索形式，考究文字，物化学养。""物化学养"就是指综合的修养，这一点非常之重要。人们常讲"书外求书""融会贯通"，即是这个道理。

受小学一名数学老师的影响，我从小就开始热爱隶书，后来又自学了其他各种字体。十几年的学校生涯里，我还相继学习过中文、美术、书法、篆刻等。我学一门爱一门，完全把它们融进了自己的艺术追求中。如今从事诗、书、画、印创作，和我当初在学校的学习是分不开的。

◀ 隶书 自作诗《壁立千仞》

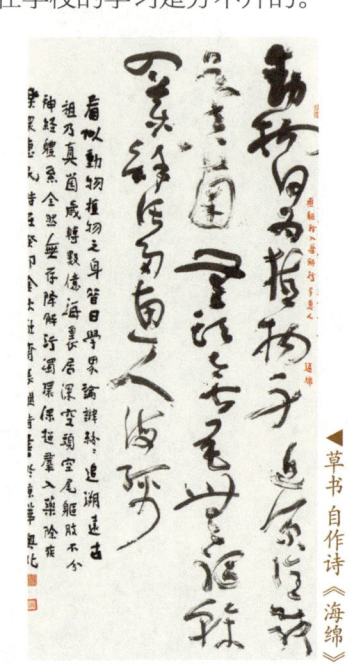

◀ 草书 自作诗《海绵》

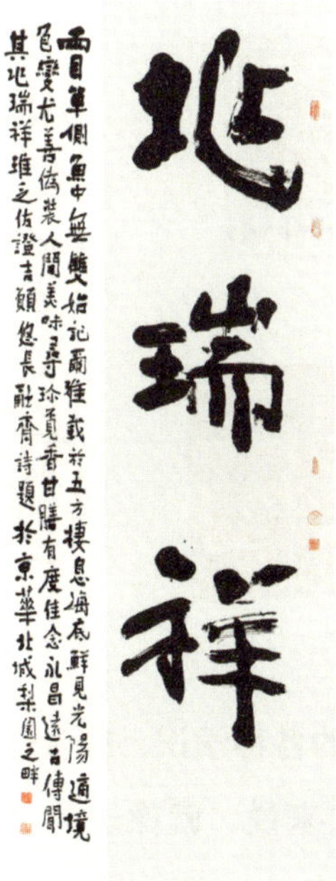

◀ 楷书《兆瑞祥》

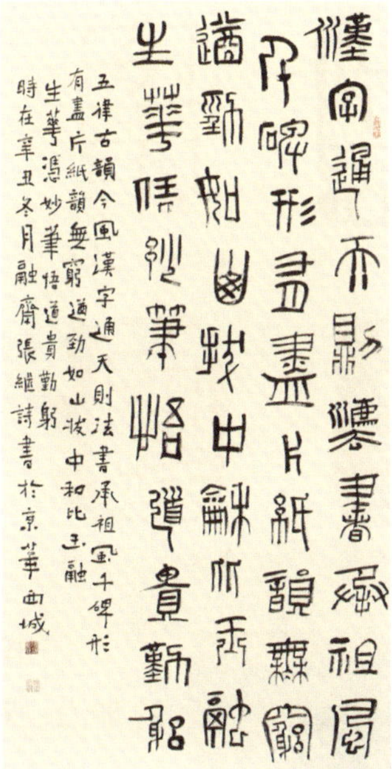

◀ 篆书 自作诗《古韵今风》

▲绘画《波浪能》  ▲绘画《丰收》  ▲绘画《海獭图》

▲绘画《荟萃》  ▲绘画《金辉》  ▲篆刻《惠人无边》

119

攀登之路——文艺名家宣讲文稿摘编

▲ 篆刻《和而不同》 　▲ 篆刻《安康》 　▲ 篆刻《敢为》 　▲ 篆刻《荟萃》

▲ 篆刻《平复》 　▲ 篆刻《睿智》 　▲ 篆刻《无量》 　▲ 篆刻《祥云》

"书法之外的各种学识、综合修养、综合能力，对于书法来说，就像土壤之于植物，如果没有了各种营养，植物就没有了生命。"

　　刚出大学校门时，我就给自己起了个斋号叫"四融斋"，这代表了我的追求，即真草隶篆、诗书画印相融合。但人的精力是有限的，面面俱佳很难。然而老一辈艺术家曾说过"宁要一绝，不要四全，但没有哪一绝不是四全在滋养"，我觉得这句话点到了要害，如果学习领域狭窄，吸收养分单一，怎么可能发展与突破呢？只有铺得开，学得深，才有可能走得远，走得高。我时常把这种理念贯穿到我的学习与创作之中。

◀ 创作巨幅作品

▲ 篆刻《追求四融》

◀ 篆刻创作

▶ 写生

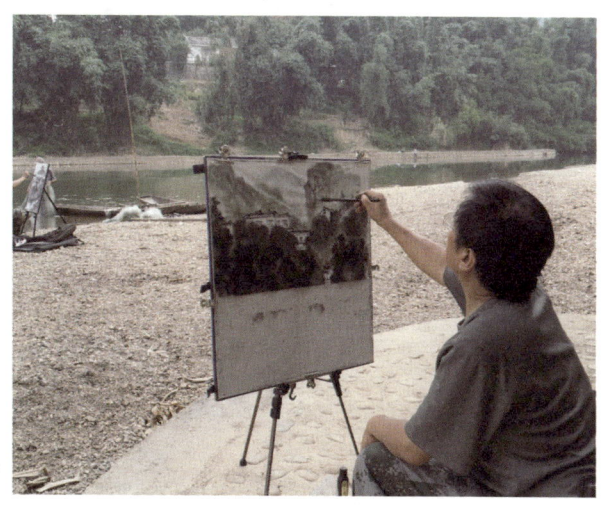

"真正优秀的书法家,作品都是应该有个性的,没有个性就不会有风格。但纯粹的个性也不是风格,风格是个性的升华,是学养、审美、阅历、悟性等方面的综合体现。"

2015年,我怀着对中华优秀传统文化的敬仰之情,怀着对历代书画前贤的崇拜之心,在北京举办了一场"继古·求新·圆梦——张继《中国书画千字文》诗书画印展",这是对我过去很多年在诗、书、画、印多方面探索的阶段性总结。这个展览筹备了近4年，主题是中国书画历史。此展源于我的四言诗——《中国书画千字文》，"按朝代论书画阐释演变，各时期代表者基本呈现，为节奏便诵读一韵到底，拟古人千言文重字不见"。这四个自我要求可以说一项比一项难。我觉得最后一条可能是最难的，就是不能有重复字。要用1000个不同的字把中国书画几千年历史一韵到底总结阐释到位，确实是对自己的一种考验。《中国书画千字文》完成之后，还获得了文学方面的奖项，对我来说是莫大的鼓励。之后，我又以诗解诗，作了2500字的韵释；再用将近10万字做了详注，出版了《中国书画千字文》详注本。再之后，历时一年多，以75米绘画长卷的形式将《中国书画千字文》中涉及的人物及其代表作品进行了描绘；又历时半年多，用三百多方印章将《中国书画千字文》的全部内容进行了表现；最后历时半年多完成了真、草、行、隶、篆各种书体作品的创作。最大的作品长度75米，其他作品长度都在20至50米之间。全部展品足足布满了2000平方米的展厅。

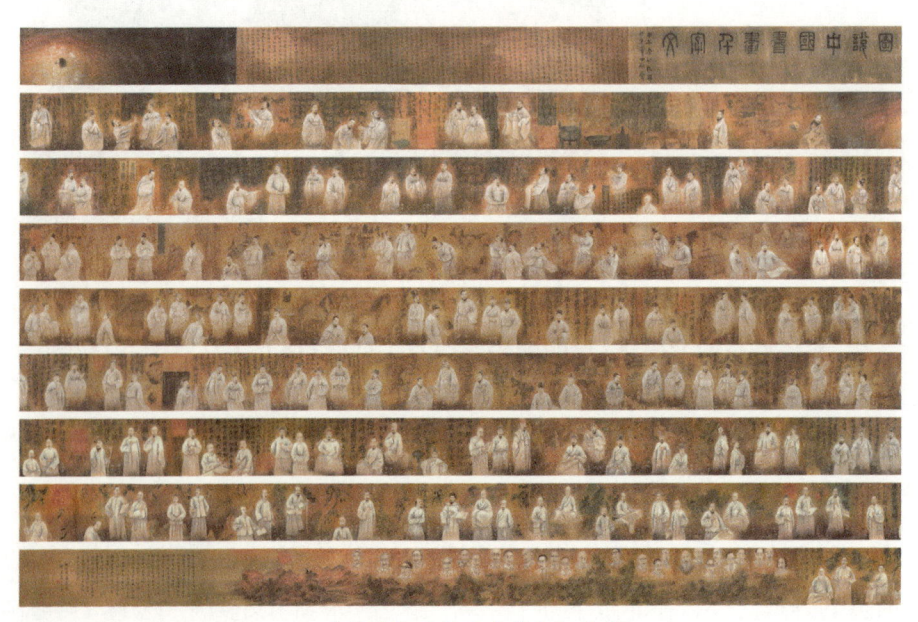

▲《图说中国书画千字文》长卷

▲ "张继《中国书画千字文》诗书画印展"河南展览现场

▲ "张继《中国书画千字文》诗书画印展"北京展览现场

"一棵成长旺盛的树是有生命的，如果这棵树死掉了，不管其形状有多么美观，人们都会把它挖掉。同样，一件书法或绘画作品，如果仅仅是造型准确而没有神采，没有生命气息，那么这件作品能够使人感动吗？树因为有生命而可爱，作品也是如此。"

有些作者搞书画等创作，结构方面还具有一定水平，但往往笔墨表现方面上下气息不甚通达，或忽重忽轻，或戛然而止，这些都是问题所在。如果能够在自然万物当中、在社会实践当中认真观察和体悟，许多艺术问题都会迎刃而解，创作水平也会不断得以提高。

其实我们在深入生活、为人民服务的过程中，不仅能够感悟艺术原理，还能体验许多感动瞬间。每一次与人民群众的沟通都会让我的心灵得到净化，精神得到升华。比如有一次到空军某部慰问，在活动将要结束的时候，有一位飞行员拿出许多他自己创作的作品，原来他一直在挤时间练习书法。我当时特别感动。一位肩负重任、英勇无畏、默默奉献的战斗机飞行员竟然对传统文化如此热爱，我们还有什么理由不自信、不勤奋呢！

还有一次慰问北京某消防队伍，时值春节来临，我们前往"送福"。正当我们要把写好的春联送给他们拍照留念时，警报突然响起，大家还没有反应过来，所有消防员们都已瞬间登上消防车飞奔而去。只留下我们手提春联，望着远去的消防车掉下泪水。

"每一件作品都是要走向社会，总会有人观看，因此每一件作品都要认真对待。要时常提醒自己尽心创作，精心创作，虽然不可能每一件都是精品，但一定要尽最大的努力。"

多年来，我应邀为许多大使馆创作过作品，也去过一些驻外使馆考察交流。这些场合，往往也会有许多当地或其他国家的重要人物。这里就是传播中华优秀传统文化很好的窗口。我也曾义务为全国上百所学校写过校名，我认为这不仅是服务，也是对中华优秀传统文化的一种推广与传承。

还有一次，我受邀在北京郊区的一个文化场地石壁上创作一件巨幅书法作品，当我去现场观看镌刻效果时，发现一名小女孩正拿着纸笔在上面描字，经询问得知她是书法班的学生，这让我很受触动。我应尽力以高雅的作品奉献给社会，传播正能量，传播真艺术，有效弘扬中华优秀传统文化，为丰富人民群众文化生活、提高社会大众文化素质做出自己应有的贡献。

作为一名新时代军队文艺工作者，尤其要时刻树立为人民服务的理念。有一次去东北慰问边防战士，据说那是一年中最冷的一天，冰天雪地。刚巡逻回来的几名战士，口罩和眉眼上还挂着冰花，他们"啪"的一个敬礼，使得我们情绪高涨，都迫不及待地要为他们创作。那天时间排得很紧，为每位战士创作后马上就要赶往下一站，可有的战士还想为90多岁的爷爷送张"寿"字，有的想为父母送张"福"字……尽管他们指导员一再强调马上出发了，但我一个不少全都满足他们，我的内心也因此多了些欣慰和踏实。

作为一名全国政协委员，我始终遵循着"懂政协、会协商、善议政"的要求，永葆为国家履职、为人民尽责，为文艺发声的情怀，七年来先后在两会上提交提案12件，联名提案10余件，努力为弘扬中华优秀传统文化、传承中华美学精神鼓与呼。

关于文艺家的更多信息，请查阅：

《建立文艺资源数字化行业协同机制 加快文艺数据要素建设》

《张继委员：建立中国书法馆，为书法文化发展提供全方位服务》

攀登之路

还原美德,
放大信仰

—— 康洪雷 ——

> 10年的时光，不是科班出身的他，把电视剧制作岗位统统干了一遍。勤奋积淀、稳扎稳打，聚焦人物本身挖掘精神，让人性的善和真闪烁在剧情的每个角落是他追求的艺术信仰。不抛弃、不放弃、有意义、好好活，这些看起来简单而朴素的话语，却在他的巧妙叙事中散发出笃定与智慧的力量。虽不是一位高产的创作者，但他的每部经典作品都能引发思考争鸣，在时代前进中留下强烈的回声，在行业发展中刻下永恒的印记，也成就了他在电视行业公众心中的良好口碑。他是中国电视艺术家协会理事、一级导演康洪雷。

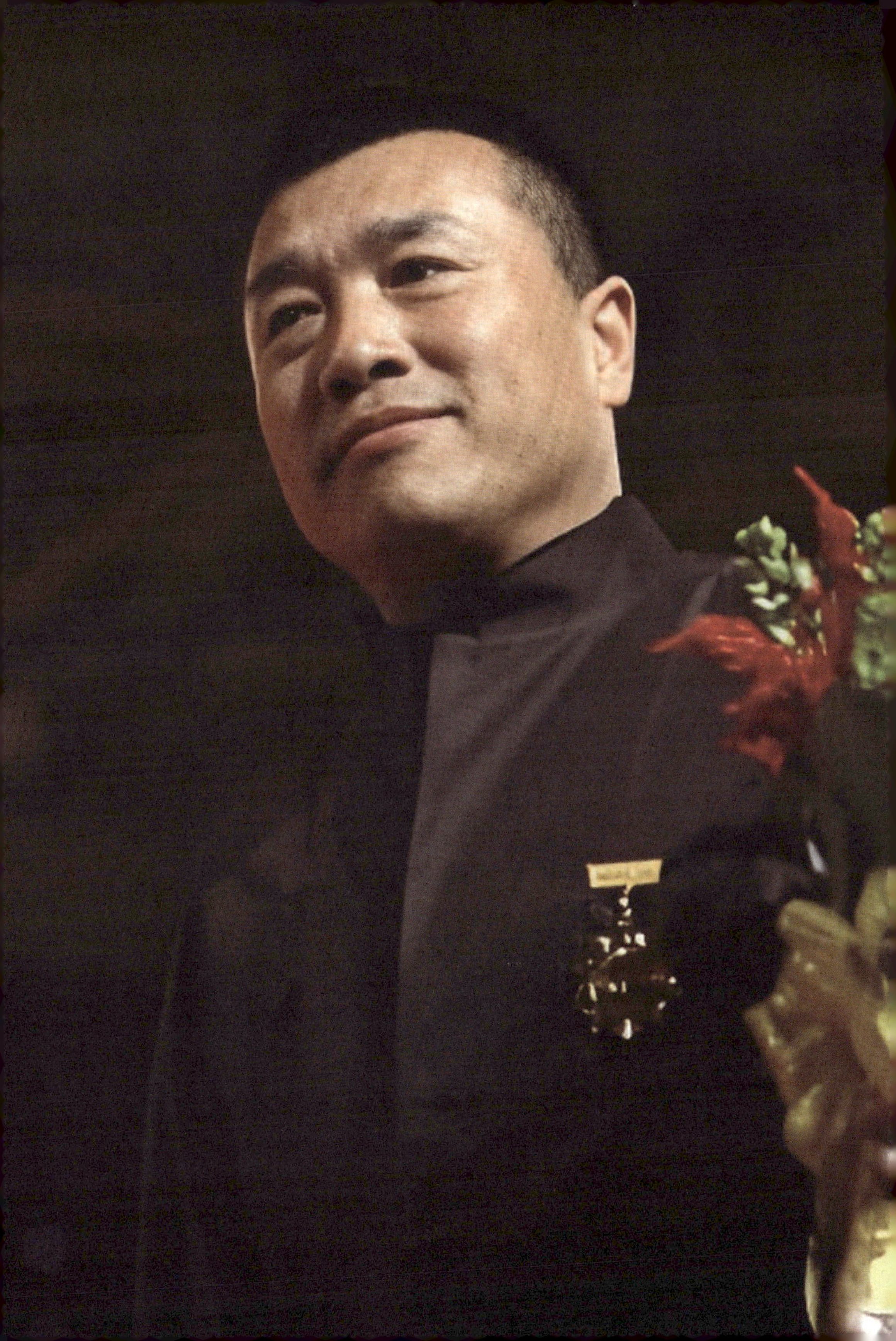

攀登之路——文艺名家宣讲文稿摘编

> "文艺工作者要用有情感、有温暖、有生活元素、经得住时间考验的好作品，来实现文艺作品以文化人、以文育人的重要作用。"

2004年夏天，我有幸受北京军区之邀去看他们拍摄的话剧——《爱尔纳·突击》。开演之前，一位中年军人上来讲话："同志们，我们北京军区战友话剧团今天晚上是最后一场演出，今天演出结束后，北京军区战友话剧团将就此从中国人民解放军的序列里消失了。同志们再见啦！""铁打的营盘，流水的兵"的巨大触动让我后脖颈瞬间起了凉气。大幕拉开以后，满台的青年战士热情洋溢、汗流浃背地演了一出话剧，现在都记不清他们演的是什么内容了，但这台上战士们的热忱、豪情以及他们即将离开军队的那份悲壮一直深深撼动着我……

后来，我就托人找到了话剧作者兰晓龙，才知道，他4年前就已经写好了电视剧本，但无人拍摄。我们经过简单沟通一拍即合。兰晓龙的电视剧文本以现代化的中国军队，甚至未来战士的视角，来讲述中国人民解放军特种部队在南美的爱尔纳参加军事比赛的故事。我被剧本里一个叫"许三多"的人物深深打动。那是一个木讷的、什么都不行的、谁也瞧不上的兵；可是他身上却有中国文化里特有的韧劲以及永远能看到别人的"好"、忘掉别人的"坏"的本能和精神。我就跟兰晓龙讨论，以许三多为主角来做一部电视剧。这件事我们研判了很长时间，磨合一致后就有了《士兵突击》这部电视剧。

▼《士兵突击》剧照

2005年，八一制片厂决定由我执导《士兵突击》；2006年12月全国上映，2007年热播。这是一部全是男性、没有男女情感戏的电视剧，当时的播出平台认为这部电视剧不会有收视率，但它却以慢热之势逆袭而上，成为当年现象级的影视话题，引发全社会讨论。在精神信仰有些摇摆、社会美德黯然藏锋时，这部电视剧确实发挥了引领和号角的作用。《士兵突击》的魅力在于它的精神内核可以帮助处在困难和彷徨中的人，尤其是青年人，找到令人信服的方向。

▼《士兵突击》剧照

我记得在英国时，有一个中国的留学生跟我说："康导你知道吗？当年我在伦敦，因为各种压力都崩溃了，想马上回国，我没跟家里说，打算悄悄回去。就在那时，我的一个同学在看《士兵突击》。我也看了两天，一下就知道自己应该怎样面对眼前的困难，怎么样来面对父母对我的期待。"这件事特别让我自豪。它让50后找到了激情，让60后回归了时代，让70后明确了方向，让80后知道了不抛弃、不放弃、有意义、好好活、做有意义的事。

"别相信第一印象。一定得去分析、去了解一个人，看看、再看看，你会改变原来的想法，重新认识这个人。这个时候不是他改变了，是我们改变了。"

《激情燃烧的岁月》《父亲的草原母亲的河》《父辈的荣耀》都是对"父辈"有所聚焦。在我的家庭里，儿子跟父亲的关系很独特。儿子对父亲从少年时代的崇拜，到青少年时代的叛逆、对抗、冷战，再到中年自己做了父亲，回首再看自己的父亲，会突然发现那个父亲已经满头白发……那时儿子的内心一下就五味杂陈。我记得每年的大年三十，全家人都要聚在一起唱歌，父亲永远唱《唱支山歌给党听》。随着年龄的增长，大家年年在换歌，作为父亲，别的事都忘了，但就一直记着这一首歌，而且越唱越清晰。这样的事情让我对上一代人充满了敬重。

在《激情燃烧的岁月》中，我第一次将对父辈的认识灌注到戏中。导演用镜头讲述故事，用影像传递思想。在此之前，大家都不敢相信，"石光荣"这样的角色可以成为故事的男主角。如果换一种角度，谁能跟石光荣这样的人过一辈子？知识女性和大老粗的组合，为什么得到那么多人认可？关键是怎么去认识这个人。如果从他粗暴、不讲卫生的角度看，他会是一个让你苦恼不堪的人物，如果透过现象看本质，能看到他对党和国家的赤胆忠心，对爱情和事业的始终如一，对战友和家乡人的掏心掏肺。我们可以用各种帽子套给他，盲目的、虚荣的扶贫心理，但后来我们发现，几十年过去了，这些帽子哪顶都不适合他戴。当去除这些有色眼镜的时候，我们会发现父辈的形象很是高大，我们有时真不如他们……

《激情燃烧的岁月》播出之后，引发了巨大反响。为什么一部电视剧会有这样的力量？其实源于我们对身边人，对中国文化、美德，对信仰的一种相信，一种确确实实的相信。

"我最怕先有故事。先有故事，没有灵魂。一个故事必须有它的灵魂，而且这个灵魂是始终不灭、可以承上启下、有非常现实的指导意义的，能让每个人看完以后有共情，这个很重要。"

我生在内蒙古、长在内蒙古，我是听着草原人的故事、听着他们的事迹长大的。成年后，我娶的爱人也是蒙古族。内蒙古的一切，都已经刻在了我的骨子里。我从二十多岁走进这一行到现在，没有一刻不想拍一部关于家乡内蒙古的电视剧。

我拍《父亲的草原母亲的河》，其实是源于那种无形的亏欠。我们在北京工作的内蒙古人想家又回不去的时候，就邀一帮内蒙籍的朋友，到蒙古大营里吃一顿喝一场，跟着蒙古歌者唱几首深情的蒙古歌，其中就有这首《父亲的草原母亲的河》，我每每唱来，都忍不住泪流满面。在蒙古族的艺术作品中，主题大多都是亏欠和悲情的故事。唱的歌不是父亲就是母亲，或永远回不去的家乡……一个悲情的民族，一定是最有希望的民族、最了不起的民族。就像在草原上看那河流，它不像长江、黄河那样奔涌澎湃，它一年四季无声无息地流淌。多少年过去了，你可能都忘了这条河，但它就那样默默地流淌着。那种亘古不变的劲头，让我们这些善变的人有一种羞愧感。

康洪雷 作品

这里的人太善良了 善良得就算你把心肝挖出来都觉得亏欠他们

主演 李泓良 斯琴高娃 涂们 斯力更 德姬 阿云嘎

父亲的草原 母亲的河

总编剧：康洪雷　编剧：莎漠　董天翼　刘翰轩　刘跃利　导演：康洪雷　刘翰轩　制片人：李义华

内蒙古 118.3 万平方公里，分为西部草原、中部草原和东部草原，要细分更不得了。它太广袤了，没有人尝试过去拍整个内蒙古，我想试一试。我联想到 20 世纪 60 年代末，一列火车从南京出发，把一千多位知青拉到内蒙古，他们沿途陆续下车，分散在整个草原上，如今仍有很多知青生活在那里。这是一颗种子，但要成形，要变成具象化的电视剧，还是要向生活讨教。我们带着主创和编剧，从阿拉善盟到鄂尔多斯高原，从锡林浩特正蓝旗到东面的巴林左旗，从川岭到呼伦贝尔，每个地方待将近两个月。四年间，我们带着主创和编剧走了两个来回的内蒙古，我们在草原深处、蒙古包内跟牧民们相识、相处，真真切切感受他们的文化力量和人格魅力。

▲《父亲的草原母亲的河》剧照

"56个民族在中华文化大家庭健康的进程中，互相影响、扶持，才使中华文明延续到今天。草原上的呼伦河是母亲的河，秦淮河和长江也是母亲的河，这部剧涵盖了中华命运共同体，是一个具体的生动华章，这是我给家乡的回馈，也是一次对美德、对信仰的致敬。"

▲《父亲的草原母亲的河》剧照

▲康洪雷在给演员说戏

攀登之路——文艺名家宣讲文稿摘编

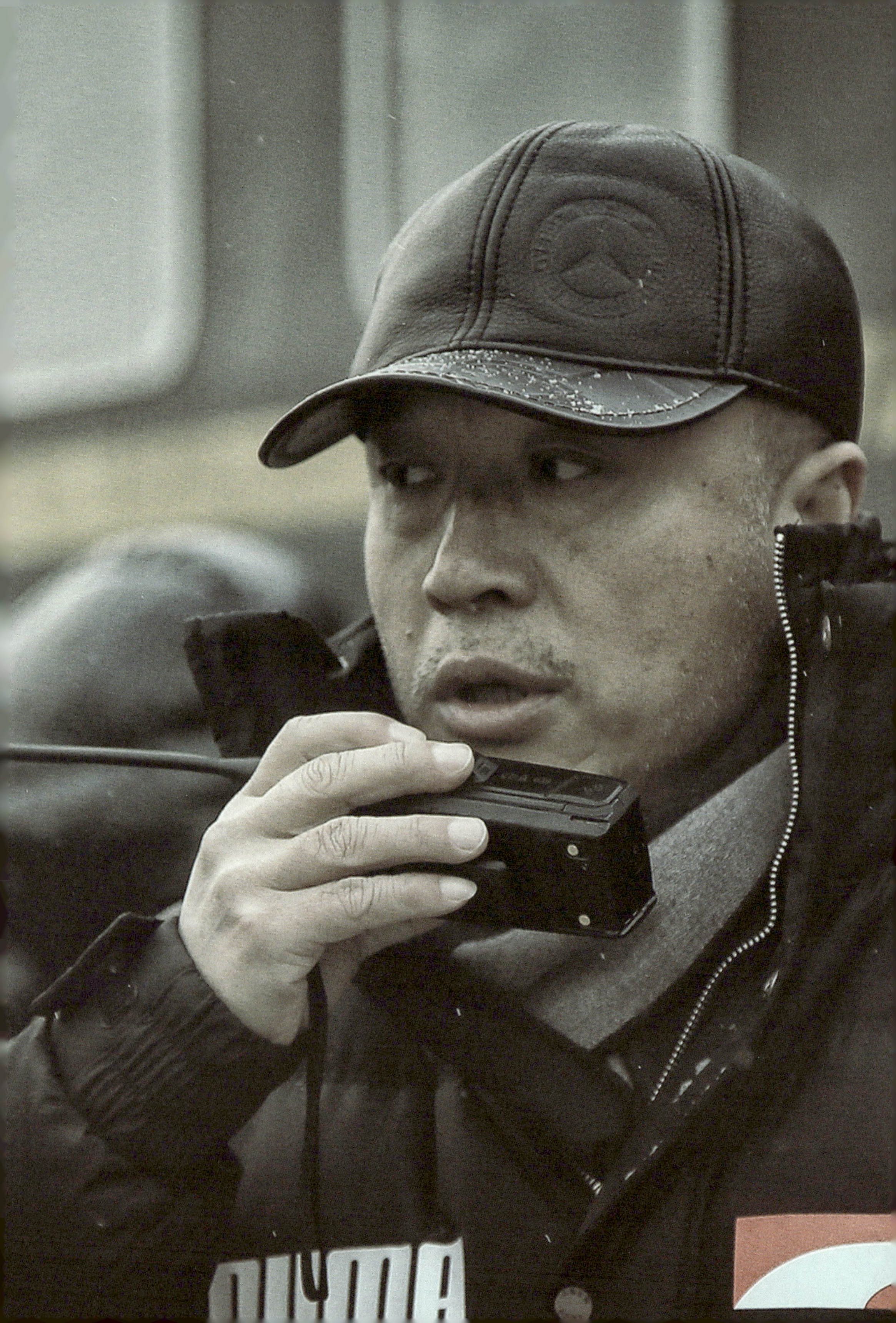

ADER

关于文艺家的更多信息,请查阅:

《我不能为了接活赚钱埋汰英雄——访著名电视剧导演康洪雷》

《电视剧〈推拿〉导演康洪雷:拍值得尊敬的人》

攀登之路

纪实摄影的社会实践
——"大眼睛"背后的故事

—— 解海龙 ——

> 他是希望工程背后的摄影师,正是他的慧眼发现了"大眼睛",从而改变了不止一个女孩的命运,更是692.9万中国儿童的命运。他是第一批将目光投向中国农村教育的摄影人,他用摄影的力量、公益的力量,推动国家对农村教育的投入,唤起了全国人民乃至全世界华人的爱心。为此,他将诗句"咬定青山不放松"写在笔记本中,鼓励自己,而这条路一走就是30多年。26个省、200多个贫困县、上万张珍贵的照片、2万多公里的行程,他拍摄的每一个孩子都获得爱心托付,他走过的每一个地方几乎都建起了希望小学。作为一名文艺工作者,他的镜头不仅拍下了时代的缩影,更承载着时代的良心。他就是中国摄影家协会原分党组成员、副秘书长,摄影家解海龙。

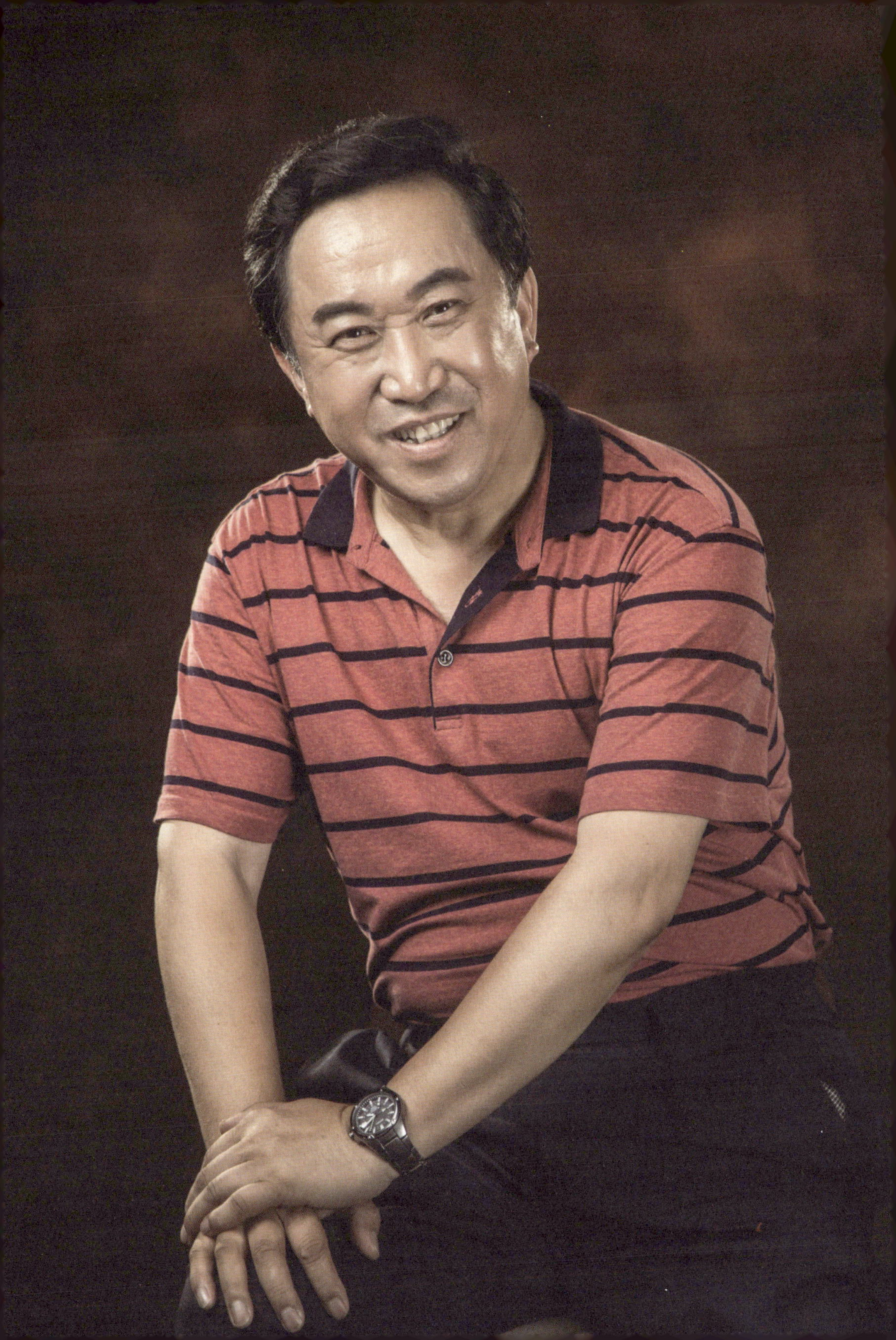

1979年4月起的短短四五年间，我获得了大大小小300多个奖项。就在我沉迷于大堆奖杯、证书，陶醉于自己"获奖专业户"称号时，我的恩师刘加瑞一句话点醒了我，他说："摄影的最大功能在于记录，它传递的是一种信息，给人以感染和思考，你一定要记住：藏则深，露则浅，令人喜不如令人思。"经过几天的反复思考，我把所有的奖杯、奖牌用报纸包好，全部塞在床下，改变从此开始。

"我们拍摄时，如果看到感人的场面，会激动、颤抖，甚至流眼泪，那一定是能拍出好片子的时候。"

1987年春天，我在广西融水拍摄了一张照片名叫《艰辛的哺育》，是我转型的标志。当地电台一条新闻中说融水苗族自治县的基础教育状况非常落后，小学生失学率很高，教育经费严重不足，师资力量极度薄弱，教育设施极度缺乏，我决定亲眼去看看。一路颠簸折腾后，来到了安太乡寨怀村。我听到学生的朗朗读书声，就趴着窗户往里一看，看见的是一个20多岁的老师，背着一个仅仅几个月的孩子在上课。我不想惊动她，一点一点地把门推开。等我进门之后，在妈妈身后的孩子回头看见了我，我就拍下了这个瞬间。这个老师叫戴红英，当年28岁，虽然带着两个孩子，但一天课都没有缺过，还年年被评为"优秀"。

▲ 1987年4月 广西壮族自治区融水县安太乡寨怀村小学戴红英老师背着不满五个月的小女儿上课

　　1989年，我决定拍摄一组反映农村基础教育现状的照片，好友纷纷劝阻，但我决心已定，为使自己坚定信念，我将一首郑板桥的诗《竹石》抄在笔记本上："咬定青山不放松，立根原在破岩中。千磨万击还坚劲，任尔东西南北风。"当时我在崇文区文化馆任宣传部主任，馆长给予我极大的支持，批准我用一年的时间进行专项创作，他说："希望你一年之后拿出一组反映孩子们渴望读书、老师们辛勤耕耘的照片，到时候给你办个展。"后来又得到了中国青少年发展基金会的认可和支持，他们为我提供一张全国贫困县分布图和一份团中央的介绍信。其间所有经费我自己解决。

"镜头的焦点对准了谁,全社会的关注度就在谁身上。我们的镜头一定要有选择的理由,展现给大家的照片要具有形象典型性、瞬间典型性和环境典型性。"

安徽省金寨县是将军县,也是老区和国家级贫困县,在大别山腹地。在这里拍摄时,我早上 7 点起床,在乡间的小路上去找学校和孩子。当时碰到一帮孩子去上学,大小不一,大的五年级,小的一年级,我跟着他们走了 12 里。在课堂上,我特别留意一个小女孩,她上课非常专注,我端着相机一直瞄着她,但她并没有发现我,一直在抄黑板上的作业,当她突然发现我的时候,她有点儿胆怯、无助、渴望,很复杂的一个眼神,我就抓拍下来了。我想多拍两张,没想到相机发生了故障,怎么摁也摁不下去了,我只能赶紧跑出去,一看原来是胶卷用完了,赶紧换新胶卷,再进去时小女孩完全就不是那种状态了。这张照片没有剪裁过,也没使用任何灯光,就是后来大家熟知的《大眼睛》。"大眼睛"名叫苏明娟,当时每天往返 24 里山路刻苦求学,她大学之后成为金融战线上的一名职工,现在是安徽省团委的副书记、团中央的常委。

▲ 1991 年 4 月 安徽省金寨县三合乡中心小学 苏明娟("大眼睛" 8 岁)

"大鼻涕"名叫胡善辉,是新县一个小学的孩子,这张照片是我撕破窗户纸、隔着窗户拍的。当时老师正在教他们"山石田土日月水火"这些生字,孩子们跟着读,他读得最卖力气,流着鼻涕,瞪着眼睛,张着大嘴,还皱眉头。当时我心想,希望工程不正是需要这种照片吗?照片发表后,反响比较大,"大鼻涕"也成为了希望工程代言人。5 年之后,我回访他们时,老师们给我展示了一大箱子的信和收到的捐款,捐款资助了很多孩子,让他们都上了学。"大鼻涕"读了初中,没有上高中、大学,所以他找工作也困难,曾经在饭馆做饭、帮厨。他 19 岁时我回访了他,并介绍他到了部队。他在部队当了 13 年兵,立功多次,最后转业到了济南高铁。他组建了一个"善辉善行"服务队,每天在高铁站给大家做热心服务。

▶ 1991 年 4 月河南省新县八里畈乡王里河小学胡善辉("大鼻涕"8 岁)在大声朗读课文

"我让一个真正失学的孩子写下了'我要上学'这四个字,作为我出版的画册《我要上学》的题字,既体现了新闻的真实性,也更容易打动人。"

下图这个小女孩是安徽临泉县的,叫刘小环,当时11岁。我当时在砖窑附近,看到一个孩子在那儿晃着、码着砖,就拿着相机拍了一张照片。后来我跑过去,她从我眼前过的时候,我又拍下了照片,并马上叫住她,"你叫什么?""刘小环。""今年多大了?""11岁。""你一次背多少块砖呢?""16块。""给你多少钱?""3分2。""你为什么要背砖?""我要上学。""好,把这几个字给我写下来。"她写完这4个字以后,我如获至宝,因为当时我正要出一本大型画册叫《我要上学》。后来这本画册出版了,我送给了国家领导人,送给了联合国教科文组织的工作人员,还送给了摄影界、企业界和演艺界,换来的是捐款、盖学校。中央领导说:"解海龙的一张照片,往往就是一所学校。"后来有另外一个领导人说:"不止一所,一张照片可能会引来几所学校。"

▲ 1994年4月 安徽省临泉县城关镇刘老庙村刘小环(11岁)为了能上学去窑厂背砖坯

"在拍摄过程中，一双双渴望读书的大眼睛紧紧牵动着我的心，我有一种强烈的使命感，一定要快跑、多拍。如果不抓紧拍摄，不把这些事实反映出来，让他们尽快得到社会的关注，就又有一批孩子面临失学。"

1992年4月，我把孩子们如何渴望读书、老师们如何辛勤耕耘的一整套照片整理好，在北京召开新闻发布会。我将作品分发给各大媒体，一夜之间，"希望工程——百万爱心行动"拉开序幕，这之后，一张张爱心的汇款单从祖国各地涌向中国青少年发展基金会，对希望工程起到了极大的推动作用。从1989年10月希望工程开始实施，到1991年底，收到的捐款不足1000万元，而在1992年4月照片发表之后的8个月间，捐款过亿元，希望工程的热潮唤起了全国乃至全世界华人的爱心，很多希望小学建成，很多孩子得到帮助，重返课堂。截止到2023年，中国青少年发展基金会共收到捐款223.11亿元，资助失学儿童692.9万人，援建希望小学20992所。这些捐款中，有原本用于养老的，有用于结婚的，还有的是孩子们的压岁钱，这不仅仅是捐款，更是一颗颗爱心的深情跳动，而希望工程也不仅仅是一项一般的教育项目，更是中华民族体现出的强大凝聚力、铺筑未来复兴之路的伟大工程。

"通过这些年的实践，我认识到摄影为了谁的问题，决定了影像的价值和最终的方向。摄影，不能单纯地为表达摄影人内心的微妙感受，而应该是关心他人的工具。"

30多年来我的脚步不曾停歇，足迹遍及26个省的200多个贫困县，一直关注着农村儿童教育、弱势群体，对在希望工程中拍摄的孩子，我坚持回访。我们手中的镜头一端要关注的是人，另一端是我们自己的内心。作为一名文艺工作者，作品是自己的立身之本，要坚持以人民为中心的创作导向，多年来的摄影实践使我认识到不管从事哪一类型的摄影，都应该投以有温度的目光。拍风光，就要体恤自然；拍人文，就要心疼百姓。拍摄不是以侵略式的视角、猎奇的心理去消费别人的苦难。作品既能映照现在，又要有摄影持久的感动力，这样，我们手中的相机才算是有了真正的生命力。

关于文艺家的更多信息，请查阅：

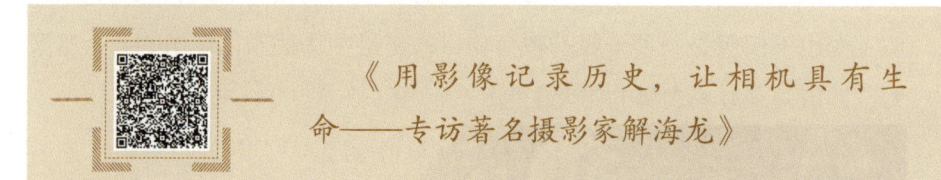

《用影像记录历史，让相机具有生命——专访著名摄影家解海龙》

《修身立德为本　不负时代重托》

攀登之路

坚信中国文化 用魔幻的双手展现新时代

—— 傅琰东 ——

> 魔术师是欢乐的给予人,是聚光灯下的欢乐创造者,用奇迹点缀着我们习以为常的生活和平淡无奇的视线。他,正是这奇迹的实践者和创造者。从父亲那儿继承傅氏幻术的他不光在传承手中的技巧,也在努力为观众制造梦境、给予欢乐。他说,只有最卓越的表演才经得起观众的期待。他相信传承不是模仿,而是保留精髓和创新升级。如今的他以花样翻新、变化无穷、观赏性强的魔术多次登上春晚的舞台,但无论什么表演,他都会第一时间研究观众的反应,不断打磨、完善,为求下一次的呈现更加精彩。他就是中国魔术艺术委员会副主任、傅氏云机(北京)文化有限公司首席魔术师傅琰东。

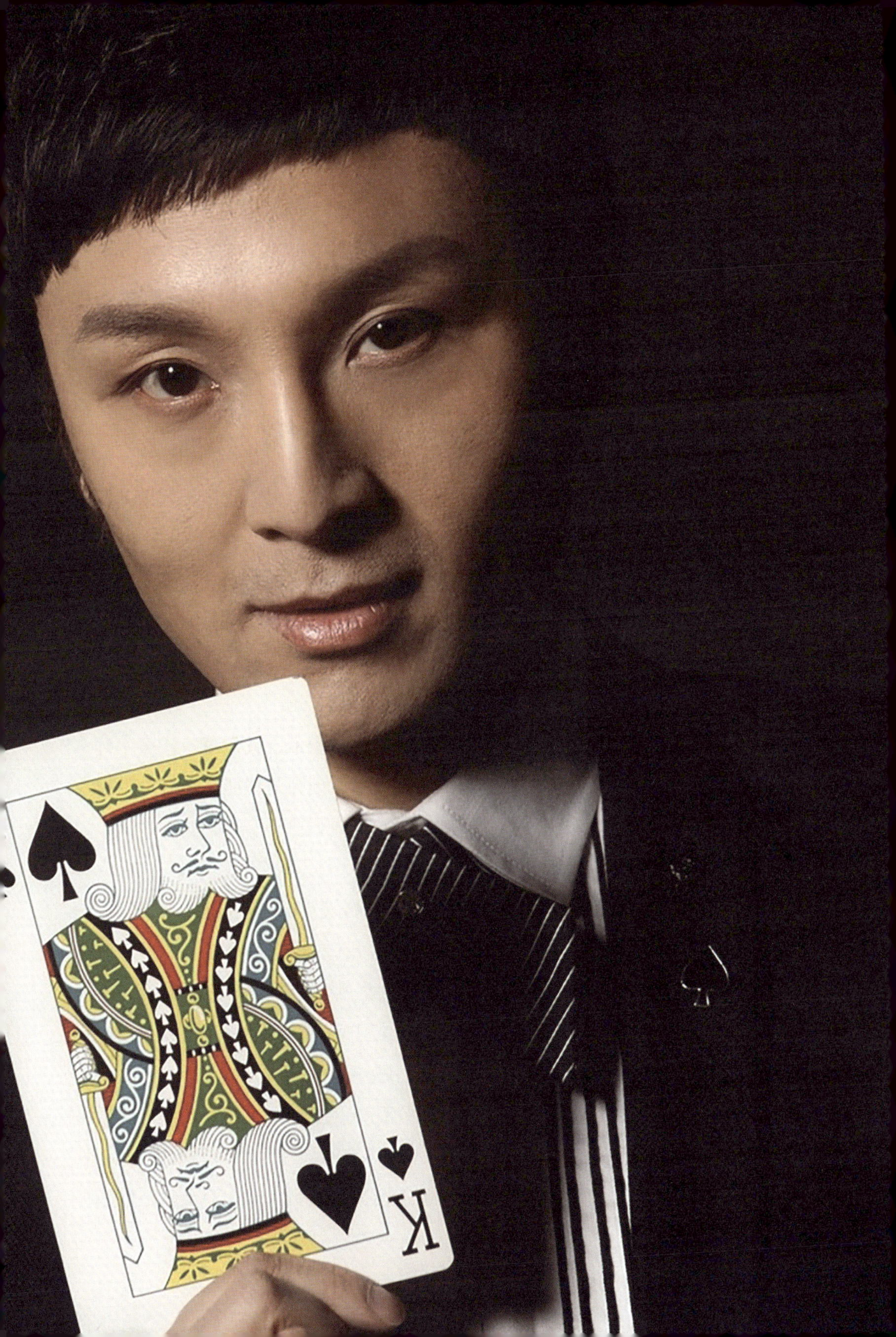

"观众眼睛看到的很多魔术其实都有自然科学的影子在其中。观众看魔术是为了解开秘密，而魔术师设计魔术、表演魔术是为了创作秘密。魔术给我的空间非常大，能够把好多梦想搬上舞台。"

中国是世界魔术发源的三大摇篮之一，中国的魔术有2000多年的历史。据说在汉武帝时期的宫廷盛典和与外国使节交流时，表演了一个大型幻术，这个幻术分成三个部分，第一个部分叫"鱼龙漫衍"，是乔装戏，就类似于现在的舞狮、人扮演怪兽。上面是一个小孩，小孩可以支撑在怪兽的身上保持平衡，这是一个非常古老的悬浮术。第二部分，怪兽到了一个池子里就变成了一条大鱼，还有人在旁边操作，就像现在的舞龙灯的形式。第三部分，这条大鱼变成了一匹龙马。这个节目非常吉祥，是当时朝廷非常喜欢的节目，这是中国最早有记载的大型幻术。

"傅氏幻术有两个特点，第一是知识分子变魔术，就是每一代魔术师都需要有高学历，要有大学及以上的文化程度，因为这样能够更好地理解和创作魔术；第二是坚持原创。"

我出生在一个魔术世家，是家族的第四代传人，我们家的第一代创始人是我太爷爷傅志清。他曾在日本留学，在留学期间他做了两件事情，第一件事情是他跟几个好朋友——欧阳予倩等人组成了中国的第一个话剧社团"春柳社"，第二件事就是学会了一些东洋把戏。那时的东洋把戏其实就是一些洋气的魔术。第二代是我的爷爷傅天正。我爷爷毕业于北京大学，是学法律的。但由于从小受家里的熏陶，他其实爱魔术超过法律，后来拜师学了北派的魔术，也成了我们家第一位真正开始从事魔术事业的魔术师。第三代是我的爸爸傅腾龙，他曾经三次登上春晚的舞台，我的魔术也几乎全都是他教我的。他是一个非常全面的人，会设计、画图，能制作，也会魔术杂技的理论研究，还曾经在学校教过美术。第四代就是我。

2014年"傅氏幻术"被正式列为国家级非物质文化遗产，长房长孙的我成了第四代传承人。即便从事魔术行业，也要有良好的文化素质。因为把魔术当作职业，仅靠喜欢是不够的，更重要的是责任和文化修养。

▶ 儿时的傅琰东与父母在一起

"魔术是智慧的艺术，看魔术、学魔术，是一种智慧的表现。我不会因为魔术对我来说没有那种神秘感而不喜欢它，相反，我会觉得从事魔术表演是一件十分有意义的事情。"

在我25岁那一年，我参加了第一届中国杂技金菊奖全国魔术比赛，金菊奖是中国杂技界的最高奖项。当时我在我爸爸的剧团里，用一个变装的魔术《服装师之梦》去参赛，这个节目获得了银奖的第一名。我很高兴，但是不少行内的长辈就跟我父亲说："得银奖在别人家觉得还挺好的，但是在你们这样的魔术世家就不行，对自己要求太低了。"我父亲对我说："你在这样一个魔术世家里，大家对你的要求就会很高。"这句话对我的鞭策特别大。我用了7年的时间，创作出《光之碟》，立志一定要得一个金菊奖的金奖。我是第一个变光碟的，整套流程也是我自己设计的，也没有什么可参考的，我的想法就是我永远要和别人不一样。由于没有可比性，也没有一个参照物，当时真的是想破了脑袋。比赛结束评委跟选手见面的时候，评委就说："这个是别开生面的，以前没有见过这样的表演。"

▲《服装师之梦》表演照

▲《光之碟》表演照

> "魔术起源于做梦，魔术师就是造梦人。魔术师大多成名比较晚，都是'大器晚成'，需要学习很多年，先把基础打扎实。"

我一共上了8次春晚，但有7次都是打酱油的。我父亲1995年第一次上春晚，表演的魔术叫作《壁虎神功》，我在旁边做助手。当时有个导演跟我说："你不管怎么样，只要露脸一秒钟，那都是光宗耀祖。"这个魔术本来有三分钟的时长，最后呈现的时候压到了53秒，然后导演非常兴奋地说："本来只有50秒，为你们多争取了3秒。"

2003年春晚，我就自己独立表演了，表演的是《魔幻天空》。歌曲和魔术相结合更吸引人，这个节目也很荣幸登上了春晚舞台，获得了当年"我最喜爱的春晚节目"评比三等奖。2011年春晚，我表演的是《年年有"鱼"》，这个魔术源自宋代戏法，不过导演要求呈现一个别开生面的变鱼形式。当时我就创意了一个"训鱼"表演，就是要金鱼排着队，按照我的要求往这儿走、往那儿走，然后再让画上的鱼钻到水族箱里。这个节目在四审的时候被毙掉了，那一天我记得是2010年12月24号，我特别灰心地回到家里。当时已经练了三个月了，所有的演出都已被我推掉了，因为练习，手一直浸在冷水里，全是冻疮。第二天导演打电话说:"再给你一个机会,为你单独设一次五审,两周以后终审。"那两周我瘦了14斤,没日没夜地练习。两周之后,终审终于过了,我也不用参加6次的联排,让道具金鱼充分休息。我太高兴了!后来我又开始担心,因为到了备播他们也没有叫我。我一直守到备播那天晚上12点,导演来电话:"现在进台,给你单独备播。"这种大起大落的心情,跟过山车一样。所幸当天的表现非常完美,我的金鱼没有一条掉链子,大家还通过这个节目开始认识我。

"精品跟作品不是一个概念,魔术表演背后需要文化根基才能站住脚跟。我的魔术是将中华优秀传统文化带向世界。"

2009年,在被世界各国魔术界公认为国际魔术奥林匹克——第二十四届世界魔术大会上,我和沈娟、汪燕飞表演的《青花神韵》获得了舞台幻术的银奖,这也是该比赛70年来亚洲魔术师获得的最高奖项。我觉得用扇子、伞变魔术太普通,就设计了一个大型幻术。

幻术考验更多的是一个人的智慧,体现的是一个国家的综合实力,道具的工艺、流程的安排都是特别有讲究的。我用三个魔术串成了《青花神韵》,然后用中国风的青花瓷来给它包装。我记得参赛之前,每个选手有9分钟的时间到舞台上对光,我对光以后,英国的灯光师就跟我说:"你这个节目肯定能得奖,我们都喜欢这样的。"

中华文明5000年的积淀是前人留给我们最宝贵的财富。习近平总书记号召我们坚持文化自信,我深以为然。《年年有"鱼"》《青花神韵》都脱胎于中国古典文献的记载,都受到了国内外的好评,这让我更有信心创作富有时代意义的新魔术精品,奉献给党和人民。

▲《青花神韵》表演照

关于文艺家的更多信息，请查阅：

《古为今用，打造独一无二的中国风魔术——专访中国杂协魔术艺术委员会副主任、北京杂协副主席傅琰东》

《将中国魔术文化发扬光大——记傅琰东》

攀登之路

舞蹈的力量

—— 王亚彬 ——

"

她是舞剧《青衣》中历尽沧桑的小燕秋，囊括国家级重要舞蹈奖项，出品创作、编排 20 台舞剧作品，多次受到世界重要艺术节和剧场演出季邀约创作演出。她 6 岁习舞，9 岁考入北京舞蹈学院，17 岁凭借其出色的舞蹈表演才能荣获文旅部全国舞蹈比赛金奖，25 岁成立工作室，以"亚彬和她的朋友们"系列演出走遍世界各地。作为一名以中国古典舞为创作基石的"80 后"，舞蹈是她与这个世界沟通的最佳方式。她以舞蹈为主要事业，跨界多艺术种类，如话剧、戏曲、音乐剧、影视剧、文学的创作；她出版过文集，为报刊撰写专栏；她获得过很多殊誉，其作品受到国内外重要媒体的高度赞誉与观众喜爱。她说："很多事情都坚持不下来，唯一能坚持的就是跳舞。我希望在时间的长河中尽己力，为中国舞蹈艺术创造一段历史，将中国创造的舞蹈推向国际舞坛，让世界看到新时代中国舞蹈的魅力。"她就是中国舞蹈家协会理事、北京舞蹈学院青年舞团演员、北京市舞蹈家协会副主席、亚彬舞影工作室艺术总监——王亚彬。

"

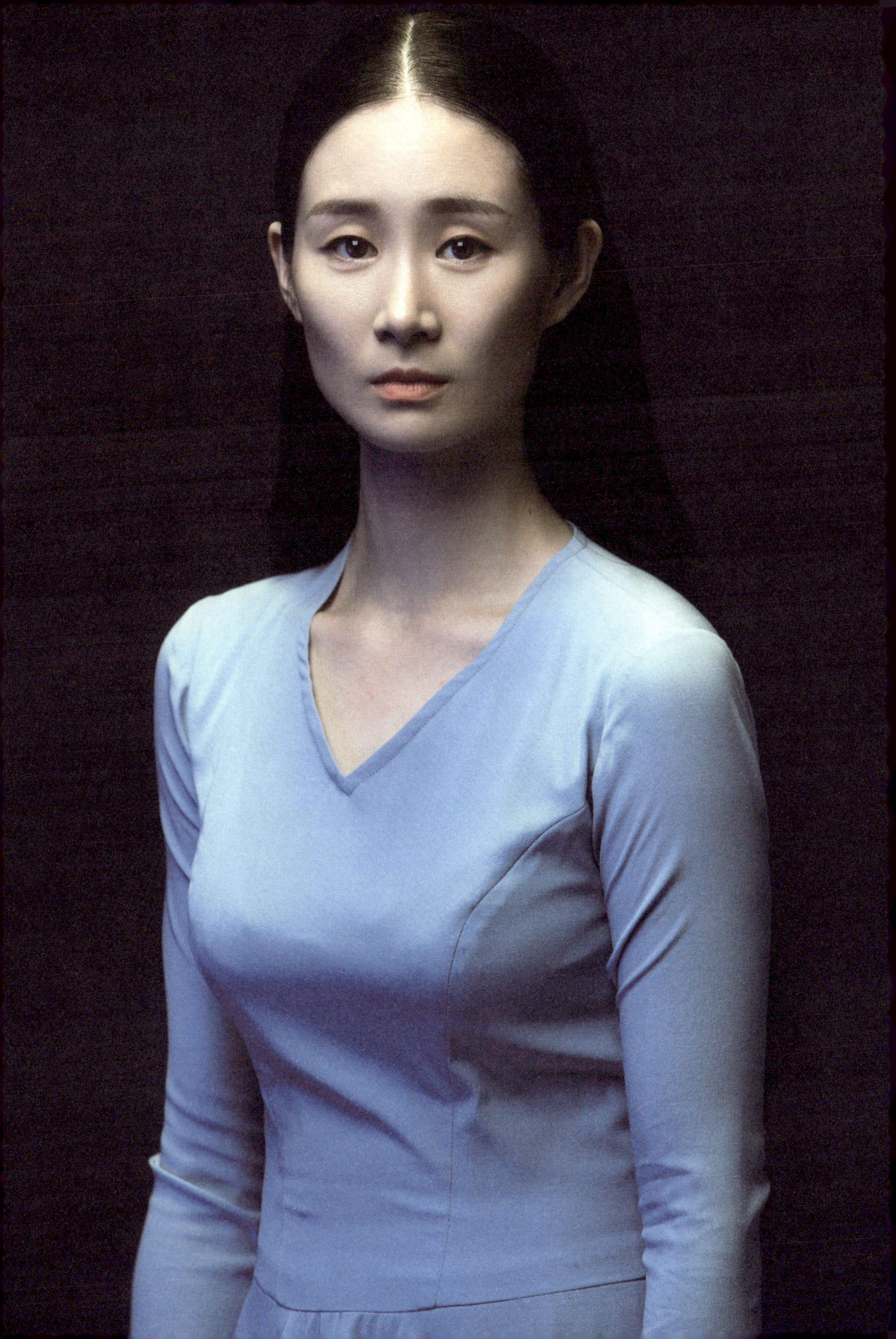

"无论从事哪一项事业,热爱是前提。当对一件事情充满热爱,充满执着,它才会成为力量,推动我们不断向前。"

我从6岁开始学习舞蹈,但到了大学才更加深刻理解"舞蹈是什么"。上了大学之后,我有了很多参加全国省部级舞蹈比赛的机会,我的大部分时光都在排练场度过。周末,很多同学三三两两地出去玩、吃饭或者逛街,但我依旧要留在排练场,完成所有的排练任务,锻造舞蹈技艺。在我看来,舞蹈艺术在一定程度上,具有一定的孤独性。

◀ 王亚彬在北京舞蹈学院排练

"舞蹈的表演和创作在一定程度上要远远超越于舞蹈本身，需要更广阔的素材、不同艺术形式的借鉴，从而让舞蹈的本体更加丰富，为舞蹈作品带来更丰沛的表达。"

我在创作舞剧《永和九年》的过程中，做了很多舞蹈之外的功课。对于一个艺术家来讲，艺术创作需要大量的时间，沉浸于艺术本身，须舍得花时间和精力，通过作品去勾勒艺术生命的轨迹。在作品的表达过程中，不仅要有艺术性，还要有思想性。作为一名舞者，单纯去呈现编导的思路和意图，是最基础的一项任务，而从舞者自身的角度进行二度创作，赋予作品更加丰富的体现，才能让作品成为有代表性的精品。

▲舞剧《永和九年》剧照

"舞剧《生长》探讨的问题是：生，我们从哪里来；长，我们要到哪里去。这个问题在我们日常生活中、科研中甚至编舞过程中都会遇到。"

我大学毕业后立志要成为一名享誉国际的优秀舞者，我从舞者到编舞、导演，尝试身份上的拓展。2009年，我成立了"亚彬和她的朋友们"工作室，初衷就是希望"以世界语言来讲述中国故事，以中国元素来呈现世界故事"。这两点在我这15年的创作过程中也逐一实现了。我们在15年的创作过程中，有20台舞剧，基本上是以每年一台原创舞剧的速度在向前推进。我也从一名纯粹的舞者向编舞、导演，甚至制作人的方向进行拓展。很多事物是我未曾尝试的，但是人就是一个非常神奇的物种，会在实践当中不断地去学习、开阔视野、丰富创作本身。从舞者转向编舞，我有很多的想法，想通过作品本身来进行传达。

《生长》在国内外进行了60多场的巡演，在法国蒙彼利埃艺术节演出的时候，2000多人的观众席都坐满了，演出结束后，观众们立即全场起立，给予我们特别热烈的掌声。当时我站在舞台上，觉得作为一个中国人，能在世界的舞台上得到国际观众的认可，是特别让人骄傲的一件事情——我们中国创作的舞剧走到了世界舞台上。这部舞剧收获了

舞剧《生长》剧照 （王嘉樾）摄

国内外的好评，他们从剧中看到了东方气质，看到了中国元素。《生长》有超过 10 个国家的艺术家参演，大家跨越不同文化的壁垒，一起来探讨关于人性、关于人类命运共同体的话题。我相信艺术可以激发一切的美好，让有才华的人相遇。我在这个过程中遇到了一些优秀的艺术家，我们在一起联合创作，深度交流。

"我的生命价值应该体现在舞台上，应该为中国舞蹈事业不断地作贡献，同时我也希望将中国舞蹈事业作为终生的事业来做。一项事业它不仅需要某个人，而且需要几代人共同推进，我愿意成为众多努力的其中一员，贡献自己的绵薄之力。"

很多朋友都很熟悉舞剧《青衣》，从 2015 年在国家大剧院首演，到 2020 年 12 月已演出 100 场。一部剧能演到 100 场，还受到文化和旅游部的委派以及国际艺术节的邀请，是第一个登上挪威国家歌剧院主舞台和以色列国家歌剧院主舞台的舞剧，这对于一个创作者来讲，是巨大的鼓舞。

▲舞剧《青衣》剧照　（刘海栋/摄）

《青衣》是根据茅盾文学奖获得者毕飞宇老师同名小说改编的舞剧，这部作品探讨的问题是：生命该如何寄托，人该如何实现其个人价值。在西方的媒体看来，《青衣》不光是讲述了一个艺术家追求艺术的故事，同时也探讨了一名现代女性如何平衡家庭和事业这样的命题。我们希望《青衣》可以一直演下去，成为一部经典的作品。

"艺术是人类精神世界不可或缺的重要存在，我想用舞蹈去协助人们构建更好的精神世界，陶冶人们的情操。"

2016年，我受英国国家芭蕾舞团的委托、邀请，为该团创作全球女性编舞计划中的一个作品，根据古希腊悲剧《美狄亚》改编的舞剧 *M-Dao*，共30分钟。这个作品是由艺术总监挑选3位不同文化背景的女性艺术家、女性编舞来进行不同的主题作品编排，意在让世界聆听女性声音。在创作中我们融入了很多中国传统的文化元素。在英国国家芭蕾舞团排练的过程中，我教古典芭蕾舞演员如何呼吸，如何去提沉，如何通过太极的方式去感受气息在身体当中的流动，以及手臂下沉的不同的运动方式。当年4月13号，在世界级的剧院——伦敦赛德勒之井剧院（sadler's wells）进行了首演，受到观众的广泛好评。大家从中看到了中国元素，看到了书法的元素和太极的元素，看到了东方式情感的表达。这部作品正是以中国元素来呈现世界故事。

这些年的创作让我更加坚定，我可以随着创作的主题，创作出更多更好的讲述中国故事的作品，也把世界上的优秀作品带到中国，进行深度的联合创作与交流。艺术本身究竟能给人们带来一种怎样的力量？它存在的意义是什么？ 我尝试着做了一些关于舞蹈的自媒体小视频，受到了很多人的关注，他们从舞蹈中感受到了平静，减少了焦虑。希望在未来，在剧场界，可以有更多的人通过我了解舞蹈艺术。

M-Dao 剧照

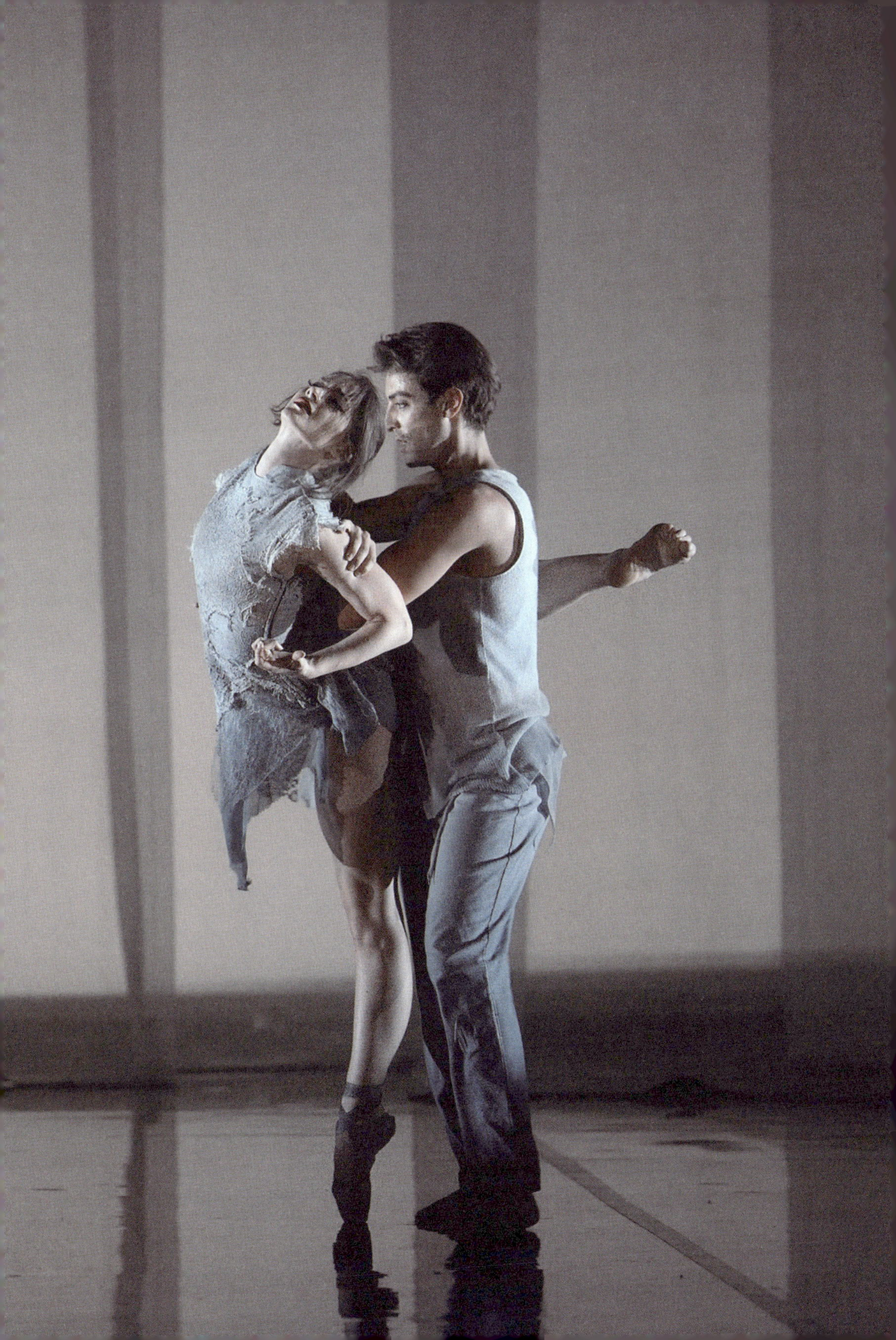

关于文艺家的更多信息，请查阅：

《心无旁骛、舞以赤诚：努力将更好更多的作品献给更广阔的观众——专访青年舞蹈家王亚彬》

扶青十年"Ta"们 | 王亚彬：为舞蹈而生

攀登之路

守正创新，用中国式摄影语言丰富人民精神世界

—— 李 舸 ——

他说："摄影就是智慧的修行,是静静地观看世界,真挚地交流情感,由衷地懂得感激,深切地体味幸福。"为时代存照,为人民画像,也是他对自己从事职业的评价。2020年初,他带领中国摄影家协会小分队,深入武汉,历时66天,为全国各地支援湖北的42000多名医疗队员拍摄现场肖像,创造了世界摄影史的奇迹。2022年初,他带领中国摄影家协会小分队,征战北京冬奥会赛场,体现了北京双奥人的历史担当。他曾主动请缨,进入北京非典重症病房,深入地震等重灾区,进行现场报道;他曾数十次登上天安门城楼,进入人民大会堂,见证党和国家的辉煌时刻。他经历了30年来中国发生的各个历史事件,每一个高光时刻。他就是中国文联副主席、中国摄影家协会主席、金砖国家影像联盟主席、高级记者李舸。

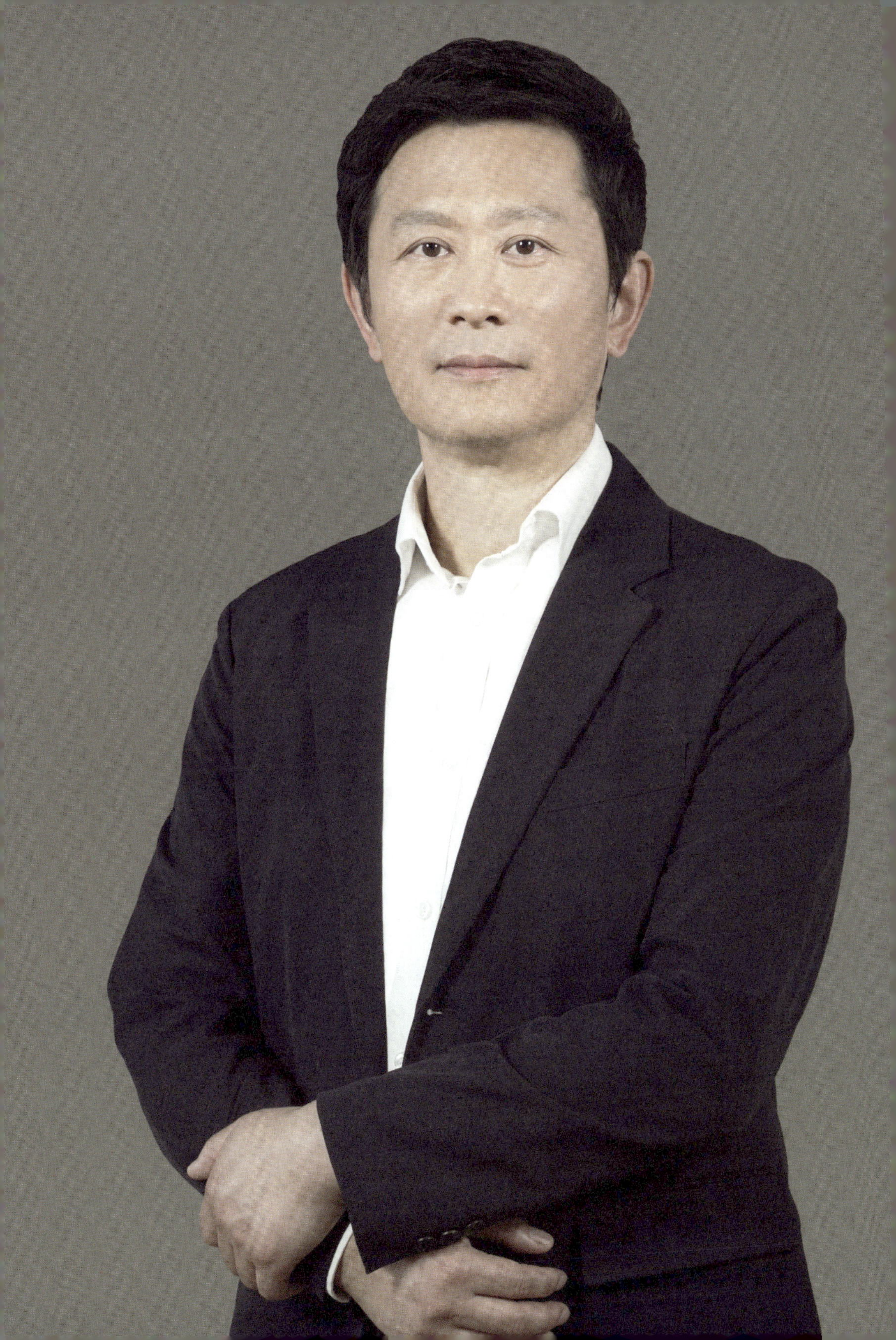

▲ 2009年李舸在北京天安门城楼上采访国庆系列活动

▲ 2021年李舸在"庆祝中国共产党成立100周年大会"上

▲ 2022年李舸在"中国共产党第二十次全国代表大会"现场

"用具有中国特色的镜头语言记录习近平新时代中国特色社会主义思想在当今时代的生动实践，充分显示其中蕴含的巨大真理力量，是摄影工作者义不容辞的历史使命和政治责任。"

我在《人民日报》从事新闻摄影采编工作，至今30多年了。作为中央时政新闻记者，我参与了从党的十四大到二十大，从七届到十三届全国两会的报道工作；我还见证了港、澳回归，新中国成立50、60、70周年庆典，庆祝建党100周年，北京夏季奥运、冬奥等一系列重大历史事件。

"有社会责任感和使命感的摄影记者最基本的职业操守——只要国家需要，人民需要，我们就应该冲到最前线，传播真相、解疑释惑，凝心聚力、共克时艰。中国摄影始终与国家的历史进程紧密相关，中国摄影人始终在场。"

20世纪90年代初，我刚参加工作就在中国青少年发展基金会的组织下，与解海龙老师一起采访拍摄"希望工程"。老一代摄影人为我树立了榜样，在时政新闻采访之外，我大部分时间也都在基层一线：穿越塔克拉玛干沙漠进行航拍，登上最艰苦的雪域高原哨所，下到几百米深的矿井，走过贫困地区的泥泞乡村路。1998年长江流域抗洪、2003年北京非典、2008年汶川地震、2020年武汉抗疫等等，冲在突发事件最前线，是我的工作状态。同时，也养成了随时赴命、简单素朴的生活方式。

▲ 2022年李舸在北京冬奥会张家口赛区云顶滑雪坡道障碍现场

攀登之路——文艺名家宣讲文稿摘编

175

▲ 2008年李舸在汶川地震现场

▲ 2010年李舸在煤矿井下

▲ 2012年李舸在我国"煤运大通道"
　——大秦铁路现场

▲ 2013年李舸乘飞机穿越塔克拉
　玛干沙漠进行航拍

2003年5月8日，北京成立了非典定点医院，北京中日友好医院负责接收重症患者。我主动向报社领导请缨，入住非典病房，进行为期十几天的体验式采访。《人民日报》首次让我这样的摄影记者在头版开设图文专栏"来自非典病房的报道"。每天我把所看到的真实情况，通过图文报道进行传播，回应大众疑问、消除社会恐慌。

当时我所在的病区有一对老夫妇住院，后来老爷爷病情加重，转到了楼下的ICU。老两口都没有亲人陪伴彼此牵挂，怎么传递信息成了难题。那时候手机还不是人人拥有，病区里也没有固定电话，医护人员都是用对讲机联络。后来医护人员想了个办法，让老两口写信，然后通过电梯上下交换。有天早晨大家刚到岗，我看到护士长拿着纸条走到老奶奶病房门外徘徊。我问："为什么不进去？"她说："老爷爷昨晚去世了，这纸条是去世前写的。"护士长心里非常难过，她缓缓调整了情绪，鼓起勇气推开了老奶奶的房门。那一刻，作为摄影记者，我想如果进去拍照，肯定能捕捉到最真实、最具有"冲击力"的画面，但我的内心却不允许自己进去。最后，我在外面等护士长退出来关上病房门，隔着门上的小窗户拍了一张照片。此后，每当我站在突发事件现场，我都时刻提醒自己、克制自己：尊重人性，敬畏生命。

▲ 2003年李舸拍摄的非典病房老奶奶

▲ 2003年李舸在中日友好医院非典重症病房采访

"摄影的力量绝不仅仅是为了好看和感官愉悦，而是要用人格和风范去表达对人性的尊重和敬畏，坚持一种高贵的文化气节和学术操守。在特殊时期，摄影所呈现的应该是一种有重量的精神行动、一种信仰的力量。"

2020 年初，在武汉采访抗击新冠感染疫情的 66 天，是我 30 多年职业生涯中从没经历过的。我们获得了一次跟 4.2 万多名医疗队员面对面接触的机会。我们不仅拍摄了 4.2 万多张肖像，我们更是记录了 4.2 万多个抗击疫情的故事。我们尽可能地为医疗队员录制短视频，经历了 4.2 万多次感动。"艺术只有出自人心，才能走进人心。"

这不只是一场新闻采访，也不只是一次艺术创作，而且是一种直指心灵的生命体验，是一段深度感悟的精神升华。当时在湖北的每一支医疗队的心理医生都感慨，我们的拍摄对医护人员是非常必要而有效的心理治疗。平时大家一般都认为摄影具有记录功能、传播功能、审美功能，但我没想到摄影在特殊时期还有治疗功能，而且针对的是专业的医护人员。

《你是我最牵挂的人》援鄂医疗队员肖像系列作品　　李舸2020年2月摄于湖北武汉多家定点医院封闭病区

▲ 2020 年初李舸在武汉拍摄援鄂医疗队员

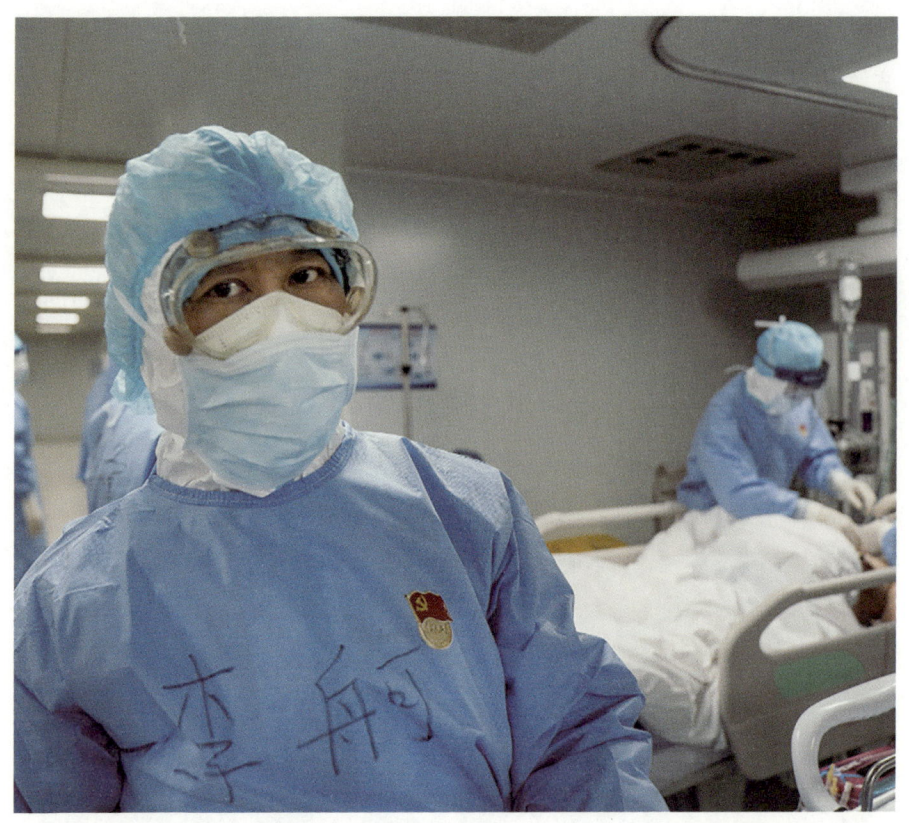

▲ 2020年初李舸在武汉火神山医院重症病房采访

"新时代是当代中国文艺创作的历史方位。学艺术的年轻朋友，我们的视野不要只聚焦、停留在自身的悲欢、得失中，而要把我们的创作放到历史变迁、民族复兴、时代发展、人民奋斗的维度上去考量。"

每当我登上天安门城楼，举起相机记录国家的一个个历史瞬间，我常常在感怀，几千年来中华大地沧海桑田，哲人辈出，中华民族迎来的第一个朝代是夏朝，大约在公元前21世纪。而我们处在21世纪的新时代，王朝的中国早已经改天换地了，而文化的中国还在发展、传承。这一前一后两个21世纪就意味着历史赋予我们这一代神圣的使命，就是以中国式现代化全面推动中华民族的伟大复兴。

"中国不乏新时代的发展故事，关键要有讲好故事的能力；中国不乏人民奋斗的史诗般实践，关键要有创作史诗的雄心。我们只有牢牢把住时代发展的脉搏，才能推出更多增强人民精神力量、丰富人民精神世界的优秀作品。"

自摄影术进入中国始，就不仅是20世纪中国学术思想和社会变迁的佐证，也是此后每一个历史阶段，人民奋斗的时代符号和思想发展的文化载体。

进入新时代，中国摄影家协会积极组织广大摄影家开展"深入生活、扎根人民"主题采风创作。党的二十大以来，中国摄影家协会更是"把做人的工作"和"发挥组织优势、专业优势"结合起来，全面推进中国摄影事业的进一步深化改革。我们跟国家主流媒体进行战略合作，让更多优秀摄影家、优质摄影资源融入到了国家主流评价体系中。在这样的基础上，我们举办了"脱贫攻坚""筑梦新时代"等一系列的大型艺术展览。

《山乡新貌》地处大山深处的甘肃陇南坪垭藏族乡在脱贫攻坚进程中，整体搬迁到山下，这是新旧山乡对比。

▲《山乡新貌》2019年李舸摄于甘肃武都

▲《十八洞苗绣图》2023年李舸摄于湖南十八洞村

▲《脱贫路上的希望》系列作品　李舸 2018—2020 年摄于甘肃、新疆

"为什么人们会在突发的灾难中期盼文艺，在无聊的世俗里呼唤文艺，在社会的转型下进行文艺创作，那都是因为文艺能够给我们带来一种整体性的精神定位和情感指向。"

鲁迅先生深刻影响了近现代中国文学，他的思考同样对今天的摄影人有重要启示：我们要思考如何完善现代知识分子的自我认知，如何建构一种与现代化历史进程相吻合并富有本民族文化特质的文化理想及价值观，以及与这种文化理想相一致的人文精神。

文艺创作是格局和创意的对接、观念和技法的结合，是各民族多文明交流互鉴的产物。我们要善于从中华历史和文化中汲取养分，主动运用新技术新媒介丰富文艺创作的内涵。基于 AIGC 技术的快速迭代，中国摄影文化的创造性转化和创新性发展，要迅速回应技术之问、文化之问、时代之问，不能仅从技术性思维上去理解，而是要在哲学层面上实现更新，并由此产生新的叙事体系和价值主体。以守正创新的正气和锐气，创作更多植根中华文化沃土、代表中华文化现代形态、标识中华民族现代文明的精品力作。不断拓展题材、内容、形式、手法，冲破陈旧观念束缚，善于用新叙事、新形象提升审美意蕴，用新技术、新媒介为摄影创作赋能增效。

新时代的摄影人，要把艺术创造力和中华文化价值结合，把中华美学精神和当代审美追求结合，把对传统文化的深刻体悟转化为摄影独有的艺术气质。努力实现贴近现代观众审美的表现形态创新，贴近现代生活的内容创新，借鉴其他艺术形式优长的表现手法创新，拓宽渠道的传播媒介创新。

关于文艺家的更多信息,请查阅:

《让真、善、美成为人生底色,凝聚温暖人心的精神力量——专访中国摄影家协会主席、著名摄影家李舸》

《李舸:怕吃苦,当不了摄影记者》

攀登之路

根深才能叶茂

—— 滕爱民 ——

> 他留着一头过腰的长发,人称大辫子舞者。沉浸于舞台艺术近50年,在中西方当代舞台艺术中蓬勃跳跃,他身上的中国元素始终有增无减。他编创并主演的舞剧《国色》,将哲学思想融入到当代舞台艺术中,演绎出了传统文化邂逅时代表现的艺术精彩。总编导和主演的舞剧《贝玛·莲》,演绎出了中外文化的融合。总编导的舞剧《香》,演绎出了当下人的内心渴望与反思。他是集编、演、教为一体的优秀文艺工作者。舞者中,他高龄,但依然无怨无悔地坚守并深爱着艺术的这片净地。他说,要用当代艺术的方式传播中国文化、大国风范;要成为中国跳得最久的舞者,因为当代舞台艺术还要沉心静气地去挖掘和呈现中国元素。他一直在探索中国传统文化的当代表达,一直在探索中国当代舞台艺术的呈现。他一直在默默地耕耘努力,要将中华优秀传统文化用当代的东方美学形式传播得更远,用舞台艺术向世界讲述中国翻天覆地的变迁。
>
> 他就是中国文联全委,中宣部文化名家,'四个一批'艺术人才,国际大赛编创暨表演双项大奖获得者,中国舞蹈家协会理事,北京舞蹈家协会副主席,北京城市当代舞蹈团艺术总监、团长滕爱民。

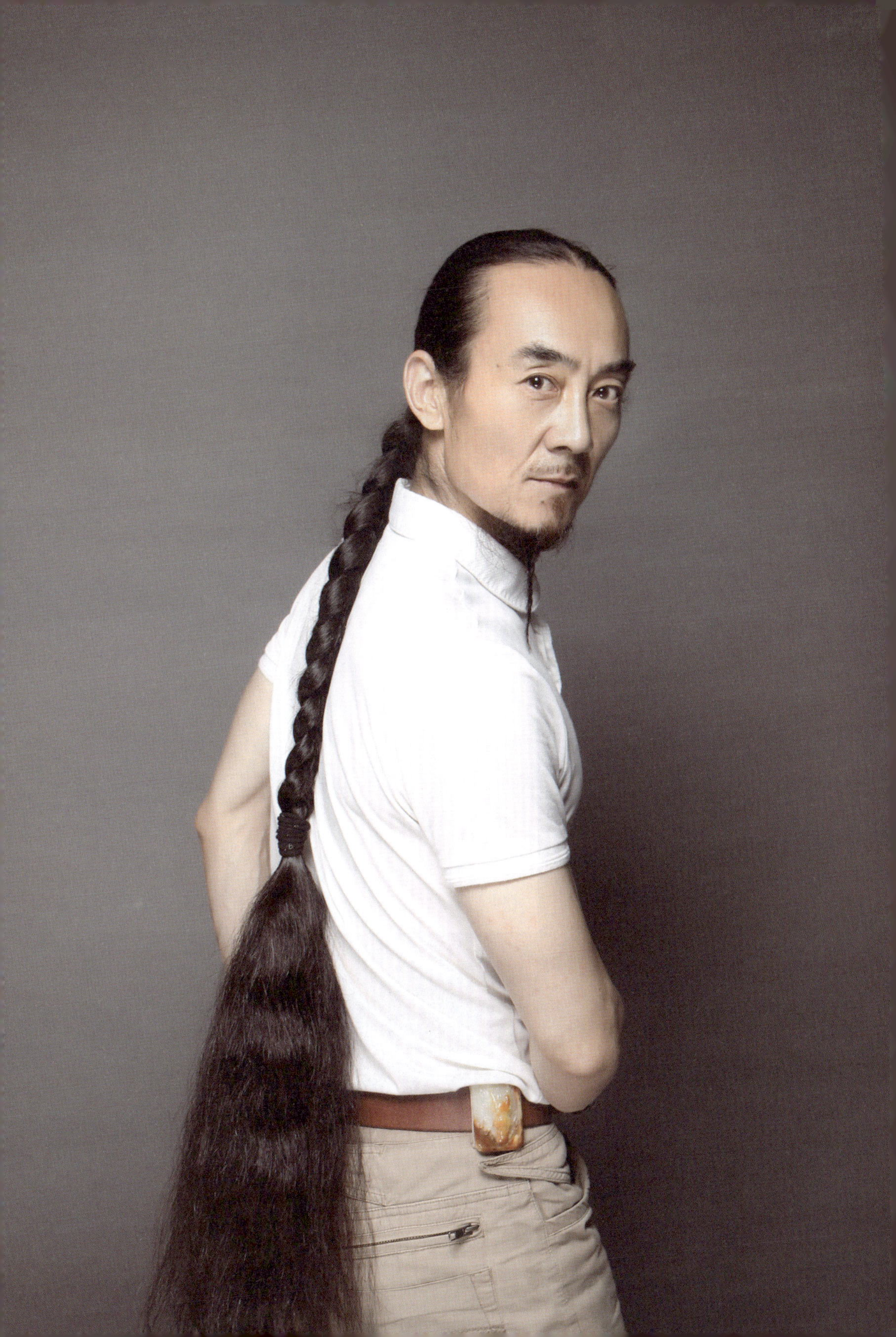

攀登之路——文艺名家宣讲文稿摘编

"我的艺术之路并非一条直线，我中间改过几次行，也经历过几次出走与回归，像画了一个圆。而部队是这个圆的起点，我感恩这个为我打下根基的起点。部队的生活有两个特点，一是服从命令听指挥，二是自律。直到现在都对我有很深的影响，也成了我能坚守至今最大的助益。"

我是1977年被特招入伍的一名文艺战士，在部队从事文艺工作近30年，我深深感到，马克思主义是中国特色社会主义文化的灵魂，弘扬中华优秀传统文化与马克思主义社会理论中以人为本、自强不息等方面有着诸多的相通之处。

我们党在伟大革命实践中创造了井冈山精神、延安精神、雷锋精神、两弹一星精神、载人航天精神、抗震救灾精神、抗疫精神等等，这些富有时代特征、民族特色的宝贵财富，是中国共产党和中国人民伟大创造精神的生动体现。在部队期间，除了舞剧《高山下的花环》《大同梦》外，我主演并参与创作的

主演舞剧《风中少林》

舞蹈作品《迷彩雄风》《透过硝烟的朝霞》《得胜鼓》《金沙滩》《心声》等，都在全国和全军的比赛中荣获多个奖项。主演的舞剧《风中少林》荣获"五个一工程"优秀戏剧奖、全国第五届"荷花奖"金奖。这些作品都厚植于中国文化，根植于中国人民，展示出平凡中的伟大，没有阳春白雪的具体表现，却渗透着阳春白雪的高贵，因为传承的是民族魂，是华夏儿女对民族精神的光大和拓展。

"艺术创作必须要有根基，艺术家必须要有自己独特的慧眼。中华优秀传统文化这么多，从哪说起？怎么说？中国的传统舞剧、大型民族原创舞剧，不是复苏过去的一些生活方式，而是一定把中华优秀优秀文化，用当代人的身份、当代的表达、当代的手段去传承。它不可以放在镜框里面远观，而一定要把中华优秀传统文化的面纱掀开，让它走进当下人的生活中。"

我离开部队后成立了北京城市当代舞蹈团，建团的初衷就是要探索中华优秀传统文化的当代表达，把当代艺术根基植于中华优秀传统文化之中，创作具有当代审美、当代感悟的舞台艺术。

作为当代的艺术家，必须尊重传统，敬畏传统，以当下的审美、用自己的声音对传统衷心地剖析，而不是一味地复制或复原，这点非常关键。怎样用地域文化或者是用我们当下的表达，赋予传统新的生命，这也是一个课题。从12岁开始学习舞蹈，十来年的积累才让我小有成就，不是因为我天赋异禀，而是因为我在踏踏实实、一步一个脚印地努力，每一行都是如此，每一个人都不能例外。

"中华优秀传统文化能流传到今天，承载了每一个时代创作者的烙印。我希望我们这个时代有我们自己的声音。一切艺术都根植于原来传统上的发展，根深才能叶茂，中华优秀传统文化永远是我们艺术创作的源泉。"

2007年是我筹建北京城市当代舞蹈团的第二年,我编创了作品《论战》,当时在全国演了近千场。这个舞蹈最早是7分17秒,之后压缩到5分17秒,是一个太极元素搭配古典舞的作品,后来被评为当代舞精品,曾被邀到加拿大、新加坡、日本、韩国等国家演出。我一直强调一个概念:在创作的时候,一定要以中华优秀传统文化为根基,当代艺术一定要源于中华优秀传统文化,从中吸收营养,让传统文化以当代艺术呈现,在当下再次发出耀眼的光。

《论战》起初就是一个黑白小剧目,冯双白老师说:"老滕,你可以编太极啊。"故而《国色》诞生了,从黑白阴阳到彩色,又回归黑白,这个剧呈现了事物发展的过程,就是我们所说的轮回,中华优秀传统文化是我创作的源点。

文艺工作者一定要有自己独特的思维。我们要根据时代的发展和自己的追求,静下心来去探索中国舞蹈中从创作到教学方面的问题。我第一次在不列颠哥伦比亚大学温哥华校区讲课的时候,是以武术结合舞蹈的方式给他们上的课,我用了中国古典舞的方式,也融合了芭蕾的元素。他们说中国的舞蹈训练太高级了。现在我正在研发艺术院校的当代舞专业教材,我喜欢尝试、探索、创新,这是我在艺术发展及

舞剧《国色》剧照

未来艺术教学方面的心里话。

"让中华优秀传统文化融入当代视野,让当代艺术融汇于中华民族的血脉,让中国艺术为中国人民、为世界人民提供更丰富的精神食粮。"

东方美学和东方哲学对我来说曾经是那么遥远,因为一个偶然的事件让我觉醒。

那一年是和美国艾文艾利舞团的一个著名艺术家交流,我们的交流只有两周的时间,当时要排练出一部作品,去参加国际性的舞蹈大赛。一开始他跟我们讲人体的肌肉组织、骨骼结构,中国人学舞蹈时没有这种学习,就感觉这个方法非常好,我们都很认同。后来他给我们上课,刚上课大概10分钟,我突然感觉不对了,一个外国艺术家在用太极给我们的舞蹈演员训练!

那一刻,我心里很不舒服,立即联系了当时外联的负责人,训练很快就被叫停了。

太极是我们中国的传统文化、武术方式,这些中国功夫、

舞剧《贝玛·莲》剧照

中国艺术、中国精神，是老祖宗留给我们的，外国人教，好像不对。我后来的编创和训练，就非常注重舞蹈和武术的融合。

2016年北京城市当代舞蹈团携当代舞剧《国色》参加第十届德里国际艺术节，并在印度进行了四场巡演，受到印度各界人士的高度赞誉。这次巡演意义重大：一是我们中国官方第一次出访参加印度的艺术节，二是官方带了一个体制外的院团，三是通过《国色》又引出来《贝玛·莲》。《贝玛·莲》是中印联合编创的舞剧，入选了中国文学艺术基金会专项基金项目、中宣部"四个一批"专项资金项目。

我一直坚持用中国传统的艺术去和其他国家对话。作为一名当代的文艺工作者，就应该沉下心来。素材就在我们身边，能量就在我们身边。我们要尊重、融合，创作时一定要有底气，还要更多地吸纳其他艺术门类的表达方式，才能与国外的一些艺术乃至文化更好地融合。

现代舞剧《香》展现了古人九大雅致的生活方式，但用当代人的方式、思维、结构来构思、创作、表达。我们经常说民以食为天，这个食，不仅要供养物质生活，还要供养精神生活。中华优秀传统文化、中国美学理应在国际舞台上发出更耀眼的光芒。

▲舞剧《香》剧照

▲舞剧《香》剧照

▲舞剧《香》剧照

关于文艺家的更多信息，请查阅：

《"我要当中国跳得最久的男舞者"——访北京城市当代舞蹈团团长、艺术总监滕爱民》

《当代舞剧〈国色〉在北京青年剧场上演——用舞蹈诠释中国传统文化》

攀登之路

做文化传承和创新的"追梦人"

—— 邬建美 ——

> 拥有2500多年历史的湘绣位列中国四大名绣之一。她在42个年头里，用手中的针线在绣面上凝聚了春华秋实，成就了无数美好的图案与令人叹为观止的画面，不仅让一花一叶绽放光华，更使青铜重器之美跃然于锦缎之上。板凳坐得10年冷，她始终把湘绣放在心中最重的位置，从一腔热爱到长期守望，从默默传承到升华创新，她与湘绣艺术一道脱颖而出，著名于业内，闻名于全国，为古老的民间传统艺术拓宽了新时代追梦逐梦的视野与舞台。她就是中国民间文艺家协会理事、湖南长沙美伦湘绣文化传播有限公司艺术总监邬建美。

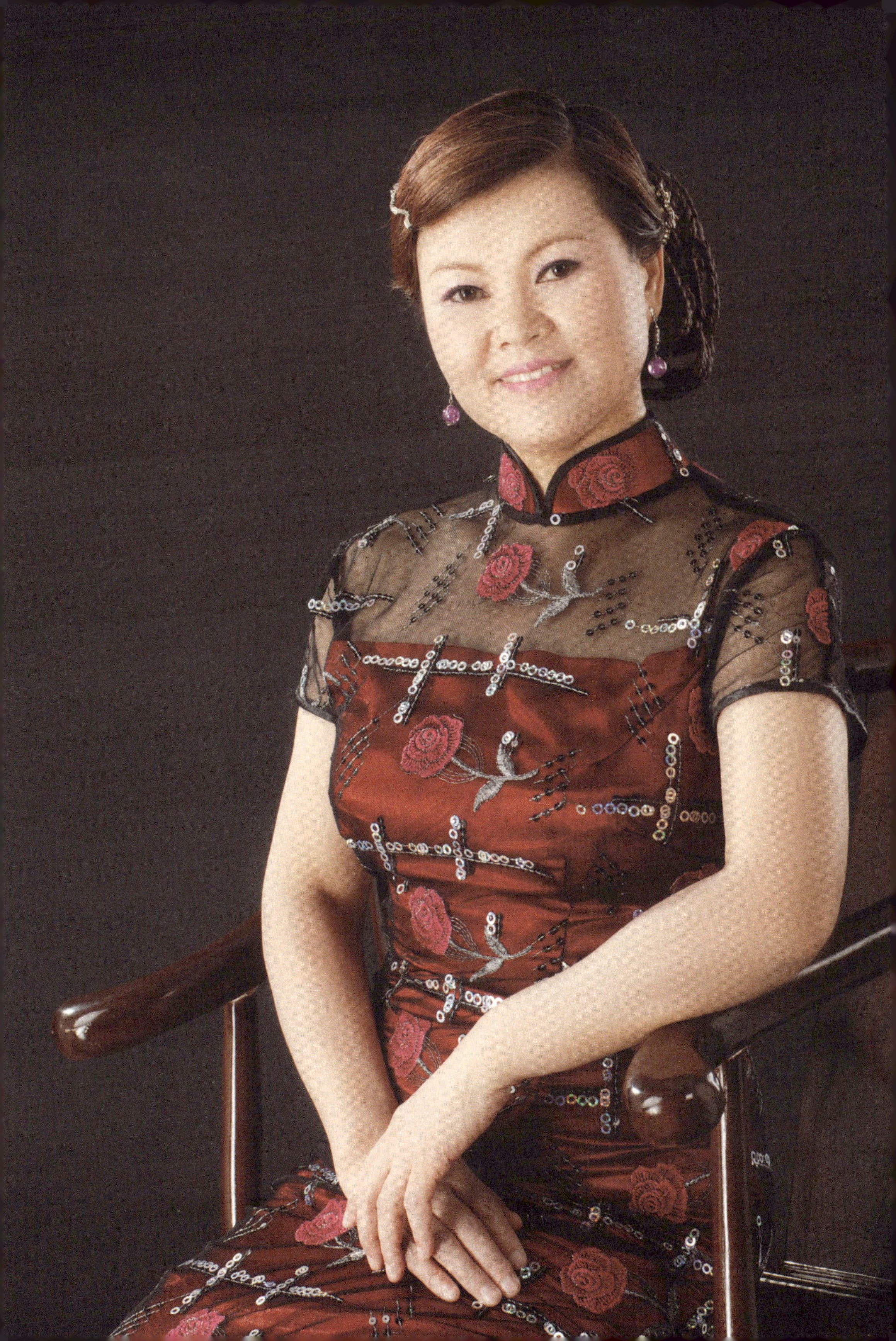

湘绣是国家地理标志产品，被列入首批国家及非物质文化遗产代表性项目名录，它起源于湖南民间刺绣，有2500多年历史。斑斓的湘绣装点了多彩的中国梦，也成就了我的人生。我利用手中的五彩丝线，织就文化传承和创新彩色梦。能生活在一个幸福的时代，目睹非遗传承与创新绽放迷人的魅力，并参与其中，是我人生之大幸。

"兴趣是最好的老师，追求是最大的动力，努力是最坚实的阶梯。做任何事情首先就是培养兴趣，兴趣能让人端正自己，升华自己，恒定志向。"

我出生于长沙沙坪镇一个湘绣世家，自幼跟母亲学艺，母亲就注意将我的好奇心转化为兴趣。小时候，我会趁母亲不在，偷偷去她的绣花架子上绣上几针，被母亲发现后，她不仅没有责怪我，反而跟爸爸夸赞我悟性不错。就这样，我开始学绣花。我就像开始学骑自行车一样有瘾，常常绣到深夜，直到母亲起床吹灯，叫我睡觉，我才停下针来。

20世纪70年代，长沙县湘绣厂在沙坪镇上设了一个湘绣站，镇上的妇女经常从站里接被面、枕套的刺绣活。有一次，我去站里送一幅耗时6个工时的被面，被鉴定评为二级，我特别高兴，再接活时就想接工时比较多的重工被面。老师傅给了我《百子图》的被面绣片，一拿回家，妈妈吓坏了。要在被面上绣100个小孩，花费近百个工时，稍有不慎，不仅没有工钱，还要倒赔被面的材料费近百元。母亲急得吃不下饭，我知道闯了祸，但也不肯服输，既然接了，我就要想办法绣好。我虚心向妈妈、姐姐、临近的老绣工等学习，本村会绣《百子图》的人都成了我的师父。经过几个月的努力，产品送到站里验收时居然评上了三级，还拿到了70多块工钱，全家人都舒了一口气。

就这样，一件看似不可能的事情成为了可能。一个人走上艺术的道路有必然的因素，也有偶然的因素，偶然中有必然。这件看似偶然的事情，进一步激发了我对刺绣的兴趣，成为我迈入艺术门槛的一个阶梯，从此我一路风雨，一路无悔。我要感谢我父母细心呵护我的好奇心，并因势利导培养了我对湘绣的兴趣，进而发展成为我根植于灵魂的爱好，让我去崇尚、去追求，真正让我打开这扇艺术的成功之门。

▲ "五百"被面——《百子图》局部

"创新是艺术的生命,如果我们躺在已有领域的'存量'上固步自封,事业就会做减法,如果我们在'增量'上开新局,事业就会做加法,别开生面才能别有洞天。"

习近平总书记强调:"要以时代精神激活中华优秀传统文化的生命力,推进中华优秀传统文化创造性转化和创新性发展。"不仅是文化传承要做好存量的文章,而且要在题材内容和形式上不断创新,我们才能创造出更多的增量。为此,我注意立足湘绣传统特质,挖掘和提炼湘绣文化元素,开拓湘绣内容题材,创新湘绣传统工艺美术表现形式,既有传统的元素升华,又有传承工艺美术的创新。我的一个重要创新实践,是利用湘绣技法表现 3000 年前青铜器的鬼斧神工,展示中华之尊的厚重和华丽。《四羊方尊》是这个系列的第一件作品,我花了三个年头,用了八个色相、近百种色阶变化的绣线,运用了掺针、混针、散套针、齐针等各种针法,边绣边混色,以求体现出古青铜器的古朴质感和虚实变化的艺术气韵,体现出湖湘历史文化和地域特色,表现文物器皿的刺绣艺术魅力。2010 年,《四羊方尊》等作品入选上海世博会中国"艺萃馆"展,受到了国内外观众的好评,该作品 2011 年被珍藏于国家文物局。此后,我开始了青铜器系列湘绣创作,取得了一定成就。湘绣《后母戊鼎》于 2015 年 7 月参展中国当代艺术精品双年展,并被中国国家博物馆遴选收藏。2017 年,青铜器系列作品被中国文联选中,代表湖南湘绣进入人民大会堂,在"百花迎春"——中国文学艺术界 2017 春节大联欢进行了湘绣展演。

▲ 湘绣作品《四羊方尊》

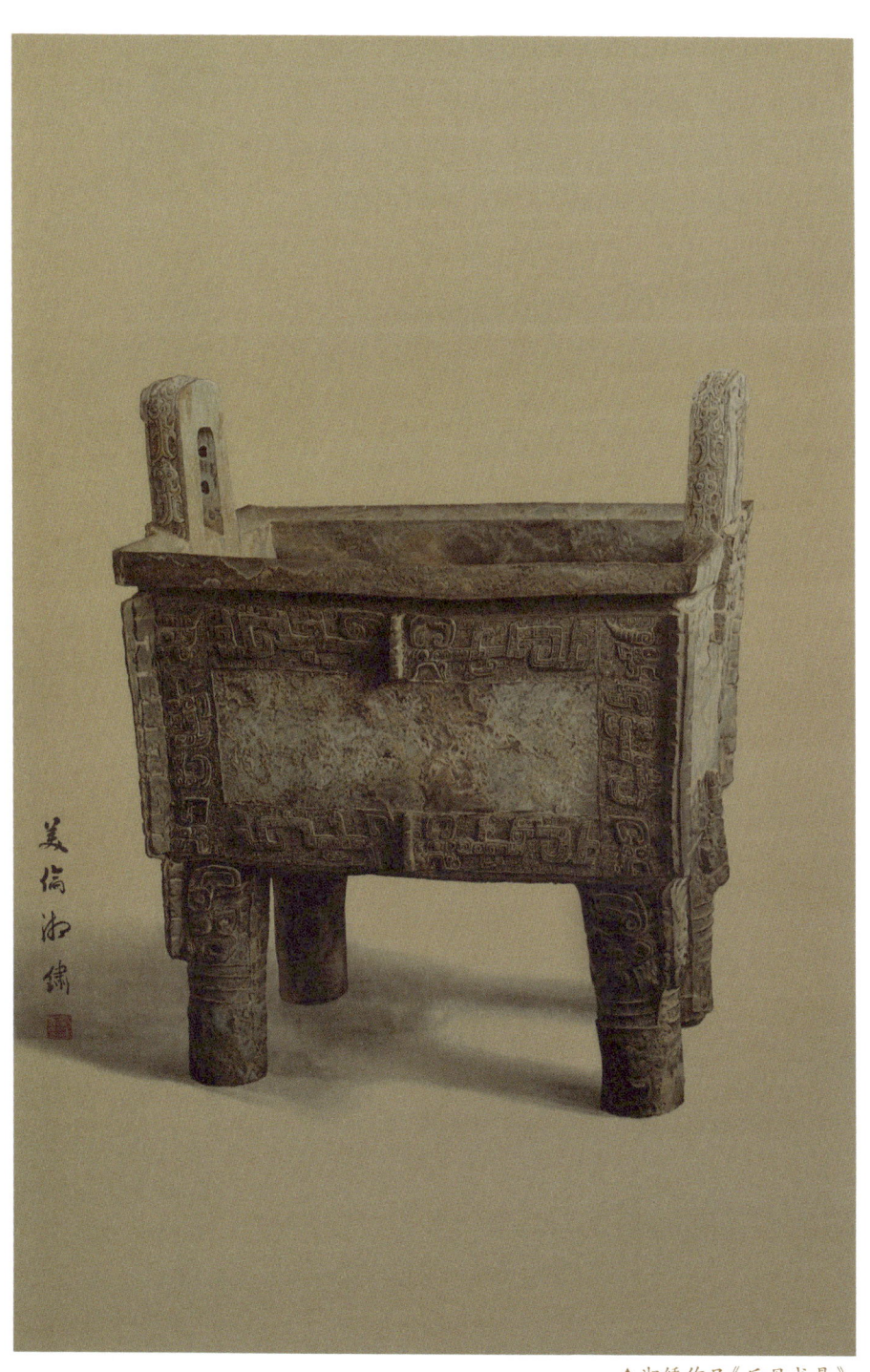

▲湘绣作品《后母戊鼎》

"增强传承活力是非物质文化遗产保护传承的一个重要目标。长期的探索创新给我一个重要启示，要大胆开辟具有民族文化和地域文化特征的湘绣作品，并且要进行系列操作，从而形成引领效应。"

2004年，著名旅美画家丁绍光老师的助理伏云龙教授经人介绍找到我，要我绣一幅丁绍光老师反映云南傣族风情的画作《人与自然》。我看这幅画的人物与景物浑然天成，引人入胜，就欣然接受了。创作中我认真揣摩湘绣针法，研习色彩与丝线的组合，特别是在自然与生活中发现艺术表达的灵感。正是凭借仔细的观察和心灵的感悟，这幅绣品得以表达出我心目中自然和谐之美。2007年，湘绣《人与自然》荣获中国民间文艺"山花奖"，实现了湖南湘绣"山花奖"零的突破。

这些年，我除了古青铜器系列，还创作了其他八大系列作品，有自然风物系列、传统美德系列、古代文化系列、人文系列、主题系列等。其中，湘绣《十八洞村的春天》，是我用自己的艺术积累、全身心的投入，绣出的扶贫攻坚的时代见证。

"从事艺术需要一份把职业当事业、把事业当追求的顽强定力，特别是在社会上某些人一度奉行赚快钱的时代，艺术更需要一种经得起诱惑的执着坚守，这种坚守需要持之以恒、久久为功的心态。"

新时代文艺工作者要做到习近平总书记所要求

湘绣作品《人与自然》

▲ 湘绣作品《十八洞村的春天》

的"胸中有大义、心里有人民、肩头有责任、笔下有乾坤",必须讲品味,重艺德。20世纪90年代初,由于对湘绣的执着追求和热爱,不愿离开我挚爱的湘绣事业,我几次放弃了调往政府机关工作的机会,我曾和家人说:"虽然国有企业金边饭碗没有了,但是民间湘绣好比一棵桂花树,枝繁叶茂、四季常青、花香扑鼻、人人喜欢。"单位改制后我仍然选择了坚守。在创业的10多年中有辛酸的经历,更有美好的回味。我始终坚信,无论科技如何发展,手工刺绣不可能被机器全部代替,好的刺绣作品不是一朝一夕可以完成的,而是一种慢工出细活的纯手工艺。要力戒浮躁,耐得住寂寞,守得住清贫。我创作青铜器作品时,许多朋友都劝我不要去做,去赚点快钱。这是现实的考虑,我能理解他们。但我与湘绣缘分太深,感情太浓。面对市场的冲击,我选择了坚守,虽然赚钱慢,但社会给了我回报。用长远的眼光和奉献精神,以对事业的担当和艺术的坚守,在行业中起到好的带头作用。我的坚守更是一种精神的胜利,人生的高低不仅是财富的积累,更是志向、精神与文化的构筑。

▲邬建美刺绣照片

回首来时路，我对自己的选择感到自豪；展望新征程，我将一心走到底。湘绣创作要能耐得住寂寞，无论环境如何变化，我的内心永远不变的是挚爱艺术的那份初心。习近平总书记指出："我们都在努力奔跑，我们都是追梦人。"让我们更加坚定文化自信，更加崇德尚艺，用兴趣创新，用创新坚守，自觉做文化传承和创新路上努力奔跑的追梦人。

关于文艺家的更多信息，请查阅：

《邬建美湘绣〈后母戊鼎〉入藏国博》

《邬建美：湘绣犹未央》

攀登之路

立足中国大地，彰显时代精神

—— 范迪安 ——

> 从学习油画到从事艺术评论，从展览策划到艺术机构管理，从中国艺术研究到国际艺术对话，他在不同的场合，展示着不同的角色形象。他是中国美术界的资深策展人之一，他坚持中国文化的主体立场，积极推动中国当代艺术运动与国际艺术交流。他是全国美术馆建设的领头人，他提出以公众为中心的办馆理念，从社会文化需求角度形成美术馆的业务提升规划。他是中央美术学院的掌门人，坚持以立德树人为根本任务，为推动学科建设、人才培养、创作研究、文化传承、社会服务和国际交流不遗余力。他就是全国政协委员、中国美术家协会主席、中央美术学院院长范迪安。

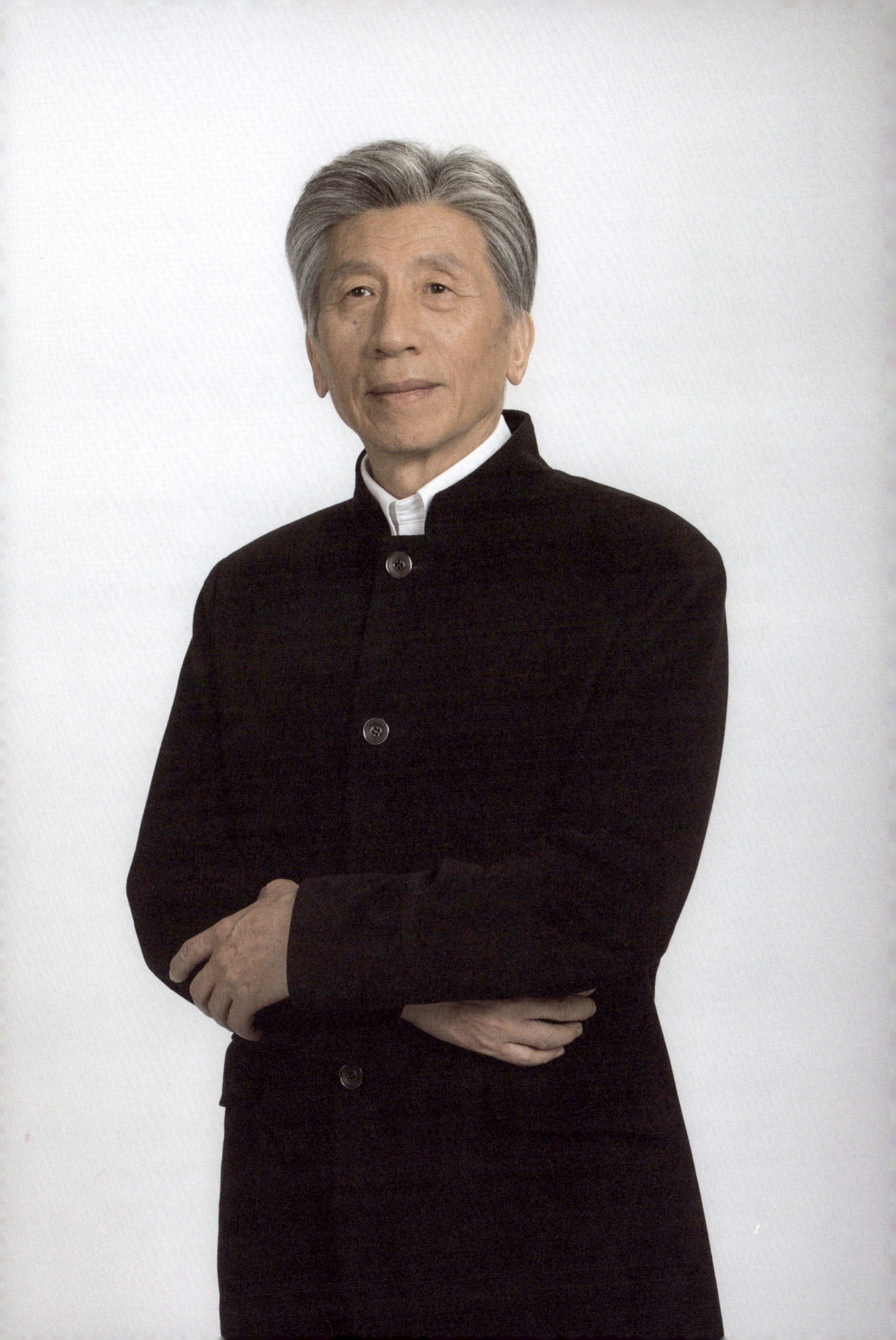

回顾百年来中国美术的发展道路，可以看到不同时代的艺术家有不同时代的课题。在党的十八大之后，在习近平总书记的各种讲话中，我们能提取到习近平总书记提出的两个重要关键词，一个是"人民"，一个是"时代"。习近平总书记对文艺工作者提出要求，要勇于回答时代课题，描绘我们这个时代的精神图谱，为时代画像、为时代立传、为时代明德。这就使得我们要思考自己的创作，包括文艺组织工作，如何能够做好"时代"这篇文章。

"远古美术的古典传统博大精深，有许多值得我们用新时代的眼光去捕捉、去挖掘。把'小美术'放在'大历史'和'大时代'中多加思考，使自己的创作真正拥有大历史观、大时代观。虽然看上去属于个体的创作，但实际上也反映了时代的精神属性、精神内涵，这是作品的灵魂。"

20世纪以来的中国美术与过去历史时期的重要不同之一，就是主题性美术创作和现实题材美术创作的作品增多。中华人民共和国成立之后，涌现了如《开国大典》《狼牙山五壮士》《人民英雄纪念碑浮雕》等一大批表现革命历史主题、具有时代标杆意义的重大题材作品。改革开放之后，艺术视野更加开阔，艺术表达与艺术形式语言多样化，成为比较突出的时代特征。不同时期的艺术家在他们所处的时间点上各自思考，如何让艺术展现出时代的光芒。

进入新时代，大型主题性美术创作成为摆在中国美术界面前的新任务，这是时代的需要，也是历史给予我们的创作机遇。当年的艺术家把努力为新中国造型、为人民造像作为理想，这份传统是我们要继承的，也是让我们更加深刻地体会如何去进行创作。

如何将当代的视野引进古代的传统，如何激励我们当代的创作，这又是一个新的课题。这些年我也策划了许多跟传统与当代关联的大型展览。

▲ "文明的回响"展览现场

五千年来不间断的历史在支持着我们，作为中国艺术家，我们要保持一份心灵的安静，去倾听"文明的回响"，进而用自己的艺术创作来加固这种回响，使我们的中华文明、中华文化赓续不断。

"时代给了我们非常好的条件，我们要通过自己的努力追求时代的高度。为时代造型、为人民造像、为历史存照，由此来体现当代中国美术的作为。"

我们今天的创作，既要有本专业的学术研究，又要融会贯通不同学科专业的知识、经验、技巧，形成新的创新。我们说创新通常是在跨学科、跨时空的境地产生的。

2015年4月26日，在"五一"劳动节来临之际，200余名中央美院师生在北京市劳动人民文化宫太庙享殿广场，通过雕塑、油画、中国画、水彩、素描等艺术形式为北京市百余名劳动模范代表造像，用艺术记录当代劳模的风采。此次活动，一方面是继承和践行中央美院艺术服务社会传统，另一方面，通过为劳模画像，让学生们从学院"小课堂"走向社会"大课堂"，通过近距离学习劳模的先进事迹和敬业精神，为中央美术学院培养高端艺术人才创造了新的途径。

▲ 2015年4月26日 为劳模造像现场

我们如何在重大主题的美术创作中追求时代高度？美术用形象来确立画面，用造型来展现人的时代精神，非常直观、直接，所以美术的重大主题创作，也包括现实题材创作，都是这样一种新的需求。这些年，美术界在重大的主题创作上有了新的认知。无论是关于历史题材，还是关于广阔的、丰富的社会生活，对于主题创作来说，主要是三个方面。

第一是如何表现主题的重大性。作为创作者来说，表现主题的重大性，就要考虑到画面的容量，视野的大、宽、远，然后是人物具体的编排，如何在一种历史的情境里面突显要表达的精神、主题，如何通过一个画面、一个造型折射出一段历史、一个时代、一个人生，这是艺术着重要解决的问题。

第二是要处理好历史的真实性和艺术表达的艺术性的关系。凡是表达历史题材,首先需要深入生活,去了解历史的真实,才能使得塑造出来的形象是有血有肉的。但与此同时,作为绘画、雕塑这样的造型艺术,每一个创作者是一台个性的摄像机,有一双个性的眼睛和一个个性的镜头。因此就需要解决艺术上的处理问题,使之能够展现历史的现场,又能够焕发出艺术的感染力。

第三是如何在重大主题创作中展开对于未来的描绘。虽然表达的是一个过去式的题材、时刻或者情节,但是它要让我们的视野、让人的审美感受通往未来。这既是艺术语言问题,也是在艺术创作过程中的意识问题。

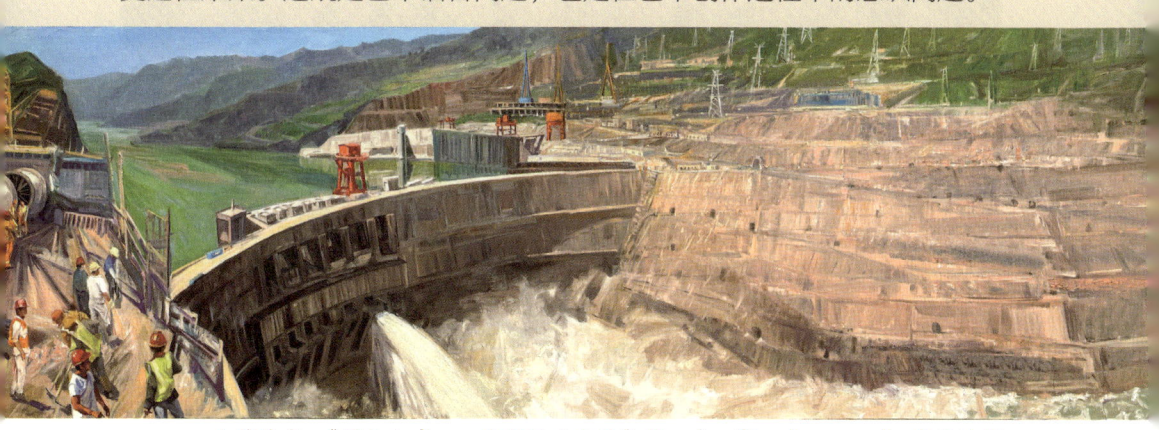

▲范迪安 《国之大者——白鹤滩水电站》长6米×宽2米 2022年 布面油彩

今天的美术创作基本是按照习近平总书记提出来的"思想精深、艺术精湛、制作精良"这三位一体的新标准、新要求来进行探索的。在艺术语言的探索上,就需要下更多的功夫。在今天的时代条件下,随着信息化程度的提高,艺术语言的探索成为一个需要下力气解决的问题。我们的艺术语言在学习借鉴西方现代主义的同时,更要注重艺术语言离不开中国的社会环境。我们只有在中国自己的土壤上来创作、来发现,我们的艺术语言才有真正的落脚之处。

庆祝中华人民共和国成立70周年大会,我作为艺术专家委员会主任参与组织了设计工作。在年号、"国庆"二字的支架上,我们采用了传统的波浪纹造型来和群众游行的行列形成对应,呈现出蓬勃前进的大趋势,

▲ 中华人民共和国成立 70 周年庆典彩车

体现出新时代的风采。而 70 个彩车的设计工作也有其难点。这些彩车看上去是一件件公路艺术作品，但如何把握它们的创作主题，如何采用新的形式表现，都是我们需要考虑的。以往彩车除了站在彩车上的表演人员和代表人物以外，几乎没有大型的雕塑。这一次我们用大型的雕塑来表达，这些大型雕塑又跟许多我们耳熟能详的历史形象相联系，这就需要一个一个造型来推敲，来进行总体的外观设计。当时国庆活动的一句工作口号是"精精益求精，万万无一失"。我在指挥部开了 100 多场会议，带着艺术设计团队进行设计、创新、攻关，最终形成了这种磅礴气象。

"深入生活、扎根人民，不应该成为一个外在要求，而应该成为我们自觉去认知时代、感受时代的一种新的视角。"

为什么今天我们的文艺创作要有"脚力"这个词？其实就是习近平总书记再一次提出了我们要走向生活。深入生活的前提是走向生活，走向生活是走向自己。有意愿，同时又有时代价值的现场，这两者相结合。

我前后去了近30次陕北地区，在那里我能够找到和黄土地更加贴近的感觉，也与陕北地区淳朴的农民老乡会心地交流，还有非常浓郁的乡土文化，都值得去经历、感受。

因为对黄河、黄土地的喜爱，这些年我特别注重在展览策划上形成主题。展览策划的特点就是通过研究各种艺术现象，并和艺术家进行交流后，形成一个鲜明的学术主题，而且能够和今天社会的文化理想、文化心理所需要探索的文化课题相结合。比如习近平总书记多次考察黄河沿线的省、市、区，提出了科学治理黄河的方略，尤其提出要保护传承好黄河的文化遗产，传承和弘扬黄河文化。这就特别值得我们从展览策划的角度来体会。因此，我策划了大型展览"生生不息——叙事的黄河""天下黄河——中国百名油画家主题作品展"。黄河作为中华民族的母亲河，作为文化的发源地，它有许多故事，不能只通过一件作品，而是要通过艺术作品的集合来进行表达。

▲ "天下黄河——中国百名油画家主题作品展"展厅

作为一名美术家，要走向生活、感受时代，与时代同向同行，让自己的作品既有深厚的学术修养，又有这个时代的激情与情怀，使作品成为今天中国社会发展的形象印记。

关于文艺家的更多信息，请查阅：

《开创中国美术事业发展新格局、新境界、新气象——专访中国美协第十届主席范迪安》

《专访｜中国美协主席范迪安：在重要机遇期承担重要使命》

攀登之路

新时代舞台剧创作，不需讴歌，只道描绘

—— 李伯男 ——

> 他是当代中国剧坛极具创意生产力和品牌价值的戏剧导演之一。仅十余年的艺术生涯已经导演过90多部戏剧,从2005年创造小剧场票房纪录的话剧《有多少爱可以胡来》,到兼具艺术水准和商业价值的一系列当代都市情感题材话剧《我要成名》《嫁给经济适用男》《隐婚男女》等,再到助力他获得第十七届文华导演奖的话剧《活动变人形》。他是中国戏剧行业中青年领军人物,他的系列话剧商演已超过千场,是目前为止演出场次最多的纪录领跑者。他的作品在平常之外与雅俗之间,善于以笑写悲,引发人们深刻的思考,独具当代价值和审美趣味。他坚持根植于以中华优秀传统文化为意旨的戏剧民族化道路,坚守新时代戏剧创作的中国气质,一路锐意创造原创华语戏剧美学的新意念、新思维、新高度。他就是中国文联第十届全国委员会委员、中国国家话剧院一级导演李伯男。

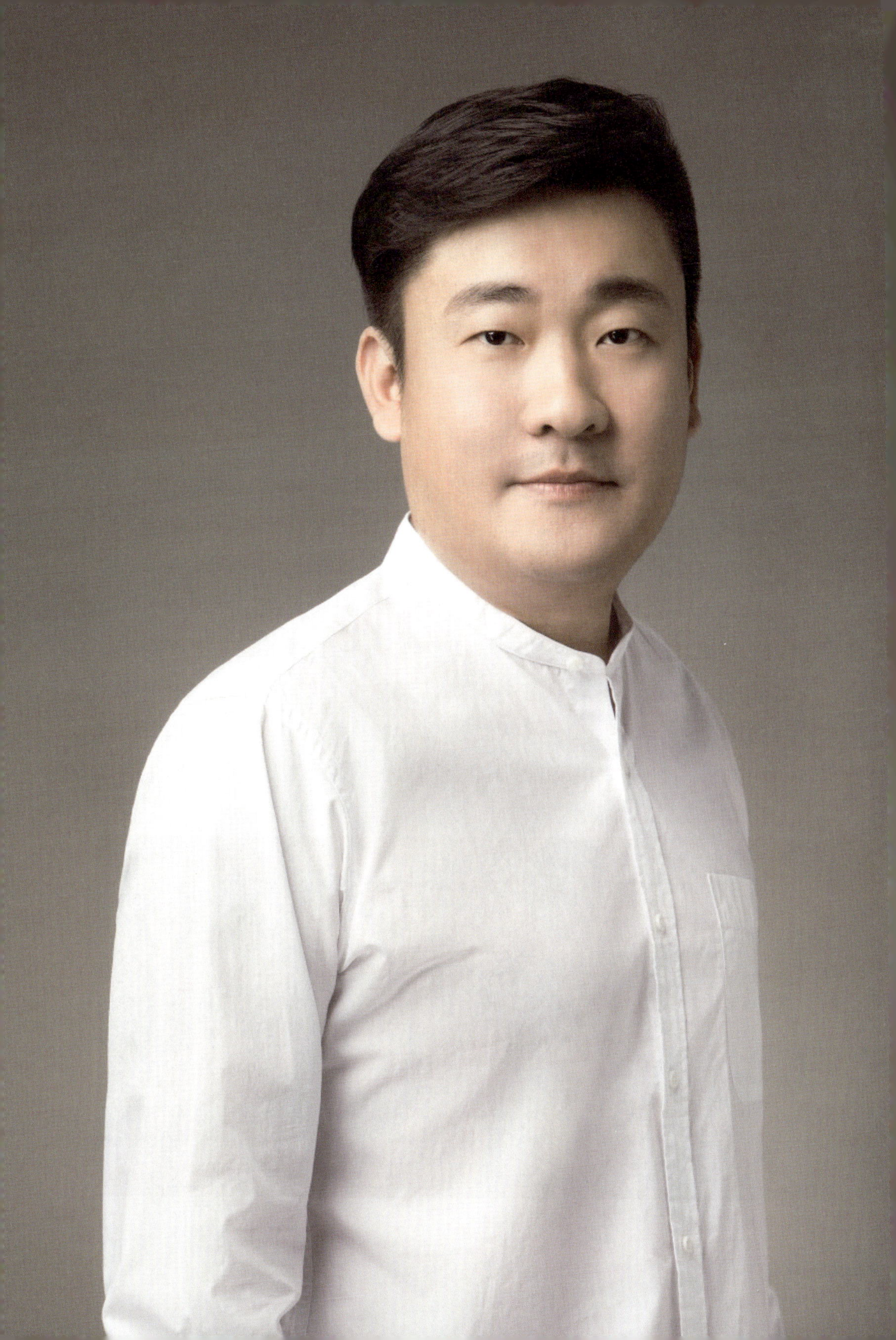

"我和我的作品都在对焦时代。商业和艺术从来都不是两极,个人表达和对焦市场在遵守艺术规律这一准则中达到连接。戏剧演员在创作时不要刻意去迎合受众,尊重自己,市场才会给出回答。作品获得市场的认可,其实也是被人民选择的结果,它们是时代的书签,是时代的注脚,是时代洪流中的一种主流表达。"

我出生在一个没有任何文艺背景的普通家庭,但生来就有向往文艺的天性,从小就立志做与文艺相关的工作。因为深深地苦恋文艺,三进中央戏剧学院,共求学七年,求学历程的坎坷和艰难,令我更加珍惜难得的学习时光。我读了非常多专业和非专业书籍,同时学习舞台美术、表演、导演、舞美等课程,我像一个非常饥饿的人趴在面包上,刻苦地啃食舞台知识。天道酬勤,在读期间我就得到了人生中第一部舞台剧——《有多少爱可以胡来》,第一次作为导演排演一个作品,也让我收获了百万观众的欢笑和泪水,顺利进入舞台剧导演的职业大门。后来陆续导演了"都市情感三部曲"——《剩女郎》《嫁给经济适用男》《隐婚男女》,都反映了当代都市青年人心灵的困惑和对美好生活的向往。我努力从自己的情感生活和周围的情感氛围中获取创作养分,努力表达自己,更用心聚焦时代。

▲《有多少爱可以胡来》剧照

攀登之路——文艺名家宣讲文稿摘编

西迁
Move West

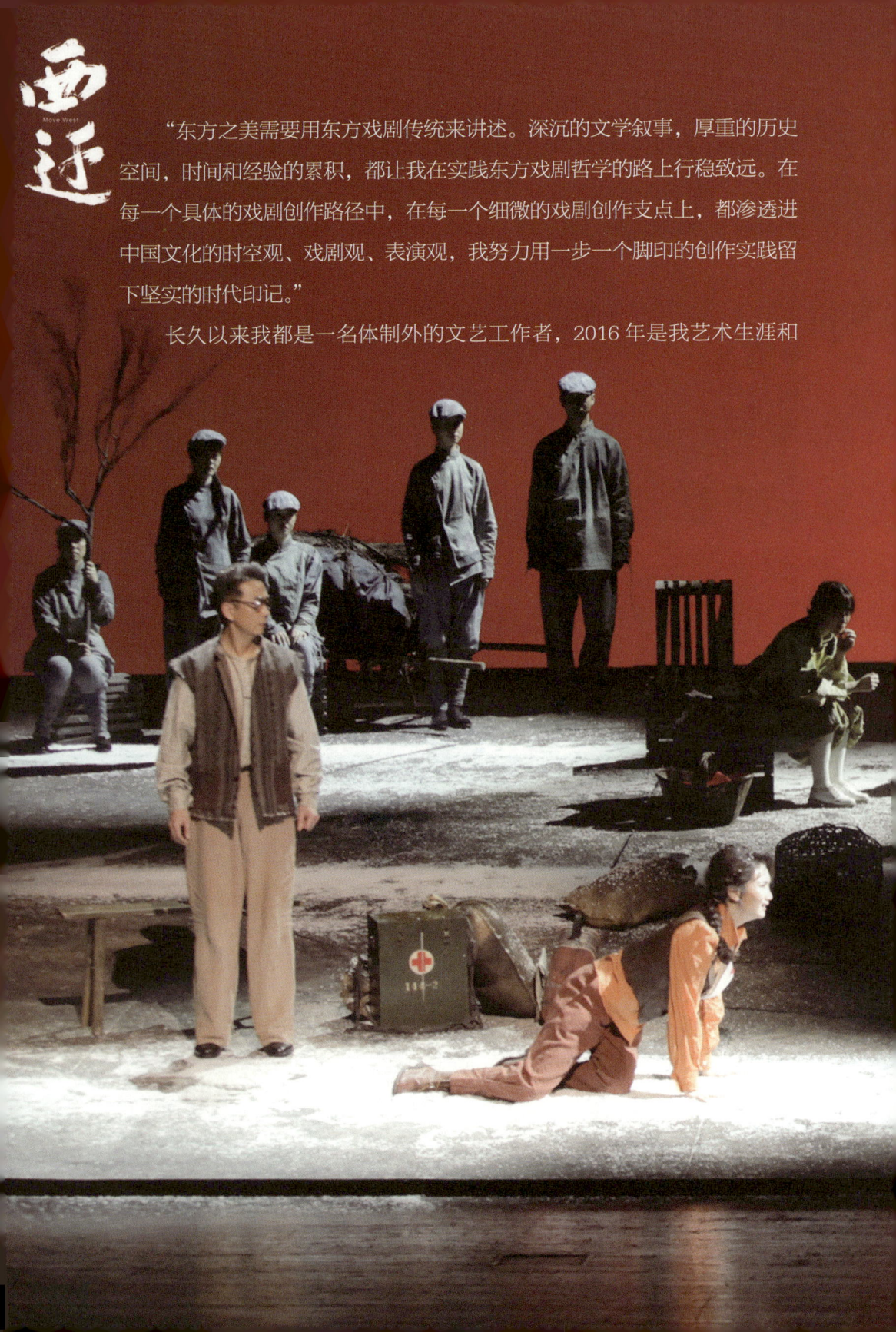

"东方之美需要用东方戏剧传统来讲述。深沉的文学叙事，厚重的历史空间，时间和经验的累积，都让我在实践东方戏剧哲学的路上行稳致远。在每一个具体的戏剧创作路径中，在每一个细微的戏剧创作支点上，都渗透进中国文化的时空观、戏剧观、表演观，我努力用一步一个脚印的创作实践留下坚实的时代印记。"

长久以来我都是一名体制外的文艺工作者，2016年是我艺术生涯和人生经历中一个非常重要的转折点，我作为新文艺群体的代表参加了中国文联第十次全国代表大会，并当选第十届中国文联全委会委员。这是一个重要的时间节点，我开始自觉从时代高度审视自己的创作，并引导自己的创作。在新时代的春风沐浴下，我不断从积淀着中华优秀传统文化的文学、美术、戏曲、曲艺、音乐等中获得启发，艺术创作也不自觉地发生了转型，导演了《〈富春山居图〉传奇》《哭之笑之》《郁达夫·天真之笔》《特赦》《西迁》等话剧作品，传递中国文化独特的东方意蕴。

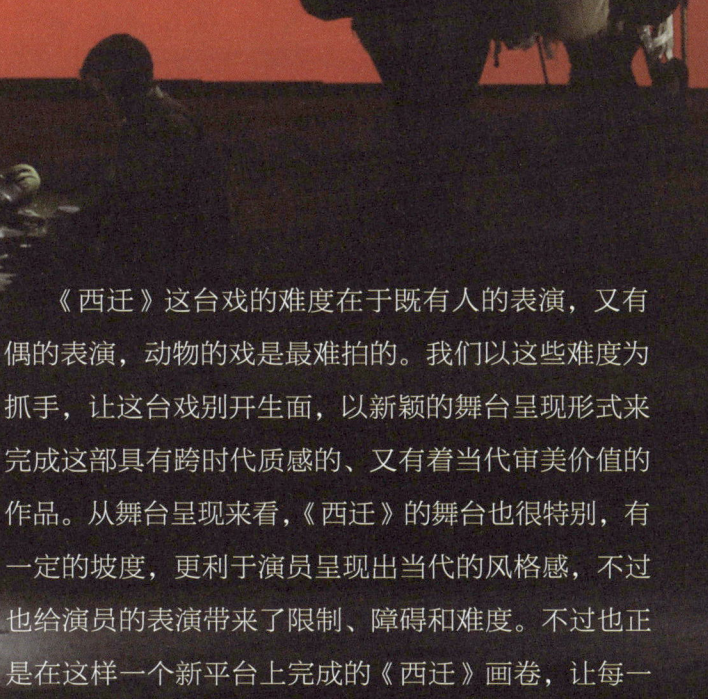

《西迁》这台戏的难度在于既有人的表演，又有偶的表演，动物的戏是最难拍的。我们以这些难度为抓手，让这台戏别开生面，以新颖的舞台呈现形式来完成这部具有跨时代质感的、又有着当代审美价值的作品。从舞台呈现来看，《西迁》的舞台也很特别，有一定的坡度，更利于演员呈现出当代的风格感，不过也给演员的表演带来了限制、障碍和难度。不过也正是在这样一个新平台上完成的《西迁》画卷，让每一幕都像一幅油画。我们希望整个舞台的效果如诗如画，观众能看得如痴如醉。

攀登之路——文艺名家宣讲文稿摘编

"艺术要关注人的精神生活,是重笔写人、重笔表达人。在时代的洪流中,如何以人民为中心,如何真正地讴歌人民,讴歌时代巨变,讴歌人民的伟大创造,唯一的方式就是要把创作焦点对准人。"

《青青余村》是一部反映乡村振兴题材的作品。在这个小渔村,习近平总书记第一次提出"绿水青山就是金山银山",具有重大历史意义。我们几次采风,几易其稿,将"人"作为创作的重心,把人的情感变化和精神细节通过艺术化的、戏剧化的作品表达出来。我们长时间住在村子里,与村民们直接、亲密地交流,采访了大量的人和事,通过一个故事、一组人物、一个让大家都能接受又耐人寻味的主题,让观众们感受到艺术家对时代发出的真诚表达。

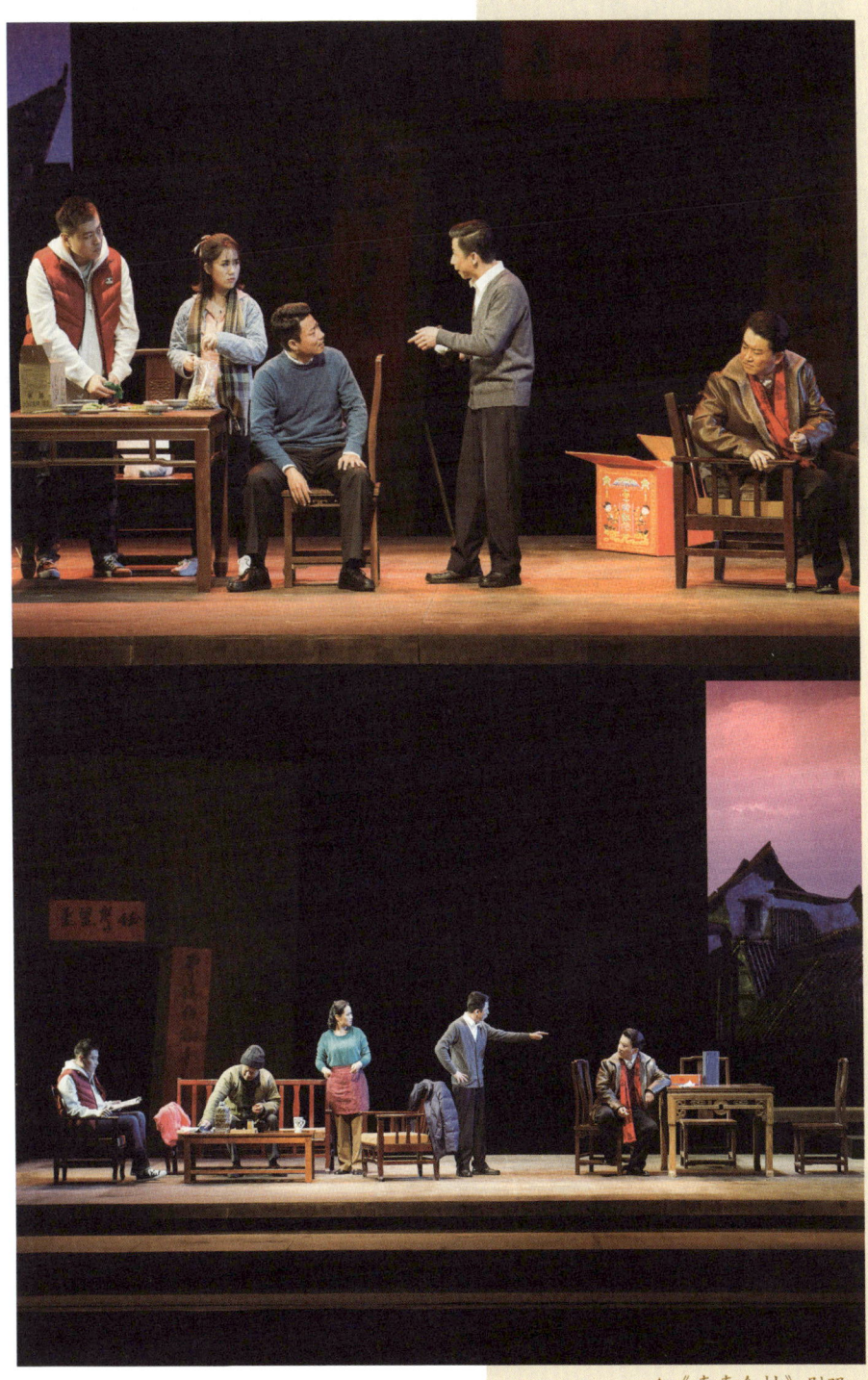

▲《青青余村》剧照

▲《龙腾伶仃洋》剧照

《龙腾伶仃洋》是一部群像式作品,我们在选择素材的时候,把港珠澳大桥建设过程中技术人员、建桥工人、指挥协调等不同层面的人都精炼表达到戏里,他们的心血、他们的情感、他们的困顿、他们的坚守、他们和桥的成长故事,和我们创作者对他们的理解,还有数不清的汗水、泪水,交织成这样一部作品。这座桥其实有很强的象征意味,是我们国家走到今天,走向民族伟大复兴的象征,它缩短了三地的物理空间和心理空间,连接了三地的万家灯火。在这部剧中,灯光、舞美、音乐三管齐下,打造听觉、视觉、触觉等多重的冲击效果。作为一个文化匠人,坚守文化操守就在于怎样把对时代的理解和表达,有效地技术化和艺术化,这是值得每一位文学艺术工作者思考的问题。

▲《龙腾伶仃洋》剧照

"主旋律这一概念是有其明确内涵的,它指向的是人在精神境界方面的伟大和崇高,要在创作人物的精神高度和思想深度、内心裂度和灵魂力度上下功夫,要警惕形象非人化,也决不能思想空泛化。主旋律的表达一定能够传递文艺工作者对时代的真正认知。"

抗疫话剧《因为有你》的故事都是围绕战疫中的核心事件,其中有恐惧、有分别、有纠结、有牺牲,心理上的细节能很好让观众融入其中。但这部剧不只是为了去打动观众,而是要去传递温暖,小中见大,不管写得多琐碎,最后一定要见到这里面每一个人物的精神。在设计安排主角离场时,我们特别安排这样一个场景:抗疫胜利了,所有的人都在狂欢,但主角李院长已经悄悄地径自远去了,他走向了高处的楼梯,貌似走向一个高远深邃的精神境界。独白有这样一段台词:"好啊,真好,可以睡个好觉了吧……我这一辈子呀,能以微弱之光疗愈世人的病痛,真是极好极好的一生了。"崇德、尚艺不是一句空话,而是落实在创作者的世界观、价值观与伦理观上的作品才能鼓舞人民、增强人民的精神力量。

▲《因为有你》剧照

▲《因为有你》剧照

在新时代戏剧创作中，从见自己到见天地，再到见众生，我品尝到了我们伟大的时代巨变的幸福和快乐，还有一种深深的满足感。我们所处的这个时代，我们的国家是真了不起，不需讴歌，只道描绘。

关于文艺家的更多信息，请查阅：

《独立话剧人，有啥不一样？》

《李伯男：把年轻人的实践和民族复兴伟业融汇在一起》

攀登之路

守正创新，光前裕后

—— 盛小云 ——

"12岁登台的她,在吴侬软语的江南诗意中浸润成长,在持之以恒的问学求索中磨砺成才,以全身心演绎和传扬着中国声音。作为当今苏州评弹艺术的优秀代表,她的艺术得益于对传统的优异继承、学思践悟,来自于与时代同频的融合发展、守正创新,更凝聚着她作为从业者、传承者、传播者、管理者的挚爱真情和使命担当。多年来,她与苏州评弹一道走遍祖国城市乡间,走进港台同胞心田,走到海外观众身边,婉转优雅、清丽圆润地唱响了新时代的一曲《看今朝》。她是中国文联主席团委员、中国曲艺家协会副主席、苏州评弹表演艺术家盛小云。"

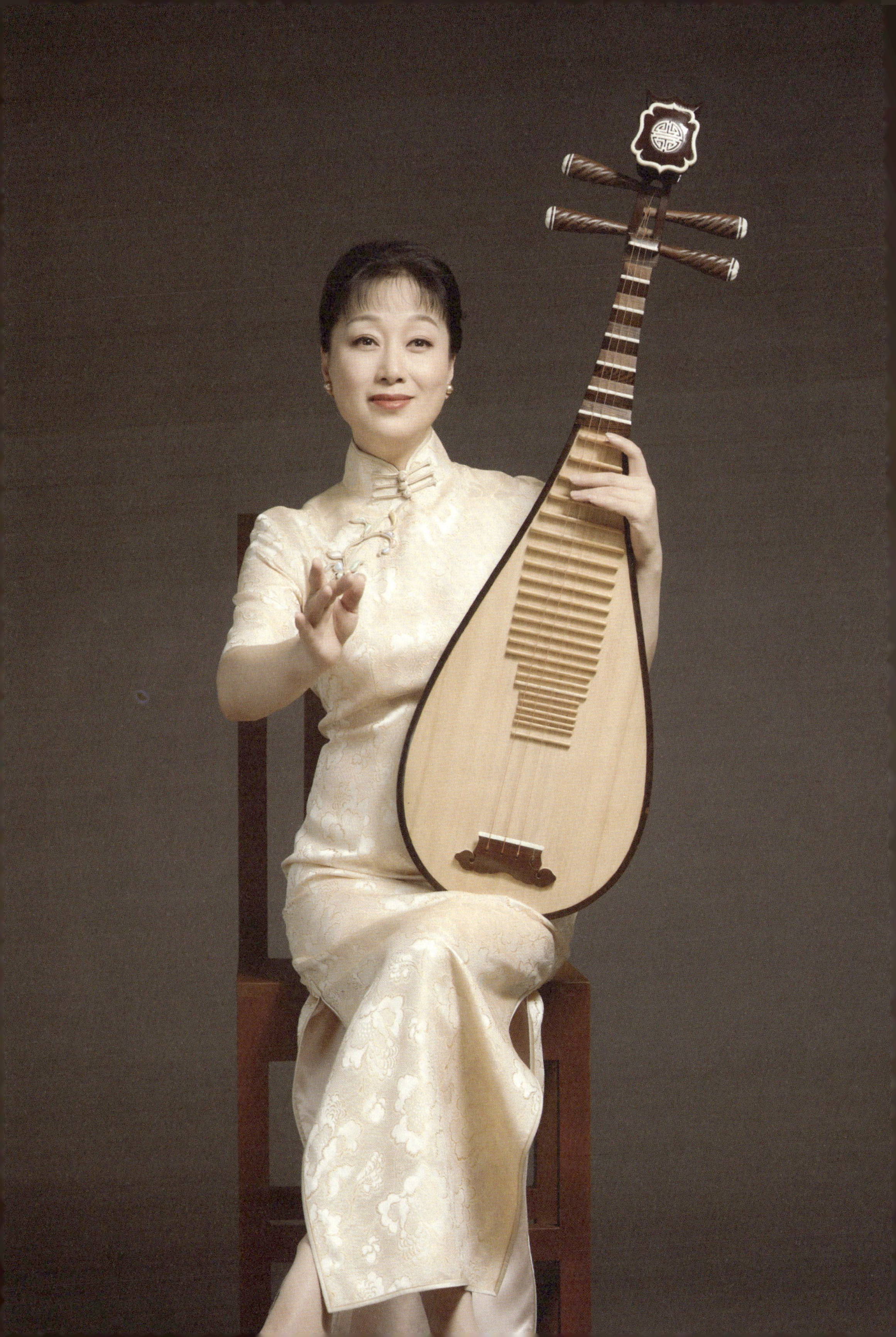

"母亲曾与我约法三章：学艺先学做人，刻苦勤奋努力，做个好演员。"

苏州评弹是用苏州话来说唱的曲艺艺术，有着近400年的历史，分为只说不唱的苏州评话和有说有唱的苏州弹词。我的父母都是苏州评弹演员，我出生十个月就随他们去了苏北农村。

全家对文艺的爱好让我耳濡目染，每逢家庭联欢会，才四五岁的我也积极参与。妈妈发现了我与生俱来的表演欲望和艺术天赋，我也在小学毕业时就坚定了做苏州评弹演员的理想。

1981年我第一次考评弹学校却名落孙山；1983年再考，终于榜上有名。在学校里，我们要学的东西很多：两件乐器——三弦、琵琶；两种语音，说书人的苏州话、起角色的中州韵；一人多角，跳进跳出。这三年中，我如饥似渴地勤学苦练，以优异的成绩走出校门，顺利进入了苏州市评弹团。

但在改革开放的初期，民族文化、传统艺术受到了很大的冲击，我有很多同学都转业、改行了。我也不知哭过多少次，彷徨过多少回。我也能感受到当时外面世界的精彩和诱惑，但是在一段时间的彷徨和迷茫之后，我最终选择了坚守，因为我已经深深地爱上了这门艺术。苏州评弹已融入我的血液，侵入我的灵魂，我已然离不开它，对苏州评弹的热爱让我留在了这片艺苑里。

"艺比天高，戏比天大，这是老一辈传承给我们的精神。在我的艺术道路上，任何事情都不能影响我的演出。"

我和父亲搭档演出长篇有十余年之久。当然，苏州评弹的长篇演出周期是每个码头半个月，甚至更长；驻场演出，宿舍一般都是安排在书场里。

记得有一次我们在常州演出,有一天晚上我父亲在自己宿舍的枕头边发现足有一米多长的一条蛇。平日里一向颇为胆小的父亲居然整整和它对峙了十几分钟,这条蛇才慢慢地游进了地板窟窿。第二天,父亲在我面前没有提及半句,直到完成演出任务回到家里后才告诉我。我听得惊恐万分,毛骨悚然,因为我是最怕蛇的,吓得都快哭了,埋怨爸爸为什么不早点和我讲,如果那条蛇游到了我宿舍里这可怎么办?父亲说:"当时我要告诉你的话,你肯定不演了,我们还怎么完成演出任务呢?"父亲平时话不多,就是通过这样的言传身教把作为演员的神圣天职和基本素养传递给我。

后来,不管是在上海演出前的眩晕;还是在台湾演出期间,因为高烧而浑身发虚、腿脚发软,我都咬牙坚持着!说来也真怪,只要上场的铃声一响,我就像听到冲锋号一样,就会打起精神坚持演完这一场。我们是演员,决不能让观众失望。

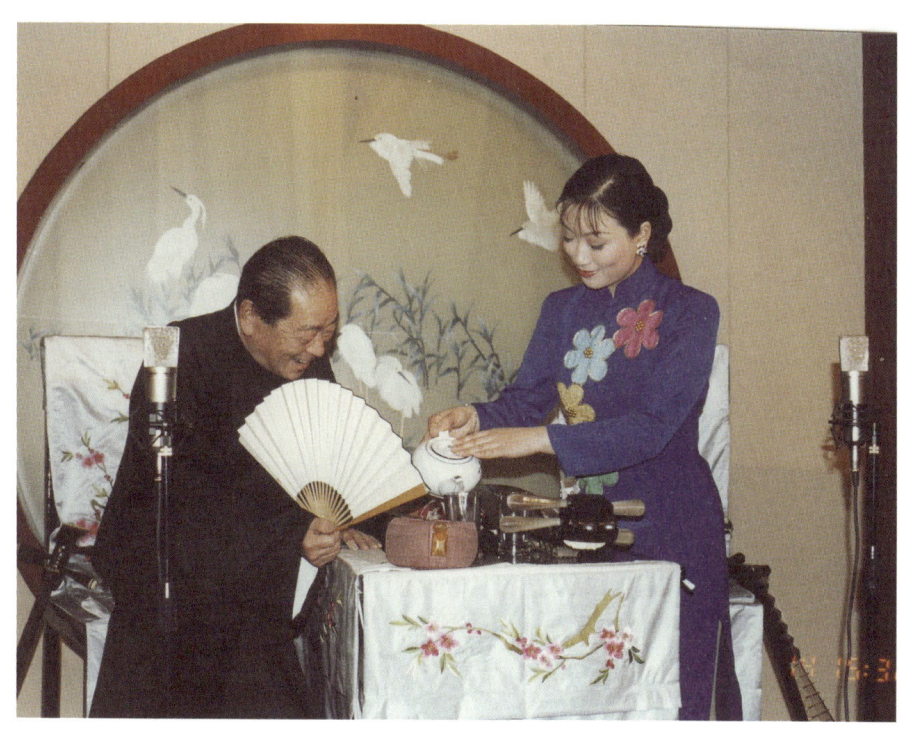

▲盛小云和父亲同台演出

▲师徒三代合影，太先生姚荫梅（中间坐者）、先生蒋云仙（左二站立者）、盛小云（右一站立者）

"《啼笑因缘》这部书是我的太先生姚荫梅传给我的老师，我的老师蒋云仙再传给我的。在他们的传承过程中，我感受到创造创新、与时俱进的理念。"

在我的艺术道路当中，我受到了诸多老师的教导和关怀，特别是我的恩师——一代大家蒋云仙。先生的老师是苏州弹词姚派创始人姚荫梅先生。上世纪三四十年代，我太先生创演了长篇书目《啼笑因缘》，他通过幽默风趣的说唱对原有的本子进行了增删、提炼和完善，十年磨一剑，深受观众喜爱。该书传给蒋云仙之后，蒋先生又有了自己的创新和创造，把话剧、电影里的表演手段与苏州评弹的演绎方式巧妙地融合在一起，书中每一个人物都生动鲜活、多面立体、呼之欲出。她的《啼笑因缘》又收获了众多粉丝，为评弹艺术培养了一大批的青年观众，以至于"蒋云仙"的名声在江浙沪一带家喻户晓。两位先生的勤奋努力开拓创新精神让我懂得了说书要发挥自己的优长，常说常新，艺术一定要紧跟时代的步伐。

"我们一定要把自己想学的、学到的东西传承下去，培养青年创作新作，这是刻不容缓的。"

苏州评弹2006年被列入国家级非物质文化遗产保护名录。尤其是党的十八大以来，随着对传统艺术重视力度的加大，新人辈出，学评弹的人多了，这门艺术也慢慢地重又兴旺起来。在培养年轻演员的同时，还要培养年轻观众，因为观众才是我们的衣食父母。所以近10年来我有意识地为苏州评弹代言，自觉地走进校园，走近青年，做了很多工作。当然，效果不是立竿见影的，就好比播种是春天，收获在秋季，若干年后才会发现传承和传播的作用。传统艺术本身需要传承，传统艺术的受众需要拓展，这方面的工作还需要加大力度。

我和我的团队曾把曹禺先生的话剧《雷雨》改编成中篇苏州评弹，在近百所高校进行了100多场巡回演出。当评弹《雷雨》走进校园时，整整两个小时的演出，掌声、喝彩声此起彼伏，这是出乎我们意料的。我听到反响最多的就是："苏州评弹太好听了！你们的表演形式太新颖了！"作为苏州评弹的传播者，我们都认为古老的传统艺术需要与时俱进，不断创新。对于许多第一次观看苏州评弹演出的学子，他们却认为这样的艺术形

▲苏州评弹《雷雨》表演现场

式很新颖，非常喜欢。我这才意识到，并不是青年学子不喜欢传统艺术，而是我们离他们太远。许多学校的话剧社都排演过《雷雨》，他们对这部作品非常熟悉，当我们用不同的方式、角度去展现剧中人物时，就使他们产生了兴趣。因此，我们不但要走近青年，还要为他们量身定做，多推出一些适合当代青年人的优秀作品。

"真正的老师，不光是我们自己圈内的人，还有观众。这么好的观众就是你的老师。"

1998年，一个偶然的机会，我到了台湾。虽然说那里对传统文化保护得非常好，但是对苏州评弹的了解却为"零"。我们是去推广宣传我们中华优秀传统文化的。一次演出结束后，我正兴奋时，接到了一个观众、也是一个朋友打来的电话。他先是夸赞我今天的服装很好看，"飘飘欲仙"，再问我："你坐下来之前，为什么用脚去踢了一下脚踏？"我们舞台上坐的高凳前面有一个脚踏，因为检场的时候没有放好，我坐着自然就不舒服，所以就本能地用脚去把它拨一拨正。他说："你知道吗？你一个小动作把前面的美都打消了。"在我解释了坐着不舒服担心会影响表演效果时，他说："即使要去踢，你也应该是用一个美的动作，你欠一下身，用手去拨弄一下，这样的动作会非常好看，你为什么要用脚去踢呢？你走出大幕，就是在表演，每走一步路都是在表演，所以你每一个小动作都是需要很好看的，这样才能给观众以美的享受。"

"耐得住寂寞，工匠精神，锲而不舍，是传统艺术从业者应该发扬的一种精神、传承下去的一种文化。"

2017年10月，我被文化部邀请到北京去策划，将苏州评弹和陕北说书融为一体来做一个创新的节目《看今朝》。陕北说书和苏州评弹风格迥异，一个火爆，一个轻柔，一硬一软，一强一弱，而且情境要求是没有乐队，也

▲ 2018年中央电视台元宵晚会曲艺说唱《看今朝》

▲《看今朝》演出后演员合影

攀登之路——文艺名家宣讲文稿摘编

没有伴奏带，全部要求自弹自唱，技术难度极高。当时排练非常艰苦，每天从早到晚，一次次排练，一次次审核，一次次修改，甚至在正式演出的前一天中午还在改词。也正因为整个创作团队的锲而不舍，精益求精，最终《看今朝》在中共中央国务院团拜会上的演出中获得了圆满的成功。后来《看今朝》还参加了2018年的央视元宵晚会。

"曲随时代、艺为人民，新时代给曲艺工作者创造了前所未有的良好环境，需要我们坚定文化自信，把握时代脉搏，不断增强脚力、眼力、脑力、笔力，弘扬优秀传统，讲好中国故事。"

作为新时代的文艺工作者，我们要弘扬好我们民族的优秀文化，讲好我们中国的故事，更好地去挖掘和盘活民族文化的本源，用丰富的手段和多元的形式向世界展示我们中华优秀传统文化的无穷魅力。要想在一个领域里能有独树一帜且影响深远的成就，绝不能单一地"为文艺而文艺"，而必须博采众长，兼容并蓄，不断拓展和提升自己思想和艺术的高度、广度、深度，不断突破自身瓶颈，从而更好地认清自己，认清生命的去从，认清我们所生存的这个世界。只有这样，我们优秀传统文化的文艺创作才会成为有源之水、有本之木。

关于文艺家的更多信息，请查阅：

《从"小飞兄"到"评弹代言人"——专访中国曲协副主席、苏州市评弹团副团长、苏州评弹学校副校长盛小云》

《对苏州评弹"出人""出书""走正路"的当代思考》

攀登之路

耕耘树艺
修己养德

—— 林永健 ——

他成为演员完全是因为热爱。从地方话剧团文艺骨干到部队文艺工作者，再到自由职业者，从跑龙套到小有名气，再到家喻户晓，他一直兢兢业业、沉稳踏实，坚持用认真和严肃的态度对待每一次创作。"没有小角色，只有小演员"，这是他对自己的鼓励与鞭策。从《历史的天空》中的朱一刀到《吕梁英雄传》中的王怀当，从《喜耕田的故事》中的庄稼汉到《钢铁意志》中的时代楷模，他凭借不懈的努力和精湛的演技把生活带到了戏里，在戏里演绎人生。从舞台到荧屏，他面对过质疑，但从不气馁，坚信机会是给有准备的人。从群演到主演，他用心揣摩每一个角色，在反派、喜剧小人物、英雄人物不同角色间跳转自如，不断给观众带来惊喜。他就是中国文联全委会委员、中国电视艺术家协会副主席、中国文艺志愿者协会副主席、一级演员林永健。

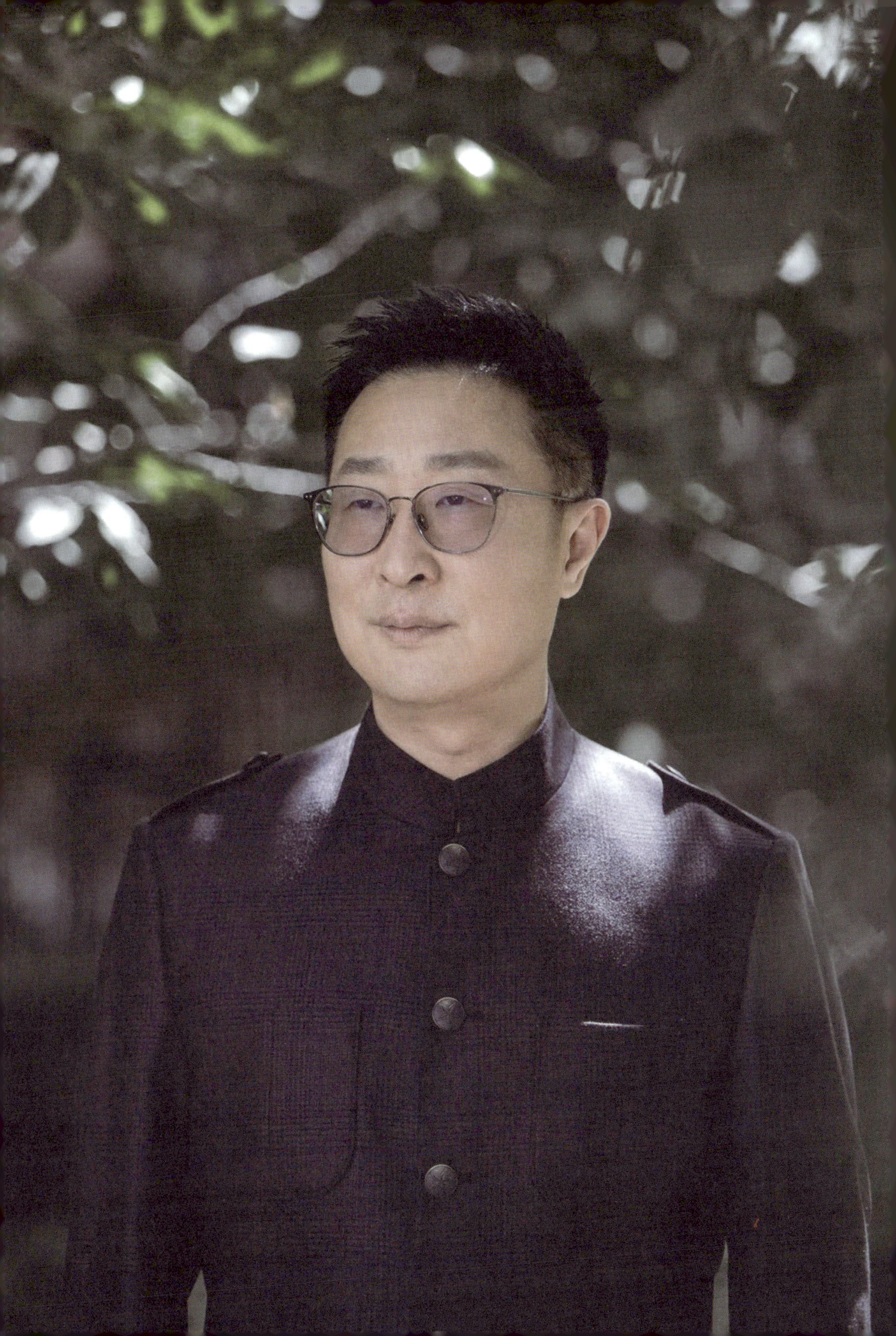

"演不上戏没关系，我可以看别人演，没有词儿没关系，我可以把台上演员的词儿背过，可以在侧幕条两边好好学，就像海绵一样使劲地去吸，这个权利谁也剥夺不掉，这个过程是让人快速成长的过程，机会永远等待着勤奋的人。"

我是群众演员出身，从事这项工作之前演不上戏。我做的是舞台上的辅助工作，比如拉大幕、打追光、放音乐、搬道具、搬布景。既然是演员，就要懂得舞台，如果连舞台的一道幕、二道幕、三道幕、顶光、面光、侧光、耳光都不熟悉的话，一旦有一天站在了舞台上，会走路吗？会演戏吗？能说台词吗？做辅助工作是很好的锻炼自己的机会，也是一笔巨大财富。小品《装修》是我这么多年的舞台积累在一瞬间迸发的成果。我特别感谢那几年坐冷板凳、做舞台上的辅助性工作，让我懂得了舞台，站在舞台上我不胆怯，舞台这一关很重要。

▲小品《装修》演出照

"没有小角色，只有小演员。表演演什么？就是演细节，细节、细节再细节。我把'戏'这个字等同于'细致'的'细'。我一直坚信，没有小角色，只有小演员。"

我在《人生之路》里演高明楼，角色不大，剧本里这场戏只有两行字："高明楼接到录取通知书，往这个陈晓扮演的男主演他们家走，然后发现不对，然后……"这场戏很重要，是改变男主人公命运的一场戏，我当时看剧本时只有两行，就琢磨怎么拍得细致一些，把他这种心理的变化再丰富一些。我在现场跟导演讲："导演，准备一个人，提一个水桶，我想要一个外部的声音。"高明楼第一次拿出了信，刚要看，"哐"一个水桶的声音，他马上把信拿起来，然后往办公室走。刚走到那儿，"噔"，电话里再来一次声音，让他下意识地把这封信往后放一放。然后，东看看西看看，跑到墙根打开信，发现是录取通知书，他的呼吸发生了变化，有点儿加重了。这时他还没有决定做不做这件事儿，接着往男主人公家走。走到半道，碰上一个小姑娘、一个小伙子，高明楼都没反应。然后停住，抬头看看天，寓意是"人在做，天在看，离地三尺有神灵"。自己倒退了两步，又往主人公家走，走到他门口那儿，又停了一会儿，这时正好高加林出来："明楼叔，有事儿啊？"高明楼下意识地一瞬间把这封信往后背一放，其实这个动作决定了他要干这件事儿，他说："人口普查，要找你爹查找户口本本。"他用这句话来掩盖他内心要做的决定，戏就从这儿开始了。

▶《人生之路》剧照

243

"我们从事表演工作的,是要演人物关系的,不要把自己整得高高在上,公共关系的维护特别重要。"

我在《历史的天空》这个电视剧里的角色也很小,小得让人基本没有印象。怎么办?自己给自己加戏。加戏是有学问的,剧本都已经写好了,要加戏就要删别人的戏,这是很残酷的事情。有一天在拍摄现场,李雪健老师问我:"永健,你演那个角色叫朱一刀,为什么叫朱一刀?"我回到房间就开始翻找,突然间发现了一个地方,是张丰毅老师的戏:他杀了一个土匪,杀完了之后,他贴了一个条在土匪身上——"江大牙"。第二天我就找到张丰毅老师,讨论加戏的事,我设想好场景:"你就在那儿审问土匪,我在腰后别一把刀,等你审问到一半的时候,我'咔嚓'一下把土匪人头落地。你说一句台词:'小子,行啊!'然后我就回你一句:'要不怎么叫朱一刀?'"张丰毅听完之后最后真让了戏。走进剧组,跟各个部门交流和沟通,就有公共关系的维护问题。张丰毅老师鉴于我用心创作和交流沟通,把这场戏让给了我。实践证明,这部剧在播到这个情节的时候,观众确实记住了朱一刀,记住了我演的角色。

▲《历史的天空》"朱一刀"剧照

"我们要爱心目中的角色,不要爱自己,要一切从角色出发,一切为了角色。"

演员心中的角色是最重要的,戏比天大。《吕梁英雄传》当年播放的时候很火,导演是何群,五代导演的领军人物之一。我当时接到这个角色以后,查了一下资料,当年有钱人的象征是什么?是大金牙,谁牙的金含量越高,谁越是大款。我自己的牙本身就往外龇,小时候有个外号叫大板牙。我就在琢磨大金牙,能不能设计两个大金牙戴上。后来我就跟何群导演商量,他说可以。我说:"导演,光有金牙不行,那只是个外在,咱能不能再加点戏,服务于大牙?""你怎么加?"我说:"正好有一场戏,民兵把我抓了,按照原剧本抓了就抓了,可以再来个小尾巴。"我演过很多小品,有抖小包袱的经验。我自己回到房间,悄悄地就把这场戏写出来了。我本身牙往外龇,再弄俩大金牙,更往外龇,但是形象立体,让观众一下子就记住了。

▲《吕梁英雄传》饰演大金牙

"我们脚踩着大地，深入生活，扎根人民，才能创造出无愧于时代，无愧于人民的好作品。"

我当主演的第一部电视剧是《喜耕田的故事》。在演这部电视剧之前，我没在农村生活过，拍剧的过程也是学习的过程。这部剧是按照春、夏、秋、冬拍的，拍了将近一年，我每天都是徒步去现场，走在庄稼地里。每当我脚踩在大地上，闻着大地的气息，闻着猪、牛、羊、鸡、鸭各种粪便和泥土交织在一起的气息时，我觉得这个世界是五彩斑斓的，这个味道是任何高级香水都赶不上的。脚踩着大地的那种感觉，自己一定要去感受，去品一品，要深入生活，扎根人民。作为一名文艺工作者，不管从事编剧、导演、演员、摄影、美术等方方面面，只要是跟这个行当有关系的，就是我们的根，我们的魂。

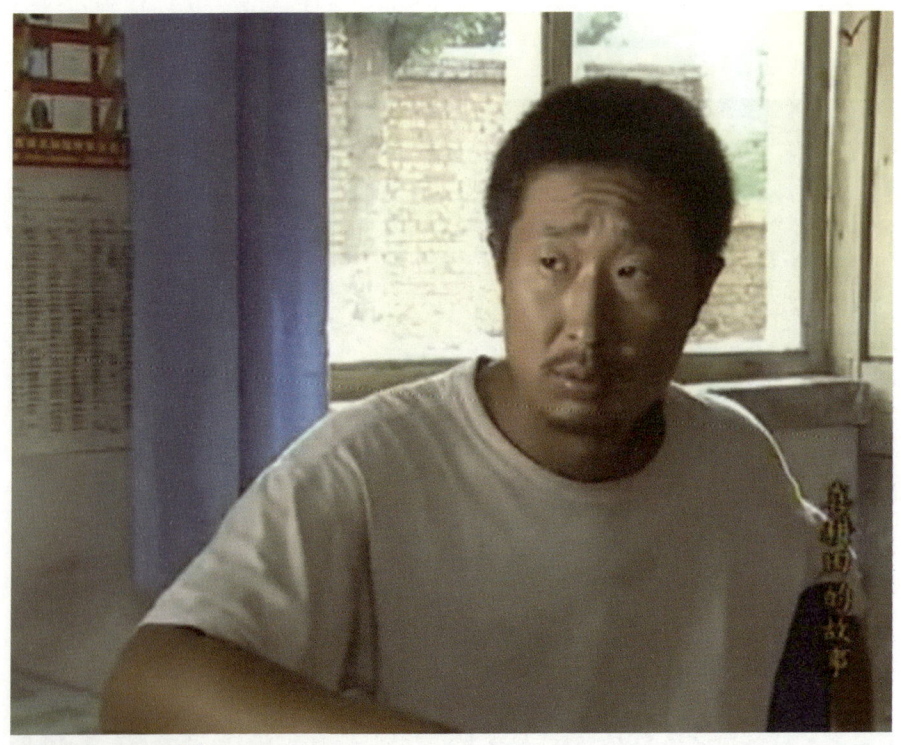

▲《喜耕田的故事》剧照

"作为一名演员，我们要有社会责任感，不能什么戏都演，要有选择性地去演。"

从表演专业上来讲，越是遇到大事儿、重要的事情，越要稳住，反着演。秉承这种表演思路，我在电视剧《三体》中出演了常伟思将军，这部电视剧可以说是开创了国家科幻电视剧的先河，具有里程碑式的意义。我还有幸出演了伟人，比如聂荣臻元帅；出演了我们国家钢铁战线的旗帜——孟泰老先生；在《守望青春》中出演最美志愿者、大连海事大学的曲建武教授；我还出演了李保国，这是35年如一日扎根在太行山上的一个英模人物，他牺牲以后，习近平总书记给他题了208个字的墓志铭，其中有这么一句："李保国同志堪称共产党人的先进代表，知识分子的优秀代表，太行山上的新愚公。"

▲《三体》饰演常伟思

"在全国全力实现中华民族伟大复兴目标下，文艺工作者必须发挥重要的作用，创造出服务于人民、无愧于时代的优秀作品。"

鲁迅先生曾经说过："要改造国人的精神世界，首推文艺。"文艺工作者的道德情操直接影响精神产品的质量和社会效果。如果我们从业者都不具备德行，又何谈优质？我记得小时候有一首歌，这么多年过去了，我一直记得其中一段歌词："洁白的雪花飞满天，白雪覆盖我的校园，漫步走在这小路上，脚印留下了一串串，有的直有的弯，有的深有的浅，朋友啊想想看，道路该怎样走，洁白如雪的大地上，该怎样留下，留下脚印一串串。"

关于文艺家的更多信息，请查阅：

《到生活中去，是演员的一门必修课——专访中国视协副主席、中国文艺志愿者协会副主席林永健》

《咱们演戏，演的就是普普通通的老百姓——专访演员林永健》

攀登之路

新时代
新戏剧
新作为

—— 罗怀臻 ——

> 在近40年的创作历程中,他的剧本创作涉及昆、京、淮、粤、沪、豫、川、琼、秦腔、黄梅戏及话剧、歌剧、音乐剧、舞剧等剧种与形式,创作出一批引领时代风尚的优秀作品。他致力于对中国戏曲现代转型的不断探索,提出了传统戏曲现代化、地方戏曲都市化、返乡运动、回归源头等一系列理论观念和主张,守望并丰富了千姿百态的地域文化。从2018年创作舞剧《永不消逝的电波》开始,他陆续创作了淮剧《寒梅》、京剧《换人间》、扬剧《阿莲渡江》、湘剧《夫人如见》等红色题材作品,把革命故事以戏剧的形式讲给年轻人听。为繁荣当代戏剧艺术,他参与组织了覆盖编剧、导演、音乐、评论、舞美的全国青年戏剧人才研修班,发现和培养了一大批优秀青年戏剧人才,促进当代戏剧创作环境的良性健康发展。他就是中国剧协顾问、中国评协顾问、上海市剧本创作中心一级编剧罗怀臻。

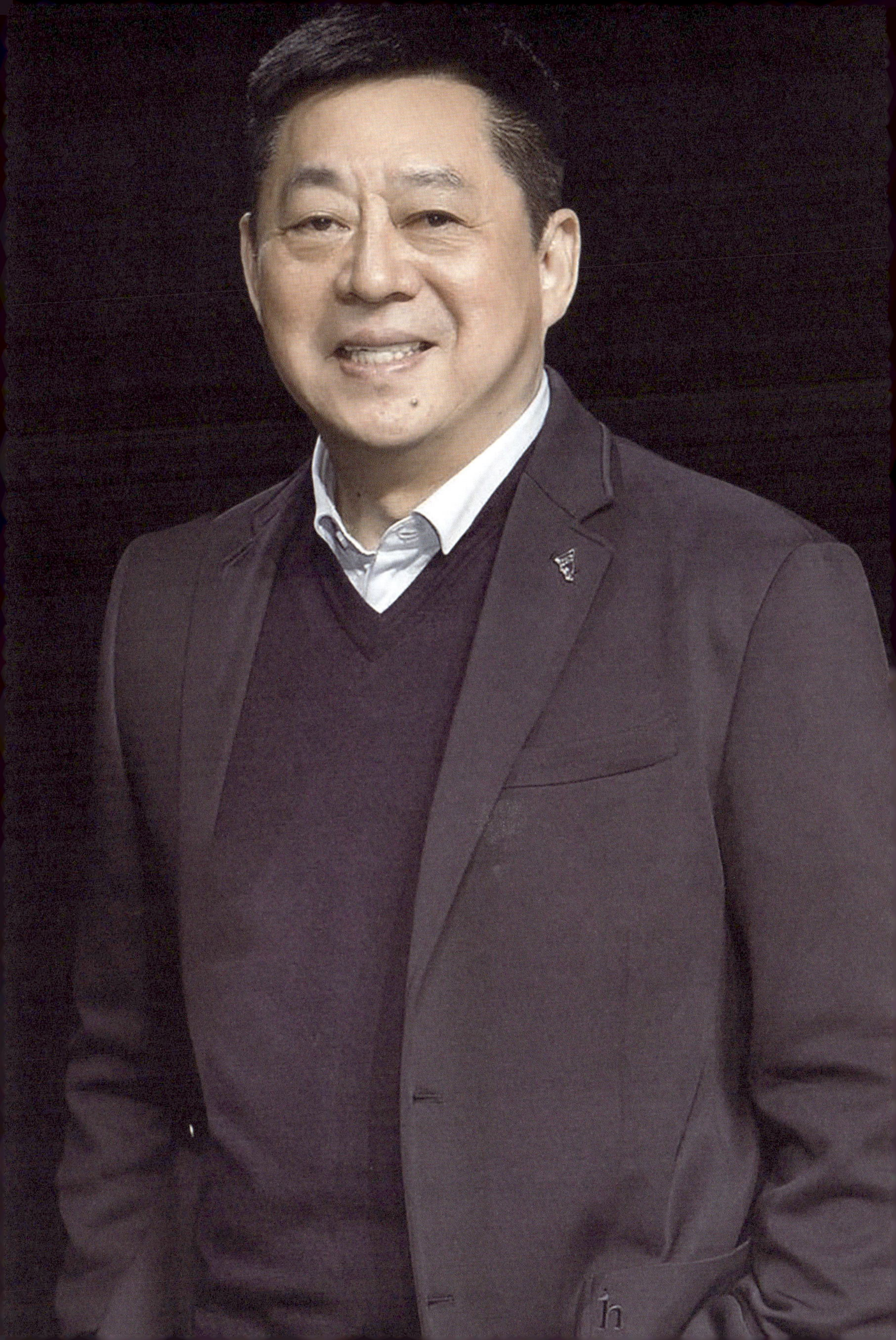

"我的艺术创作，尤其是戏剧创作，经历了三个阶段：第一个阶段就是为生存的创作，第二阶段就是为文学的创作，第三个阶段是为理想的创作。"

我16岁作为知青插队，20岁重返城市。重返城市的通道，就是进了地方戏曲剧团。为了生存，我进剧团做演员，后来兼写剧本。当戏剧创作逐渐成为我的主业，我就希望在表演中、在舞台艺术上，更多地灌注文学的内容。文学内容是戏剧创作的基石，戏剧中人物的塑造、主题的表达都要靠文学内容实现。少时阅读的曹禺先生的单行本话剧《雷雨》、中国话本小说《说岳全传》、雨果的小说《九三年》，让我终身难忘，对我的生命人格和创作风格影响深远。

这些年来，在每一部剧作，包括话剧、歌剧、舞剧、音乐剧等创作的背后，我都融入了自己对剧种的思考，对美学精神的思考。比如淮剧《金龙与蜉蝣》、甬剧《典妻》、越剧《梅龙镇》等，都强调了都市化理念。我一直以为，真正的创新和转型都是带着回归和复兴色彩的，像西方的文艺复兴、中国唐代的古文运动，都是为了找回曾经的生气。

"身处时代的每一个人，都不应该仅仅是某一方面的技术人员，还应该有比较开阔的视野、宏大的背景意识。回过头来，这都有利于我们做微观的、具体的事业。"

有不少剧作家通过剧作，同时也通过身体力行的实践探索和追求，传达出了时代的精神。他们既是杰出的剧作家，又不局限在剧作家的身份上，所以他们能成为那个时代的标志性人物。

我在剧本创作的同时去研究理论、从事教学，归根结底是因为我认为，仅靠一己之力去写一个一个的剧本，是不够的。剧本存在着舞台呈

◀ 话剧《兰陵王》演出剧照

攀登之路——文艺名家宣讲文稿摘编

▲淮剧《金龙与蜉蝣》演出剧照

现、同行沟通协调等方面的需要，剧作精神也应该要分享给更多的同行者，所以我努力兼顾。但是我真正的身份，就是剧作家。

"社会文明的特征，彰显在民族文化发展不断守正创新、去芜存菁的过程中，也彰显在中华民族大家庭各个民族之间文化互鉴互融的过程中，更彰显在中华文化和外来文化相互吸收、相互借鉴的过程中。"

"两创思想"提出十余年来，文艺界出现了不少标志性作品，比如电影《万里归途》、电视剧《觉醒年代》、舞剧《永不消逝的电波》。我曾经把这三部作品概括为"三江"汇流，即中国优秀传统文化、现代文化、革命文化的汇流。

电影《万里归途》，把国家概念化为每一个家庭，每一个个体。这个个体是当代中国人，这个家庭是中国千千万万家的缩影，最后构筑了"中国"这个大家庭。电影中有对个体生命、对人道尊重的价值观；褒奖了夫妻间的忠贞、对父母的孝敬、对儿童的关照、朋友之间的信义。人类的共有的价值观、中国传统的价值观和爱国、革命的价值观融汇在一起，构成这个作品。我不能说它在艺术上是最高级的，但它在价值观的表达上是相当成功的。

《觉醒年代》用表现主义的方法再现了历史，再现了历史的精神真实。没有像以往的剧目一样要么高、大、全，要么固执狭隘地去塑造陈独秀；而是着眼于他的大丈夫、真性情。他会很兴奋，大口喝酒，大声唱歌，跑到大雪纷飞的院子里痛快地打滚，但这些并没有伤害到他的形象。整个《觉醒年代》几十集里，他的儿子都在跟他较劲，都在跟他不依不饶。我们看到陈乔年和陈延年对陈独秀的那种揶揄、恶作剧，我们会觉得很痛快、很过瘾，觉得陈独秀这个形象很真实。

《永不消逝的电波》是由我编剧、上海歌舞团演出的作品。而广告语"长河无声奔去，唯爱与信念永存"是两个90后群舞演员设计的。曾经

▲舞剧《永不消逝的电波》剧照

我认为爱是私人化的，信念才是我们的公义。可是这些 90 后的孩子就突破了我的观念，这个作品打动人的就是私人情感，一个个私人的爱筑成了一个宏大的事业。比如剧中关于江防计划的传递，女主角为了保护这个计划第一次开枪杀了人，第一次看到一个人的脑浆在她面前崩溅。女主角崩溃了，扮演者朱洁静演到这里也是崩溃的，导演特许她在这里可以叫出声音。《永不消逝的电波》已经演了超过 500 场，她一个人演了不下 400 场，每每演到这里仍然百感交集，喊出声音。这就是人性，就会叫观众眼泪都掉下来。在最后的时刻，男主角李侠为了发送江防计划被敌军包围，壮烈牺牲在离上海解放只有 20 天的黎明前夕。最后人们在浦东的一个废弃的房子后面找到了他，从土中把他挖出来，发现他已经成了一个"蛙人"，所有的支撑关节都被打碎了，就是一摊肉；即便这样了，李侠还被五花大绑地捆起来。这个情节让我热泪盈眶。所以《永不消逝的电波》是充满了感情的：剧中有忠孝节义，有妻子对丈夫的忠诚，丈夫对兄弟、战友的情义，这是中国优秀传统文化；剧中还有坚决不能放弃的信念，对每一个生命的珍惜，这是革命文化的内涵。

"戏剧的时代并没有过去，但需要呈现出新时代的新形态。戏剧的市场要鲜活，必须融入时代的浪潮，外在要完成对戏剧演出形式的转变，内在要完成创作者思维和精神导向的转变。"

一部作品如果不能符合中国优秀传统文化、现代文化和革命文化，那它成功的可能性微乎其微。当下的戏剧生态正在经历重大的变化，我们戏剧人要用新的作为、新的姿态去正视、接受这种变化。首先要认识自己的气质，每个人的个性、背景、乡愁都是不一样的，这是我们与生俱来的生命气质。其次要适应气候，了解我们面临的时代，要成才、要有作为，就要充分了解这个时代，与时代共鸣。认识时代，适应时代，融入时代，最后引领时代。这样，才会成才，才能生出气象。气象是存在感，是专业成就。它囊括了个人的、职业的、行业的标志，进而会成为一个时代的标志。让我们共同期待，共同成全。

关于文艺家的更多信息,请查阅:

《从"唱戏时代"到"演播时代"——专访著名剧作家罗怀臻》

《"每个人来到这个世界上都有使命"——专访中国剧协副主席、著名剧作家罗怀臻》

《无处安放的探索的灵魂——罗怀臻剧作印象》

攀登之路

永远为党和人民放声高歌

——乌兰图雅——

> 她牢记传播优秀草原文化理念，用歌声唱出新时代草原人民的心声，把草原新民歌唱进千家万户，从北京冬奥会开幕式、央视春晚大舞台到火遍大街小巷的广场舞街头，她先后发行近400首歌曲、21张专辑，推出如《站在草原望北京》《点赞新时代》《中华民族一家亲》《锦绣小康》等深受群众欢迎、传唱度较高的作品。作为文艺志愿者，从大山深处到密林绿海，再到黄沙漠途，她跟随中国文联参与志愿演出上百场，她说："要永远做草原上的红色文艺轻骑兵，永远为人民歌唱。"她就是第五届全国中青年德艺双馨文艺工作者、全国"最美志愿者"、中国音乐家协会理事乌兰图雅。

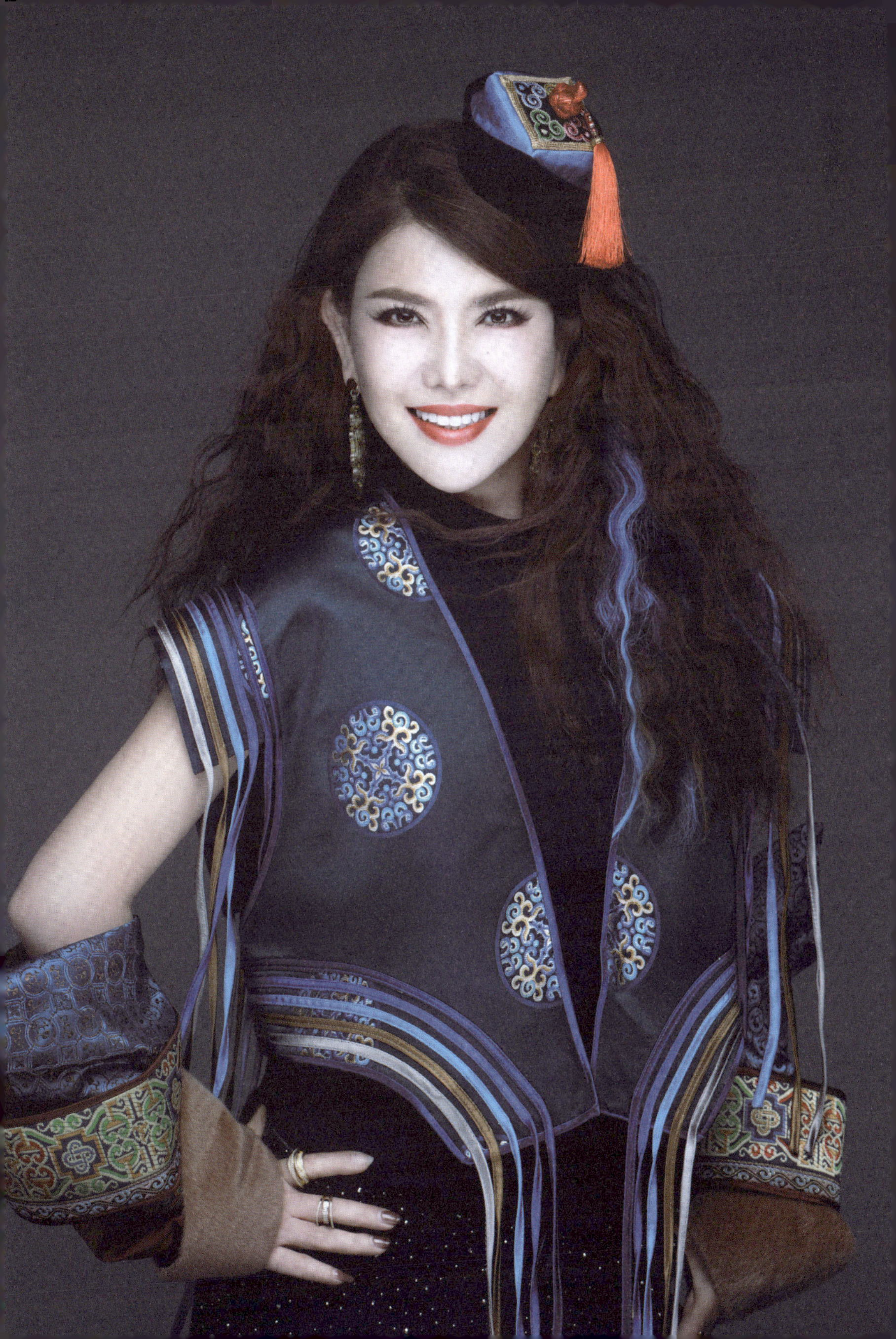

"作为一个歌者,我喜欢用歌声与大家架起一座友谊的桥梁。因为我对草原、对祖国有了更深刻的理解,演唱及诉说时内心迸发的爱也就更加深沉。"

我来自美丽的内蒙古,从小,我就是听着《草原上升起不落的太阳》《赞歌》这些歌颂我们伟大祖国、歌颂我们伟大中国共产党的歌曲成长起来的。我的家人也希望我能传承家乡的红色基因,所以给我起名乌兰图雅,"乌兰"是"红色"的意思,"图雅"意思是"霞光",父母希望我成为红色的霞光。也许是蒙古族能歌善舞的基因遗传,我很小就喜欢歌唱,从歌唱中得到内心的愉悦。我的大姨是我们家乡一位非常优秀的女中音,我从她那里学习了一些简单的乐理知识。长大后,我遵循自己内心的想法和抉择,从小小的阿尔山走到了首都北京。我非常感恩这个新时代,让一个少数民族的歌者能通过舞台得到绽放。

来到北京后,我有幸走进中国文联,这是一个充满大爱的艺术家之家。我应该是最早一批跟随中国文艺志愿者协会到各地去慰问演出的歌者,通过"送欢乐、下基层",把我们的艺术、把我们的歌声送到基层群众需要的地方去。我也深深地感受到老百姓的幸福感、获得感和喜悦感,这给了我更多的动力,也丰富了我的艺术源泉。

"唱进人民心中的歌曲才是好歌曲。为群众放歌,为群众伴舞,把人民群众当作检验作品的'考官'。一个演员、歌者、年轻的文艺工作者,在舞台上的底气就是好作品。"

我有幸两次作为中国文学艺术界联合会代表大会的代表聆听习近平总书记的讲话,并深深地记住了9个字:传得开、接地气、留得下。这9个字影响了我的歌唱和创作生涯。

有一次我在广西百色演出，现场气氛热烈，很多观众朋友都自发地跳起来、舞起来。这个画面牢牢地刻在我的脑海里，回去我就跟作词老师分享，说我想再写一首歌，这就是后来的《点赞新时代》。可以说这首歌是从人民中走出来的。副歌"来来来来，我们唱起来，点赞美好新时代"让从边疆走出来的我深有共鸣，我真正地感受到一个好的时代对我们个人的影响，也让我常怀感恩之心。这首歌后来在群众中引发了热烈反响。2020年，我们带着这首歌和几十位优秀的广场舞爱好者登上了《我要上春晚》，并最终如愿站在了央视春晚的舞台上，让全国的观众领略了我们中国老百姓接地气、传得开的音乐，感受我们的幸福。这个过程让我深刻感受到，艺术来源于人民，在深深扎根于人民群众的基础上获得的作品，像珍宝一样值得珍藏。

▲《天南地北唱中华》广西百色演出

▲ 2019年春节联欢晚会《点赞新时代》现场

"音乐除了共情，就是彼此之间的感动，这种感动有时候不是用华丽的语言能够诠释的，有时候就是一个朴实的问候，朴实得就像唠家常一样，就流淌进了观众的心田。"

《锦绣小康》也是在走基层时创作的。当时还在脱贫攻坚战时期，作为一个文艺工作者，我琢磨着怎样借助文艺的力量，给老百姓加油打气。我去了湖南省花垣县的十八洞村，那里的村民已经不像以前那么贫困了，脸上也有了笑容，尤其是歌声响起的时候，老百姓们翩翩起舞的幸福模样，激发了我们创作《锦绣小康》的灵感。我的很多作品都是从群众中获取灵感的，从慰问演出当中汲取养分的。

▲《锦绣小康》在花垣县的十八洞村演出

"我们只要持之以恒地深入一线，扎根人民，了解基层群众的真实生活和酸甜苦辣，就一定能创作出有感情、接地气的音乐作品。"

《山里的孩子》这首歌起源于贵州的一次慰问演出。那次主要是给山里的留守儿童们演出，分别时，孩子们非常舍不得，把山上的野花采下来送我们、把早餐的鸡蛋留下来给我们。这一点一滴让我非常感动，我希望有更多人能关注到这些孩子们，于是创作了《山里的孩子》。还有一次我到河北福利院，

▲《山里的孩子》慰问演出

这里有些孩子是听不到的，有些孩子是看不见的，但他们一起学了《凤凰飞》的舞蹈，即使不整齐，也深深地打动了我。每次跟孩子们在一起的时候，我的内心都会流淌着很多的感动，我将这种感动化为音符，用以回馈社会，回报支持喜欢我的观众朋友。

2011年我出道时，广场舞刚刚兴起，广场舞有大量的背景音乐需求，而我的歌曲律动性强，节奏欢快，恰好符合老年朋友的内心需求。于是，广场舞的朋友们把我推到了群众中间，我也愿意跟他们一起载歌载舞。我和广场舞教练一起推出了六张广场舞教学专辑，旨在帮助叔叔阿姨们跳得安全，跳得开心，也让在外打拼的子女们心里更踏实、更放心。

"爱国，是一个人内心最深层、最持久的情感。我是一个少数民族演员，筑牢中华民族共同体意识是我们少数民族工作者应肩负起的责任、使命和担当。"

2022年，我加入了中国共产党，但是在没有加入党组织之前我就一直以一个党员的标准来要求自己，因为我的父母都是党员。作为一名年轻的党员和文艺工作者，我创作了一首作品《我帮你》。在群众需要的时候，党员会第一时间伸出温暖的双手，帮助群众解决实际的困难。疫情期间，中国文联组织了"方舱直播时间"，当时我教医护人员和患者唱跳《站在草原望北京》，通过线上直播的方式帮助患者减轻压力、重拾信心，也被医护人员的坚强和饱满的精神深深打动。

我希望自己像乌兰牧骑那样，能够接过前辈的旗帜，把这样的精神传下去，把我们党的声音传递到新时代牧民当中去。只要我们56个民族像石榴籽一样紧紧地抱在一起，我相信我们伟大的中国梦、我们伟大的中华民族复兴一定会实现。

"作为演员,我们走过很多地方,有时候会觉得每天都是反复在唱那些歌曲。但观众不是,观众往往都是第一次见到我们;而不同的观众会给我们不同的感动。所以每次观众的需求我都尽力满足,因为我也是从基层走出来的,我就是群众当中的一员。"

▲"方舱直播时间"直播间截图

作为中国文联文艺志愿者的一员、全国"最美志愿者"之一,我知道我还有很长的路要走,我曾在多所高校和学生们分享了我做志愿者的一些心得。生逢盛世,肩负重任。我会秉承"蒙古马精神",一往无前牢记使命,创作、演唱更多优秀的音乐作品,记录新时代、书写新时代、讴歌新时代,为祖国喝彩、为人民歌唱、为奋斗加油。

▲"引领时代新风尚,共筑人民幸福路"——乌兰图雅跟随中国文联学雷锋文艺志愿服务先锋队走进浙江杭州

攀登之路——文艺名家宣讲文稿摘编

267

▲ 2020 年 12 月 16 日，"祖国边疆行·唱响日喀则"文化交流活动第一天，落地日喀则后的乌兰图雅直奔海拔 4000 米左右的黑龙江援藏公寓，慰问援藏干部和援藏教师医生

《感谢文联把我们凝聚起来——专访蒙古族青年歌手乌兰图雅》

《文艺扶贫，须在细水长流中累积》

攀登之路

以文艺之光铸时代之魂

—— 山 翀 ——

> 她说:"热爱是一种简单又有力量的东西。"因为热爱,她兢兢业业、孜孜以求于自己的舞蹈事业,让舞台上每一次精彩的起落、旋转都成为熠熠生辉的华彩瞬间。因为热爱,她用情用功潜心创作,在《原野》《红楼梦》《洛神》《梁祝》《英雄儿女》等20多部舞剧作品中,塑造出了一个又一个经典舞蹈形象,被誉为"舞剧皇后"。因为热爱,她始终把弘扬中华优秀传统文化、推动创造性转化创新性发展,作为一名新时代文艺工作者的使命担当,努力吸收养分,不断推陈出新,积极倡导"舞蹈美育走进校园"。因为热爱,她热忱投身文艺志愿服务活动,把自己的舞台从剧场向乡村、工厂、矿山延伸,以火热生活为背景,为普通百姓起舞,立志做人民喜爱的舞蹈演员。因为热爱,一路走来,从学生到老师,从参赛者到评委,从舞者到管理者,无论身份如何改变,她对舞蹈艺术的初心之爱从未改变,她就是中国舞蹈家协会副主席、中国歌剧舞剧院一级演员、舞蹈家山翀。

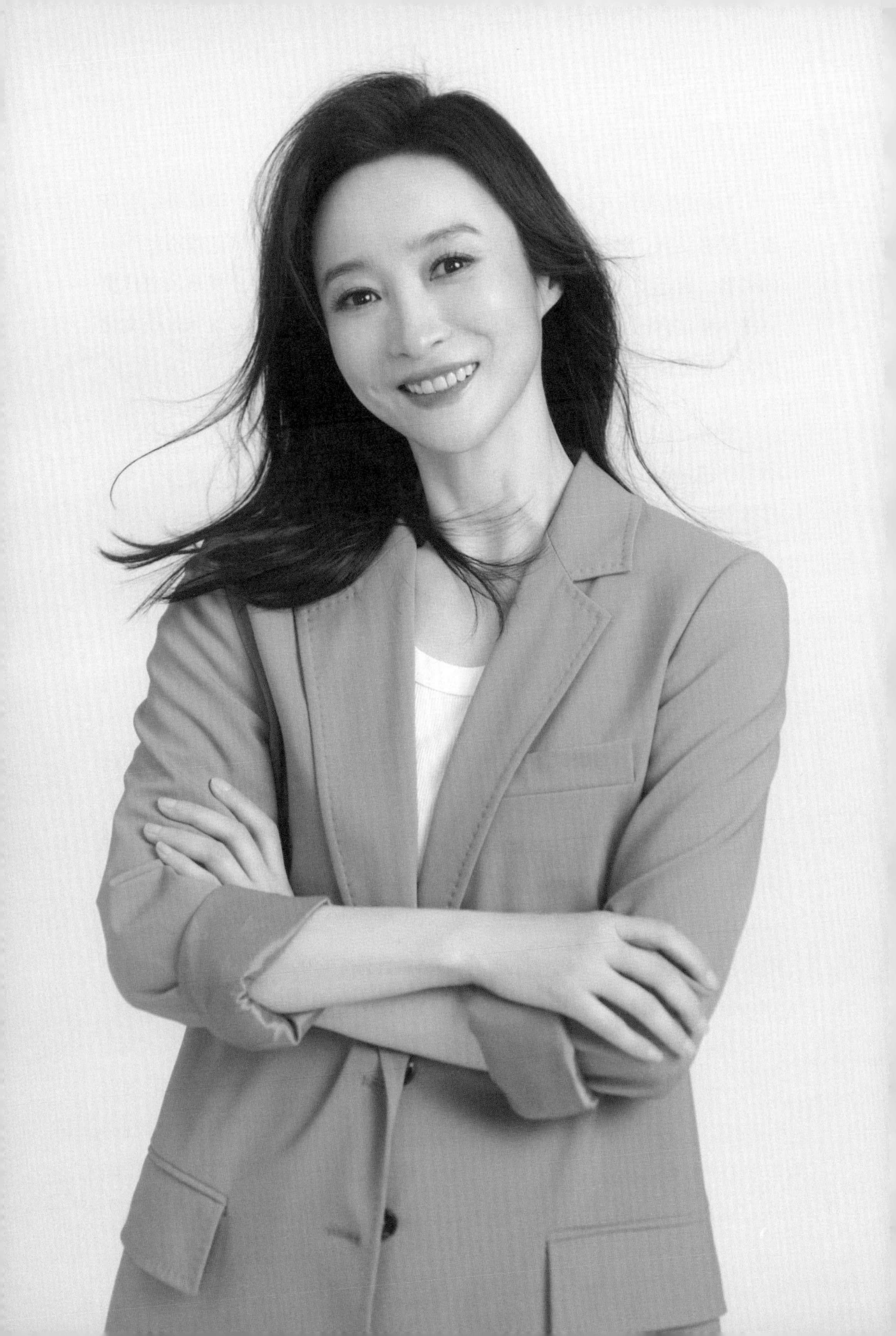

"对优秀传统文化要怀着一颗谦卑的心去学习和感悟,这就是我的守正。只有这样,饰演的角色才能正,创作的作品才能正,才能经得起时间的考验,自己的内心才能正,才不会在这个日新月异、飞速发展的时代里迷茫。坚定自己文艺创作的初心和未来的发展方向,致力于优秀传统文化的传承是每位艺术家应该要做和必须要做的事情。"

我从1981年学习舞蹈到现在已经43年了。舞蹈早就融入了我的生命中,保护和传承中国舞蹈艺术已经成为我的使命和责任。为在舞剧《红楼梦》中扮演好林黛玉这一角色,我仔细研读了《红楼梦》,还看了越剧、电视剧、电影,甚至连环画版的《红楼梦》,我不断揣摩林黛玉的性格特征和心理,去观察她的体态眼神、服饰细节等外部特征,由内至外、由外至内地深挖她的内心世界。

舞剧《红楼梦》第一段是黛玉初进贾府以及和宝玉初次相见,黛玉迈出的每一个步子,都是小心翼翼的。尤其是第一步迈得非常谨慎,她时刻记着她父亲交代的能做什么、不能做什么,她所有的情感、性格都体现在行走的步伐上。她用那个大披风把自己裹在里面,这种动作表现了她第一次到贾府的孤立无助、没有安全感。第二段是宝黛初见的双人舞,刚开始两个人一进一退,他们是互相试探的,是一种不确定的感觉。他俩在海棠诗社作诗的时候,她所有的步伐就轻盈欢快起来了。黛玉葬花,她是无奈的,步伐是拖的。所有步伐的变化需要演员有丰富的潜台词去实现,需要演员足够理解人物,才能找到强大的内心支撑,完成所有的动作和表演。

舞蹈中的动作就像文章里的每一个字,呼吸的处理就像是标点符号。作为一名艺术创作者,勇气也至关重要,是否有勇气来对待每一次的创作和表演,是否有勇气对作品进行不断的打磨和研究,是否有勇气去审视自己,甚至推翻自己,否定自己。热爱、坚持、勇气一直伴随着我,真正潜下心来,精细打磨才能焕发作品的新生。

▲舞剧《红楼梦》剧照

攀登之路——文艺名家宣讲文稿摘编

舞剧《英雄儿女》剧照

"在和平年代出生的我，要塑造英雄的角色难度非常大，但它的意义又是那么深远。把英雄人物的故事搬上舞台，对我既是挑战，更是责任，也是一份光荣。"

我第一次登台表演，是14岁时在双人舞《小萝卜头》中扮演"小萝卜头"。这段经历不仅是我正式舞台表演的开端，也是第一次扮演英雄的角色。从这位人民小英雄"小萝卜头"开始，至今我扮演了很多英雄革命人物，这也是我自己从艺道路上特别难忘的经历。

记得在中国共产党成立100周年之际，我们剧院排演了舞剧《英雄儿女》，我饰演王芳。为了能够更好地了解角色和表现人物，我重温了老电影《英雄儿女》《上甘岭》，学习观摩了很多有关志愿军入朝作战的历史纪录片，阅览了很多老照片及相关文章，看了很多采访志愿军老兵的视频。志愿军先烈"舍小家、保大家"和"吃三代的苦，换后代的福"的无私奉献精神，都让我倍受感动和鼓舞。

我还排练了很多同类型的舞剧，像《刘胡兰》《吕梁英雄传》《铁道游击队》，在这些讴歌英雄的现实题材文艺创作中，我塑造了不同的经典的革命形象，对我个人的影响非常深远，尤其是让我对"英雄"这两个字有了更深刻的理解和体会。

攀登之路——文艺名家宣讲文稿摘编

▲《八女投江》的排练照

"在创排和演出中,我感受到了前所未有的凝聚力,是所有人心往一处想、劲往一处使拧成的团结力量,这也是革命先烈初心的延续,也弘扬着中国共产党人的革命精神和信念。"

在庆祝中国人民解放军建军 90 周年文艺晚会中我主演《八女投江》中的冷云。我有恐高症,当知道要上威亚的时候,我打算放弃。但当我深入了解 8 位女战士的事迹,她们在花一样的年纪舍弃了自己,才换来了现在的和平年代时,我深刻反思自己:如果我连恐高都克服不了的话,我没有资格去扮演冷云,也没有资格再去演其他英雄人物。

除了常规的舞蹈动作,最难的是我们 8 个女孩在空中有平躺着翻身的动作。白天光线太强了,威亚的排练时间就安排在晚上的 11 点到凌晨 1 点。在将近 3 小时的练习时间里,为了我们的安全,要一直穿着威亚衣,我们排练前不敢喝水,尽量减少去洗手间的频率。长时间的排练把我们的肩和胯骨的某些地方勒破皮了,皮肤全都变成黑紫色的,但是没有一个人说要放弃,全都咬牙坚持。最后我们用最好的表演状态,将 8 位抗联女战士的英雄事迹和英雄形象完美呈现给了观众。

"我们要为人民去创作,要为时代去创作,要将目光放到更多的身边人的身上,放到这个时代平凡却伟大的人民英雄身上,去挖掘这个时代平凡而伟大的人民英雄,平凡造就伟大,英雄也从不被定义,他们值得我们为他们而舞蹈。"

我们曾到新疆生产建设兵团 163 哨所采风学习,这是一个夫妻哨。夫妻哨一般是 12 年一轮岗,这对夫妻在这边境哨所已经坚守 9 年多了。他们所有的补给是每个月固定的一天，由山下的工作人员给他们送到山上来。我们是12月份去的，那时新疆的雪已经盖过膝盖了，车都不好走，我们小分队就上去了8个人。商量后，决定由我跟李德戈景为他们表演一小段双人舞。没有音乐，小分队的其他人伴唱，选了一首《祝你平安》，这首歌代表了我们对这对夫妻的最深祝福。哨所的大姐看着表演哭了，紧紧地拉着我的手说："没想到你们能专程来这儿看我们，专门为我们表演，谢谢你们。"

◀ 在新疆生产建设兵团163哨所慰问演出

我们被当时的情景深深感动了，也被他们的事迹感动了，回来之后以此为题材，我们创作了双人舞《夫妻哨》。这个作品对我来说不同于以往的作品，是因感动而创作，更接近于艺术本质的层面。讲好中国故事，说到底就是要讲好我们身边大大小小的故事，不断地挖掘那些为了国家而奋斗拼搏的人物的故事。这次志愿服务经历给了我很大的感触，也让我深刻地意识到"到人民中去"才是我们文艺工作者真正的使命和责任。

"艺术家不是只要阳春白雪，把自己封闭在高雅的殿堂里，更是要下里巴人，深入到田间地头，深入到老百姓的生活，去感受人间的烟火气，做一个有温度的艺术家，才能将最好的艺术反哺给人民。"

我曾经在贵州、西藏、新疆等很多基层的地方慰问演出，演出的地方没有正规的舞台，很多时候就是水泥地或者是倾斜的山坡。舞蹈演员经常是穿着运动鞋甚至光脚就上去跳了。这种感觉跟在剧场演出是完全不一样的，天地就是舞台，一呼一吸间都在与自然共舞。环境虽然很艰苦，但观看演出的群众却热情高涨，他们会用最热情、最热烈的掌声欢迎我们，给我们最大的支持。一两万人的现场，一两万人的天地，我深切地感受到被

▲下基层演出的照片

需要的感觉,这是润物细无声的滋养。在给老百姓送去艺术精神食粮的同时,我们演员自己也在吸收艺术创作养分,在进一步创作和表演时,用更自然、更贴合现实生活的作品反哺人民,这样的作品才是具有生活力和生活气的。

关于文艺家的更多信息,请查阅:

《因热爱而美丽——访中国舞协副主席、著名舞蹈家山翀》

《回顾2022年〈开学第一课〉舞蹈〈送儿行〉》

攀登之路

我的五个"一"

——一个人,一座碑,一艘船,一本日记,一封信

——王 勇——

> 他说:"作为一名编剧,我深知人民的实践是文艺创作取之不竭的资源宝库,对人民的深情厚意是剧作者恒久可靠的精神动力。"多年来他感应时代,笔以咏志,从小处深扎生活,探究细节,从大处书写精神,寄予风骨。他创作了人偶剧《鹿回头》,话剧《国之大臣》,民族歌剧《呦呦鹿鸣》《天使日记》《红船》《侨批》,舞剧《红高粱》,京剧、黄梅戏《英子》,河北梆子《人民英雄纪念碑》以及儿童剧、赣剧、琼剧、吕剧、淮剧、上党梆子、越剧等不同戏剧品种和戏曲剧种剧作30余部,创作并拍摄电视剧百余集,多次获得"五个一工程"优秀作品奖、文华大奖、文华剧作奖、曹禺剧本奖等奖项。其人其剧被业界誉为"诗人的戏剧""美在剧诗"。他致力于国粹艺术的传承和发展,为青年演员搭建成长快车道,以戏促功,以演育人,推动舞台艺术在新时代的守正创新。他就是全国政协委员、中国文联全委会委员、中国戏剧家协会副主席、国家京剧院院长王勇。

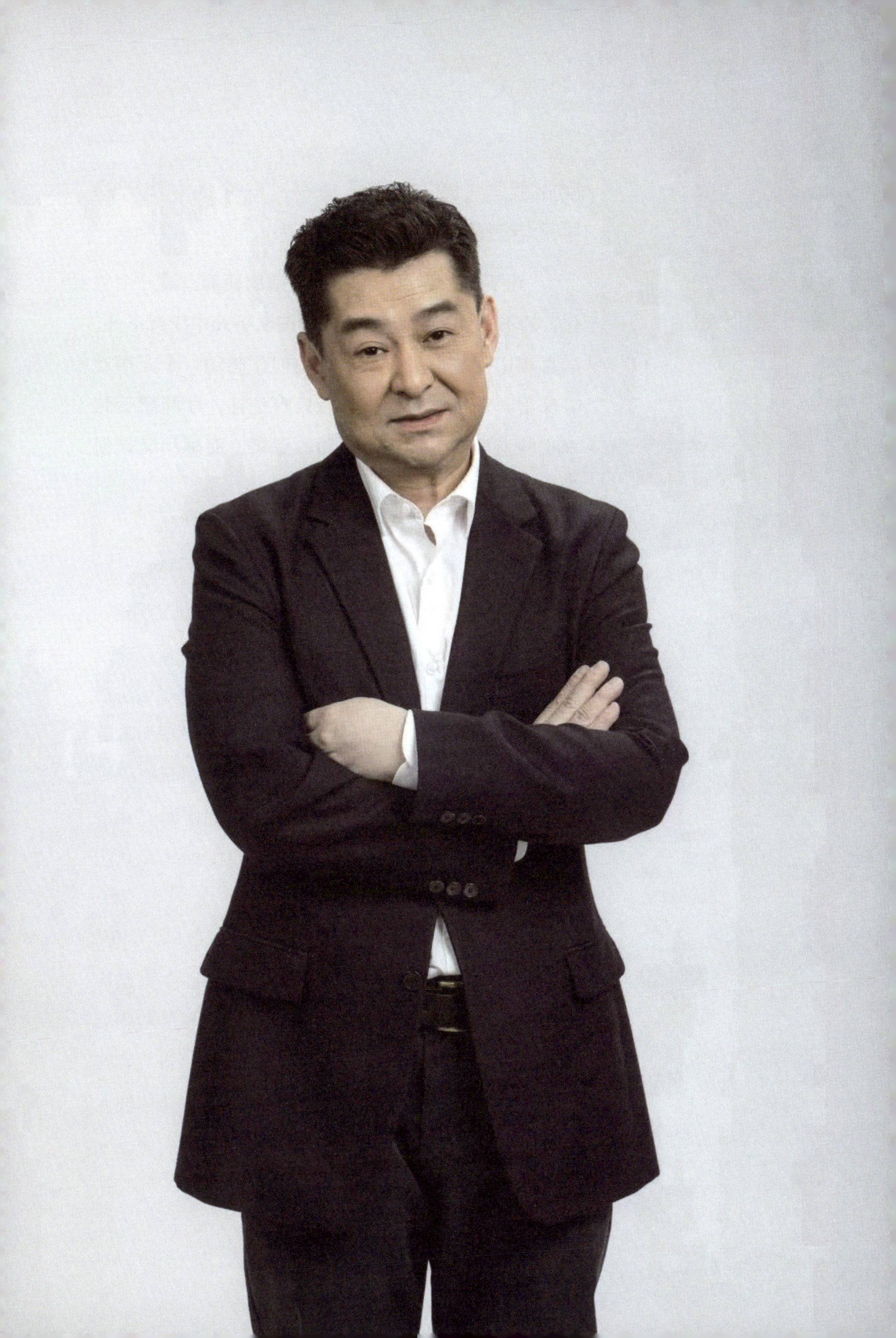

民族歌剧《呦呦鹿鸣》——"一个人"执守的平凡与崇高

"跪下去,跪倒在生命、生活的面前,是一个创作者的不二选择,只有这样,才能从平凡中挖掘不凡,从真实中提炼典型,从平静中创作感动,于无声处听惊雷,于朴素间见崇高;只有这样,才能感受到真实的温度,真实正是感动的源泉,而感动又是创作的源泉。"

作为一名科学家,屠呦呦的工作单调而枯燥,缺乏一般意义上的"戏剧性"。通过对其经历的整理,她最感动、吸引我的地方,就是坚守、平淡。1972年发明青蒿素,2015年获得诺贝尔奖,其间经历43年不为人知的坚守;青蒿素拯救了全世界几千万人的生命,多么轰轰烈烈的成就,但她却一如既往的平淡、平凡、平静、朴素。她在瑞典获奖时讲道:"我没有什么了不起,了不起的是中医药文化,那才是真正的宝库,我只是站在巨人的肩膀上。"

在歌剧结构的处理上,我分别设计了童年、中年、老年三个"屠呦呦",在声部处理上设计了女高音和女中音,再通过代表性事件,形成有逻辑性的戏剧结构,展示屠呦呦不平凡的一生。屠呦呦发明青蒿素经过191次试验,她的一生是追梦的一生。这个体现人生价值和生命意义的"梦",既是她个人的梦,更是一位科学家的梦,最后汇成了中华民族的梦。

▲《呦呦鹿鸣》民族歌剧展演海报

河北梆子《人民英雄纪念碑》——"一座碑"镌刻的牺牲与不朽

"有这么一群石匠,从前跪着刻碑,如今站着刻碑,曾经雕过皇宫帝陵,刻过帝王将相,如今雕刻的却是人民自己,是人民英雄,这就是历史的沧桑变迁,这就是时代的伟大变化。"

在人类历史上,碑是一个非常重要的符号,古今中外,所谓的碑都是为大人物、重大事件而建,比如巴黎凯旋门、华盛顿纪念碑、武则天乾陵的无字碑。只有中华人民共和国为人民刻了一座碑。为庆祝中华人民共和国成立70周年,我创作了一部河北梆子《人民英雄纪念碑》。但我没有把笔墨放在设计者梁思成、林徽因身上,也没有放在画家吴作人、张松鹤、林风眠身上,而是放在了河北曲阳一群普普通通的石匠身上。

曲阳石匠从西汉至今,祖祖辈辈以雕刻为生,历朝历代处处都留下了他们的雕刻印记。当时间定格在1949年9月30日中华人民共和国中央人民政府正式成立的头一天,一座历时近10年之久,最终将矗立在天安门广场上的人民英雄纪念碑奠基了。人民英雄纪念碑的矗立,深刻而鲜明地表明了中华人民共和国最本质的、最根本的性质就是人民的国家、人民的政权。

再崇高的主题、恢宏的叙事,归根结底还是要从人物出发。从小切口反映大时代的沧桑巨变,从小角度表现大主题的恢宏观照,从"刻小碑"升华到"刻大碑"的无尽感叹。人民养育了英雄,也造就了人民英雄;英雄来自人民,也创造了历史。石匠是人民的一分子,由普普通通的石匠雕塑人民英雄才更有意味和意义。

▲ 河北梆子《人民英雄纪念碑》演出照

民族歌剧《红船》——"一艘船"承载民族的力量与启航的方向

"中国共产党的 100 年发展历史，就是中华文明史上的一部史诗，甚至是人类文明史上的一部史诗，而歌剧最擅长于表现的就是史诗。当擅长于表现史诗的艺术形式和史诗的内容相撞在一起，一定会产生非常耀眼的艺术光芒和思想光芒。"

歌剧《红船》是为庆祝中国共产党成立 100 周年创作的，体现的是一部国家、民族的史诗。《红船》的创作动笔于 2018 年 11 月，正是我挂职四川工作期间。当时我突患急症住院治疗，一边躺在病床上输液，一边开启心游万仞、漫无边际的遐想，冥冥之中就见一艘画舫从历史深处朝我驶来，种种场景也纷至沓来。这是我创作的 30 多部舞台剧中，投入最深、付出最大的一次创作，每一个字都精雕细刻。在嘉兴参观"红船纪念馆"的时候，我被一幅"苍茫大地"的巨幅油画吸引，久久驻足，不愿移步。

画面上，背景是愁云密布的前门楼子，而中国共产党创始人李大钊、陈独秀凝望着苍茫的中华大地，眼睛里既充满着忧心忡忡的神情，又饱含着坚毅不灭的希冀。画中描绘的情景后来被我转化为重要的戏剧情节——李大钊乔装成车把式，赶骡车将陈独秀送出北京城，送往天津，再转往上海，南陈北李，南北呼应，相约建立中国共产党。

《红船》由序幕、正幕2幕6场戏、尾声组成，整个故事跨度为1919年5月4日至1921年8月初，主要时间为1921年8月初的一天，地点集中在南湖的画舫。营救陈独秀、党代表辩论党纲、为党命名、毛泽东与杨开慧举办新式婚礼、陈望道翻译《共产党宣言》、杨开慧送别毛泽东、13位党代表高呼"中国共产党万岁"等，不管时空怎么变化、穿插、跳跃，剧里以咏叹的形式反复体现"我有一个梦"的核心主旨，先是李大钊唱，后是毛泽东唱，最后是千千万万的劳苦大众一起合唱。

▲歌剧《红船》演出照

▲歌剧《红船》演出照

▲歌剧《红船》演出照

▲ 歌剧《红船》演出照

民族歌剧《天使日记》——"一本日记"抒发的生死与时速

"艺术来源于生活,一种是身临其境、身处其中的直接的生活,我们现在所发生的一切都是生活的一部分;还有一种是间接的生活,就是通过书本、图像,甚至是口口相传的故事去获得、去赋予艺术想象。"

《天使日记》是我几十年创作生涯中耗时最短、最急的一部作品。以2020年1月23日武汉封城展开救治,到4月8日武汉解封为时间轴,分为三组人,一组是医护人员,一组是医护家属,还有一组是患者,通过人物群像,全景式地展现抗疫故事。主线人物是护士长兰之念,她的丈夫黄鹤是一位主治大夫,两人分处不同的医院,最后丈夫牺牲了,兰之念声嘶力竭地呼喊着:"黄鹤一去不复返,白云千载空悠悠。"我当时做了大量调研,看了很多医护日记,在每一本日记的阅读中体会到生命不可逆转的真实和可贵,以及平凡的医务工作者以命搏命的伟大。"创作过程中那种身如险境、同步同频、生死一线、迫在眉睫的紧张感始终牵引着我,人民的悲悯和热望成为我创作时的梦之所托、心之所往。"

▲《天使日记》演出照

民族歌剧《侨批》——"一封信"凝聚的一体厚谊与同胞深情

"伟大的艺术作品一定不是偏激的、极端的,一定不是缺失人性内涵和悲悯情怀的,一定是丰富多彩、充满生机和活力的。优秀的艺术作品既能给观众深刻的人生体验和强烈的情感共鸣,同时也是温馨宁静、抚慰人心的精神家园。"

意象是中国文艺创作植根于意、化于行的一种心意的寄托。《侨批》的意象——"批",是一种信、汇合一的特殊邮传载体。"批"既是剧作结构的无形支点,也是剧作情感凝结的有形载体,一封信漂洋过海,辗转于众人之手,通过对"批"这一意象的捡拾和锤炼,串联起三组人物关系,展现华工、华侨的悲惨命运,也抒写他们的善举、义举,折射出中华民族根植于骨髓、流淌于血脉的大爱。《侨批》里的人物推己及人,忧国忧民,是中华民族力量得以凝聚、精神得以传承的根基,是中华民族历经磨难却始终立于不败之地的保证。

▲《侨批》演出照

关于文艺家的更多信息，请查阅：

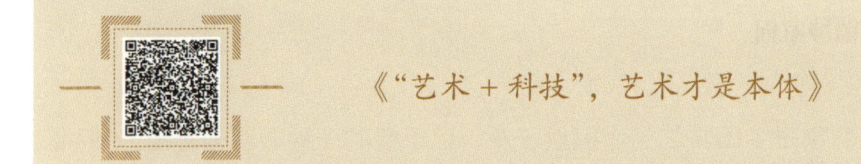

《"艺术＋科技"，艺术才是本体》

《创新推动院团院校共同培养艺术人才》

攀登之路

在歌剧舞台上的成长

—— 王丽达 ——

> 她说:"音乐是我的全部,我是一个很简单的人,我热爱音乐,就像热爱自己的生命一样纯粹。"她是中国当代歌坛、剧坛为数不多的双栖型表演人才,既能在舞台担当主演,又能在讲台从事教学,曾获得中国戏剧梅花奖、中国音乐金钟奖、青年歌手电视大奖赛民族唱法金奖等荣誉。在多年的艺术实践中,她对民族声乐孜孜探索,凭借扎实的戏剧功底,经过专业性的声乐学习,形成了独特的演唱风格,柔情和大气兼备,舒朗与精致并具。她多次参加国家重大演出活动,在民族歌剧《八一起义》《扶贫路上》《沂蒙山》《英·雄》《金沙江畔》《号角》《运河谣》《原野》、音乐剧《山歌好比春江水》《大红灯笼》《青城》中担任女主角,以全面而深厚的声乐与表演功力成功塑造了性格各异的角色。她演唱的代表作品《亲吻祖国》《共圆中国梦》《给心放个假》《领航新时代》等,或磅礴或深情或明快或悠远,皆传唱甚广。她是中央音乐学院声歌系教授、一级演员王丽达。

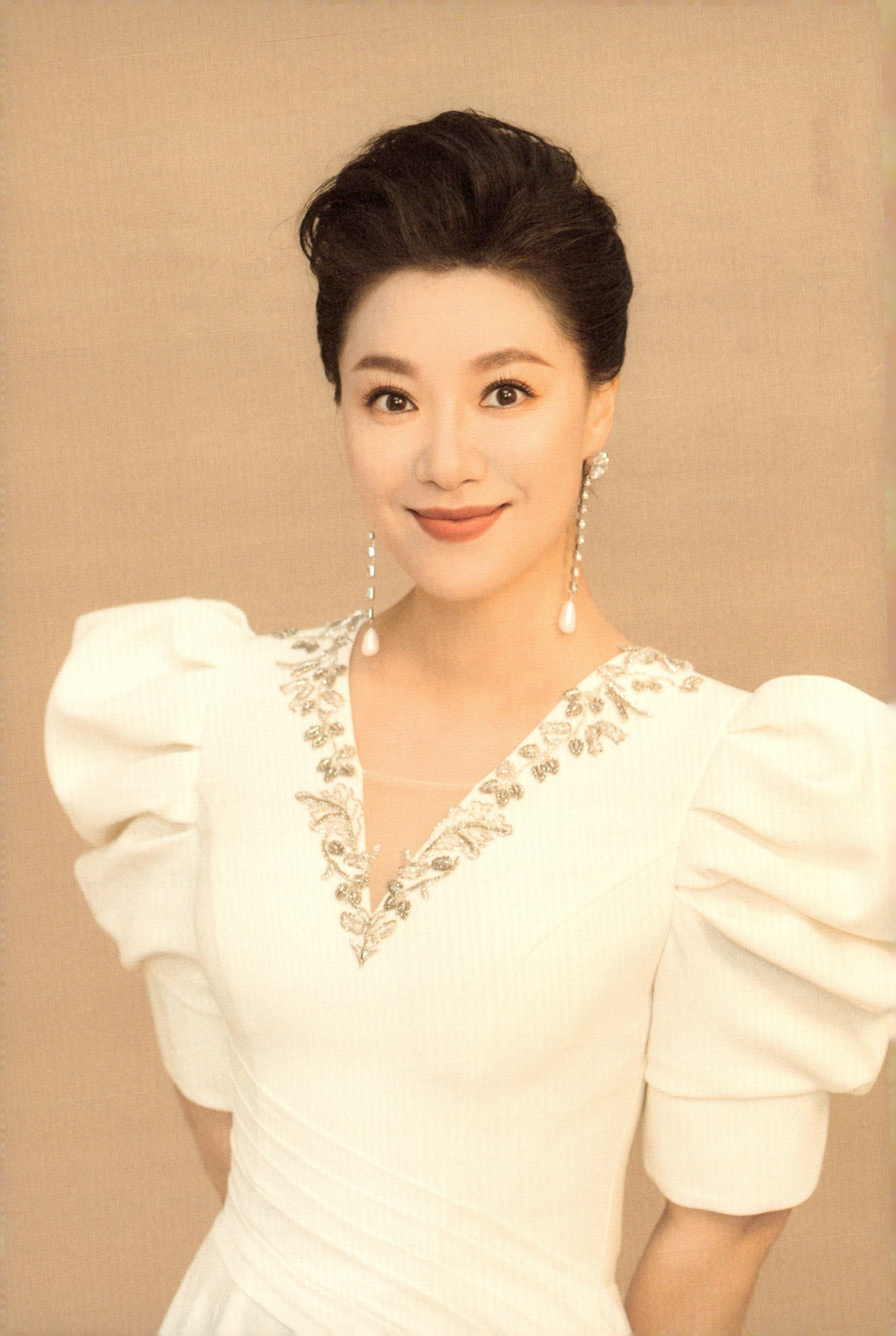

"角色需要通过演员的表演来塑造，演员最重要的任务是如何让观众信服这个角色。角色一定是先从剧本开始，不仅是与歌剧中人物的交流，而且是不断和角色相融合的过程。如何让观众接受角色，进入歌剧人物的情感，这是歌剧演员需要思考和探究的。"

我是一名视歌唱为生命的文艺工作者，从小热爱音乐和戏剧表演，后来考到中国音乐学院，师从著名声乐教育家金铁霖教授、马秋华教授，学习民族声乐，一直读到博士毕业，2002年大学毕业后特招入伍，进入了总政歌舞团，2019年转业到中央音乐学院任教。

近20年来，我曾在11部歌剧和音乐剧中担任主演，其中9部是原创剧目，由我担任首演。对待歌剧人物，我尽可能地去还原人物的本身，想其所想，只有对人物形象的分析都合理了，才能说服自己去如何塑造人物，也只有做到还原人物思想，情感升华，才会显得自然亲切。

"过去我们只知道沂蒙精神，而当我脚踏上那片土地，我的心灵真的和那个时空的事件打个照面时，才知道什么是水乳交融，生死与共，我也更加理解人物的真实血肉及在那个年代沂蒙儿女所作出的贡献和巨大牺牲。"

民族歌剧《沂蒙山》以抗日战争时期革命老区沂蒙根据地军民同甘共苦、生死相依的动人故事，展示了军民水乳交融、生死与共铸就的沂蒙精神。在拿到剧本的时候，我做了很多案头工作，还随剧组多次采风。当站在英雄纪念馆观摩一幅幅画、一座座雕塑的时候，我才深刻地感受到沂蒙山区"遍地是英雄、户户有红嫂"的革命精神。在一次次的采风、排练、演出过程中，我对海棠这个人物的理解也越来越真切。在排演的过程中，我不断揣摩人物内心的成长变化过程，不是去演，而是去真心体会、感悟这个角色当时的所思所想。在那一刻，我就是真正的海棠，我在舞台上体会着海棠彼时彼刻的想法，她面对孩子、面对丈夫、面对舅舅的牺牲，是怎样的情感。

这部歌剧的气场大悲大壮，结构大开大合，戏剧冲突和戏剧性非常强，人物的行动线也非常清晰，海棠这个人物很丰满、很有色彩、很有层次。同时，也有极大的挑战性。《沂蒙山》全剧 40 个唱段，其中海棠的唱段有 20 个，唱腔有一定难度，有多种风格，有很多独立的咏叹调。唱段都随着人物内心情感变化来层层铺垫，海棠的形象也随着音乐的发展慢慢丰满和完善。在第五场自己的孩子牺牲时，海棠作为一名母亲的悲愤，情感的表达、演唱的处理都是塑造全剧高潮的关键点，从前面呐喊式的处理和后面诉说式的吟唱，淋漓尽致地呈现出作为女性的柔软内心以及对孩子的愧疚无奈和无助，与之前几场形成了音乐上的鲜明对比。海棠作为一个平凡慈爱而又伟大无私的英雄母亲的形象真实地、鲜活地呈现在了观众面前，让观众们看到了千千万万个沂蒙红嫂的缩影。

▲歌剧《沂蒙山》剧照　王丽达饰女主角海棠

"《扶贫路上》的黄文秀是 14 亿中国人代表,是我们青年人的代表,更是中国共产党员的代表,她用实际行动,用平凡的双脚丈量出中国扶贫事业的高度,通过这部作品我们学习到坚持、坚守、奉献的精神,传承着中华民族锲而不舍、生生不息的民族精神。"

《扶贫路上》是以牺牲在扶贫岗位上的广西百色市乐业县百坭村第一书记黄文秀的事迹为创作原型,聚焦基层扶贫第一线艰苦奋斗的党员干部,浓缩地还原了全国脱贫攻坚战线的感人故事。

黄文秀是我主演的所有歌剧里离现实最近的一个人物。为饰演好这个角色,我通过各种途径来了解她,看新闻报道、读她生前写的日记……在导演田沁鑫的帮助下,我逐步地走进了文秀的世界里,她像邻家妹妹一样爱笑,走起路来永远是大步流星,说话时的语调非常爽快,还时不时喜欢推一下眼镜,这些细节都能帮助我在舞台上去还原她、塑造她。

我在每次演出之前,会找到一个没人的地方,把整部剧中黄文秀所有可能的内心活动先过一遍,让自己完全地融入文秀的内心,让自己和她的精神能产生共鸣,让自己在表演形象上与文秀统一。我深刻地记得一次在东方歌舞团排练时,当我唱到最后,已是泪流满面,那时我已经分不清我是王丽达,还是黄文秀。在这部作品里,我最想传达的是一名普通党员在伟大的扶贫事业中的奉献和作用。在黄文秀的身上,我看到了她对父母的孝顺,对老百姓的爱护,对国家的忠诚。

歌剧《扶贫路上》剧照 王丽达饰女主角黄文秀

歌剧《英·雄》剧照 王丽达饰女主角缪伯英

"中华民族的英雄要用我们的艺术形式去歌颂、传扬,让更多的人了解英雄的故事、英雄的精神。"

歌剧《英·雄》中的缪伯英是中国共产党的第一位女党员,与丈夫何孟雄的名字分别有一个"英"和"雄",所以被大家称为"英雄夫妻"。1929 年 10 月缪伯英冒雨掩护地下交通员,跳进了一条小河导致风寒,最终抢救无效去世,年仅 30 岁。

无数和缪伯英一样的革命先烈因为党的事业牺牲,以鲜血和生命践行自己的事业,让我们相信"随时准备为党和人民牺牲一切"不只是入党时宣誓的誓词,更是中国共产党人践行初心使命,内化于心、外化于行的信仰与力量。他们对革命理想的执着,对信仰的坚定,永远值得我们去缅怀、学习、传承,我们也有责任通过精益求精的舞台塑造，更好地去传承这种革命精神，传递信仰的力量。

每一部戏于我而言都是收获，既是技艺的成长、表演的进步，也是心灵的洗涤。缪伯英是中国共产党第一位女党员，黄文秀是时代楷模，海棠是红嫂，能够站在舞台上去呈现她们的事迹，让更多的人去了解她们，是我的无上荣光。在当下文艺大发展大繁荣的时代潮流中，通过歌剧这一艺术途径，讲好中国故事，让更多的人走进英雄们的世界，我们这代歌剧人责任在肩，义不容辞。

关于文艺家的更多信息，请查阅：

《中国歌剧的自信源于中国自己的人物、故事——访第30届中国戏剧梅花奖获得者、歌剧演员王丽达》

《王丽达：以歌剧礼赞英雄》

攀登之路

新时代主旋律创作与思考

—— 舒 楠 ——

"

他说:"创作是一种修行,写音乐就是记录时光的味道。"他生长在大别山,山野花香的滋养赋予他敏锐浪漫的气质,热爱电影和音乐的翩翩少年,怀揣梦想,一路前行。36岁时拿到了人生中第一座金鸡奖杯,从歌手到流行音乐制作人,再到作曲家,从一名光荣的军人到一名大学教师,他一直孜孜求索,创作了一首又一首深情优美、打动人心的音乐作品。作为谱写新时代旋律的代表人物之一,他用音符歌颂《新的天地》,在《灯火里的中国》中点亮壮美山河,在《追寻》的道路上《不忘初心》,他的《生死不离》感动亿万华夏儿女。他曾多次担任党和国家重大文艺演出音乐顾问、总监,6次荣获"五个一工程"奖,他的作品彰显出浓烈的家国情怀,平静中蕴蓄温暖的力量,激扬流淌出真挚的情感,媒体称赞他"抓住时代脉搏,奏出了音乐的强音"。他就是中国音乐家协会理事、北京电影学院教授、作曲家舒楠。

"

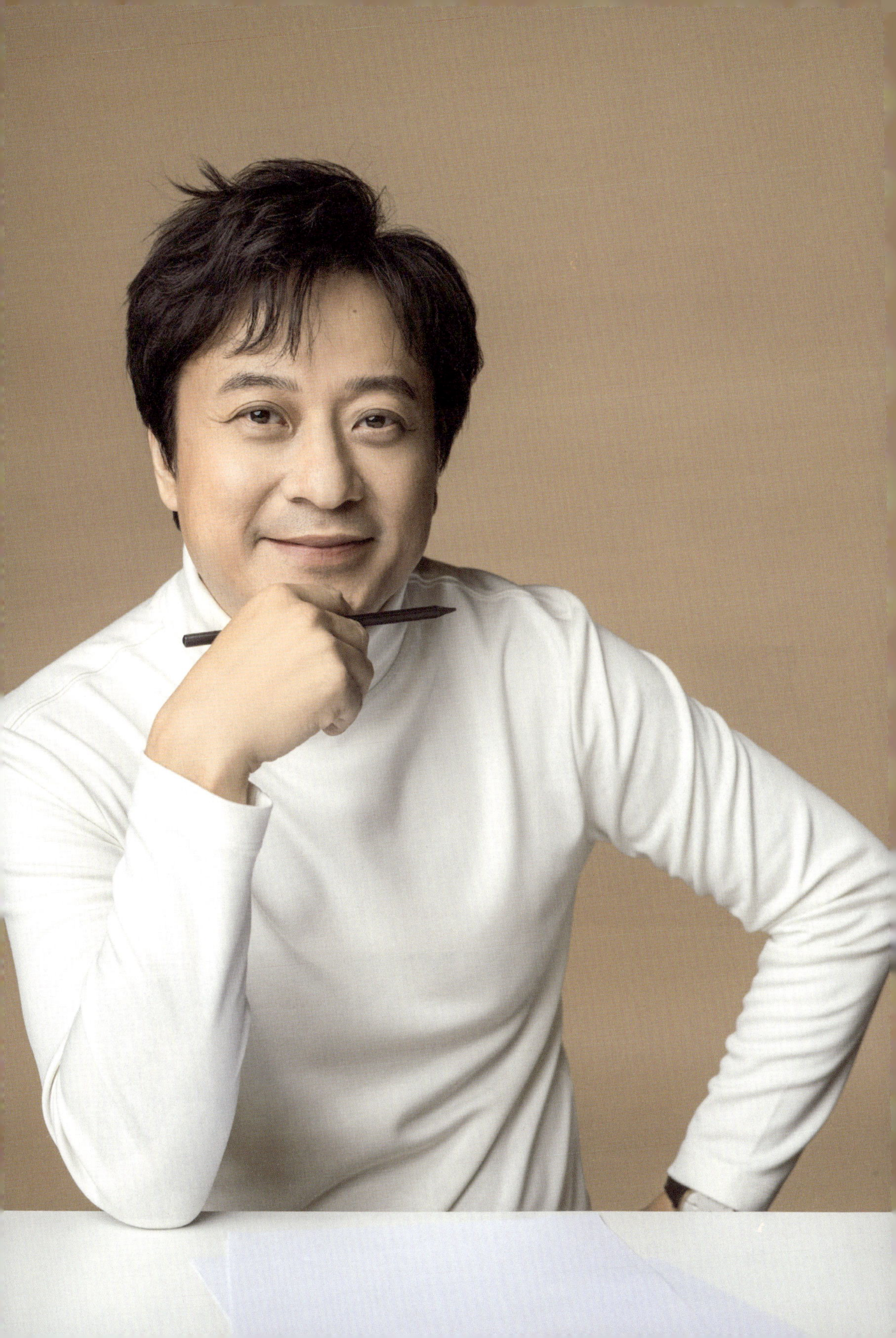

"歌曲会凝练一座城市的气质,感慨时光的流逝、人性的美好,歌颂一切生活中的真善美,这就是歌曲的魅力、音乐的魅力。"

我是一个电影音乐作曲家,上高原、下海岛、去矿山、走军营,这些深入生活的经历,帮助我打开心胸,从广阔天地间汲取养分,将新鲜而又强烈的感受倾注笔端,流淌在乐谱中。

《追寻》是《建国大业》的主题歌,是我为中华人民共和国成立60周年而作。那时我还是一个非常年轻的作曲人。《建国大业》这部电影有2名导演,有172名明星参演,台前幕后全是艺术名家。当时导演给了我两

◀舒楠和著名词作家、一级编剧张和平

▶舒楠和黄建新导演现场沟通《建国大业》主题歌《追寻》

个规则：第一，歌曲一定要利于传唱；第二，一定要把《国际歌》的旋律放进去，因为《国际歌》是陪伴了中国共产党几代人成长历程的歌曲，这首歌是绝对绕不过去的。这是一道严苛的命题作文，我茶不思、饭不想，直到大年三十那天晚上忽然来了乐思，虽然年夜饭没吃好但感觉抓住了。这首歌后来一直传唱，出现在各种晚会上，我想是因为作曲家的个人情感和公众的情感产生了嫁接关联，因为主旋律歌曲汇聚了人民朴素的爱国情感。每个人在时代的洪流中都一直在追寻，要时刻把握时代脉搏为祖国而歌。伟大的党和人民永远是创作的源泉，曲作者要知道自己是谁，为谁而创作，为谁而歌，这点非常重要。

"作为一名艺术工作者，站在这样一个新的、美好的时代，我们要尽情去感受，为人民抒写、为人民抒情、为人民抒怀。"

我曾经跟中国文联、侨联出访非洲某国，那个地方没有红绿灯，十万贫民窟，非常不安全，警察拿着AK-47开道，送我们到大使馆。那个大使馆像一个县里的招待所，非常破旧，我们第一项议程就是唱国歌。在离祖国那么远的地方，唱着唱着国歌我就流下泪来，只有对比才有强烈的感触，心想幸好我生活在可爱的中国，我骄傲现在的祖国是多么的安全强大。

2022年在中国文联的带领下，我作曲，集体作词，创作了一首献礼党的二十大的作品，叫《我们的歌》。这首歌凝聚了很多人的心血，中国文联领导给予了大力支持，大家都是一个字一个字地去斟酌。这首歌唱出了文艺大发展的十年、艺术从脚下走出来的十年、讲好中国故事的十年、团结奋进的十年。既是回望，更有展望，抒发了广大文艺工作者心中的豪迈之情和感恩之意，更表达了在以习近平同志为核心的党中央坚强领导下，踔厉奋发、勇毅前行的坚定决心。

"作为一个文艺创作者，对于时代要有一颗悲悯感恩的心，到人民中去。只有走进社会生活，走进人民实践的深处，感知时代脉动，聆听时代心声，才能写出人们心中的歌。"

2008年的"5·12地震"是全国人民非常哀伤的事件，万众瞩目。14日那一天白岩松在中央电视台朗诵了王平久写的诗《生死不离》，我听后特别有感触，当天就把自己关在房间里，大概只花了40分钟为这首诗作曲。5月15日，成龙就赶来录歌，录完之后他直接赶到了四川省汶川县，这首歌在中央电视台反复播放，感动了无数的人，被新华社评为感动了无数华夏儿女的歌。

我们常说"要到人民中去"。当我们心和老百姓一起跳动的时候，自然会创作出老百姓喜欢的作品。2019年年底，新冠感染疫情暴发，中国文联紧急让我写一首歌。大年初三，正值疫情最紧张的时候，我从安徽老家来到北京，就这样我三天谱出了歌曲《坚信爱会赢》，在抖音上共有46亿点击率。为了这首歌，中国文联的领导付出了巨大的心力，经常在深夜里还在和我们一起探讨交流，也很感谢参与的那些歌手们，遇到民族大灾大难的时候，他们从来都是责无旁贷。

"我们都是搞创作的人，要抓独特的视角。抓角度、用敏感的形式对创作人来说是非常重要的，从歌名到立意，都要独特，都要不同。"

2019年春晚导演交给我一个任务，让我写首歌。我想，我们一直在歌颂白天的祖国，包括鲜花、草原、绿地、阳光，但是很少有人歌颂夜晚的中国。但其实，夜晚的中国也很美，华灯初上时、万家灯火处，中老年人热情欢快地跳着广场舞，年轻人身姿潇洒地玩着滑板，暖心和睦。于是《灯火里的中国》诞生了，我没有经过太长时间的思索，在动笔之前就已经想好了。我们身在今天的中国非常幸福，人们的笑脸像灯火一样灿烂。这首歌在春晚 21:00 播出，到 22:30 已经全网刷屏。

▲歌曲《灯火里的中国》

"写大歌立意要高,落笔要轻。可以关乎每一个人的成长,每一个中国梦的实现,我想让年轻人用他们熟悉的音乐语汇去歌唱。"

说到视角,歌颂党和国家的重大命题的视角更需要真情实感,就是习近平总书记说的"用情用力"。我监制并作曲的《不忘初心》就是一首代表这个时代主旋律特点的歌,它依然是用情用力,它会说:"你是我的一切、我的全部,向往你的向往,幸福你的幸福。"用这样平实的词句可以献给自己的亲人、爱人,不会被想当然的那种高大上所禁锢,所以在老百姓中有很广泛的群众基础。我花了大量时间放空自己,走到云南、贵州、

▲《不忘初心》演唱现场

四川、西藏，在那些"艰苦而美好"的地方挖掘音乐的宝藏。2022年，我来到海拔5000多米的西藏阿里，住在边境线上的兵站里。一天早上，我竟然被广播里自己的歌曲唤醒了。当《不忘初心》的旋律回响在高原和边境线上时，我特别感动。祖国太伟大、太辽阔了，只要创作者拿出好东西，再遥远的地方，它都能抵达。

"艺术家要时刻关注到时代的变化，时代在变化，人的听觉习惯也在改变，在保持优良传统的同时，要用新时代的语言和音符表达我们的情感。"

2023年6月28日，在国家大剧院上演的"追寻·不忘初心——新时代经典作品音乐会"，集中展现了我创作的新时代经典作品。作为一个艺术工作者，能够在国家大剧院听到自己这么多作品，是无比幸福的。这么多年我从来没有安稳的睡眠，总是不停地想如何能写出好作品。我从小生活在大山里面，跟我父母住在一个封闭的地方，没有电，没有公路，要跨几十条河才能到公路上去，从没有想过我会有这样的成绩。40多年来，我感受着祖国的变化，感恩着党和国家给了我这么好的生活，我不能白活，我只有用自己最好的音乐书写这样的一个时代，才能够表达我个人，也表达所有艺术家的心声。

▲歌曲《不忘初心》

▲ "追寻·不忘初心——新时代经典作品音乐会"现场

▲ "追寻·不忘初心——新时代经典作品音乐会"现场

关于文艺家的更多信息，请查阅：

《从〈生死不离〉到〈坚信爱会赢〉，行走在"爱"的路上——专访著名作曲家、"疫情防控最美志愿者"舒楠》

《让自己的心跟随时代脉搏一起跳动》

攀登之路

我以我心致英雄

—— 丁柳元 ——

"你热爱生活吗,那你一定热爱艺术。"这是她一直秉持的信念,也是她能够塑造不同角色的原因。她是电视剧《江姐》里坚贞不屈的江姐,电影《我的父亲焦裕禄》里焦裕禄的妻子徐俊雅,电视剧《初心》里的龚全珍,《敌后武工队》里的汪霞,《中流击水》里的高君曼,《海棠依旧》里的孙维世,《麓山之歌》里的宋春霞……她经常讲:"与其说是我塑造了英雄,不如说是英雄塑造了我。"她在用心用情的表演中,打通了自己与角色之间的心灵通道,她即是角色,角色即是她。她参演了百余部影视作品,参加了千余场舞台活动,两次获得中国电视金鹰奖,作品多次获得"五个一工程"奖、飞天奖、华表奖。她长期坚持参加文艺志愿服务,创办了"元元培根行动",祖国的东南西北中都留下了她的公益足迹。她就是中国文联全委会委员、中国电视艺术家协会演员工作委员会秘书长、一级演员、导演丁柳元。

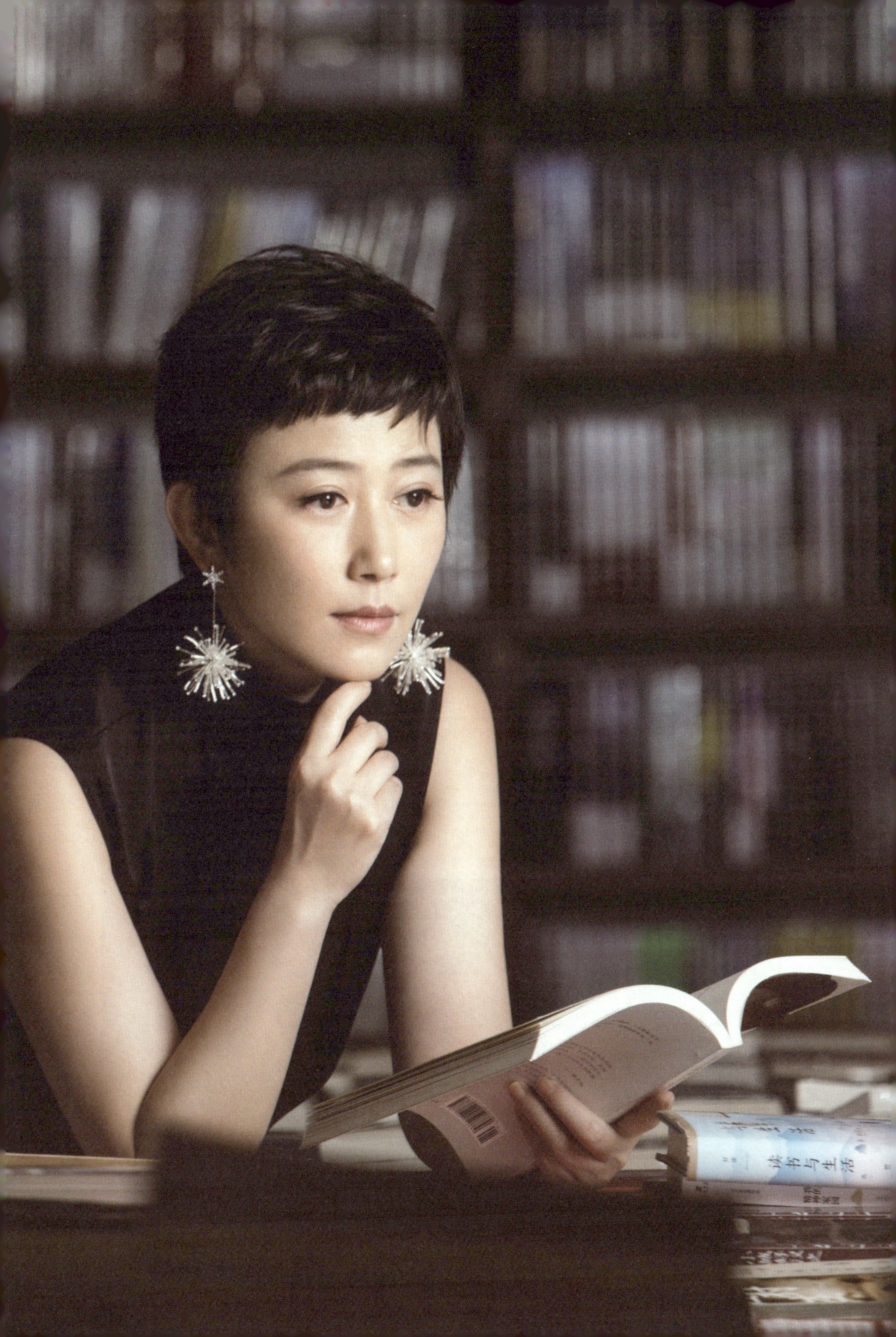
读书与生活

"不必拿别人的事丈量自己的路，当你尽情绽放，就会开出自己独一无二的花。"

我出生在北京一个军人和知识分子结合的家庭。我的祖父是在解放前投身革命的，很遗憾，离我最近的记忆就是他火化时烧不掉的七块弹片。我的外祖父是一个掌握了八门外语，非常有语言天赋的高级专家、翻译家。在这样的家庭，没有一个人是从事艺术的，而我是其中的另类。我曾经在航空公司获得了优渥的待遇和诱人的职业前景，但为了艺术，毅然放弃了编制和待遇，回到待业状态。

现在的我是一名有着近三十年军龄的退役军人，担任过演员剧团团长、导演队队长等职务。在我近三十年的表演、导演的创作过程中，国家给了我一些荣誉，但对我个人而言，我最珍视的，是与众多有温度的灵魂共舞的经历。

我有幸在二十九岁的时候遇到了《江姐》，从这里开始，我开启了近二十多年的红色创作，饰演了杨开慧、贺子珍、葛健豪、汪霞、孙维世、龚全珍、徐俊雅等角色。这些革命女性都有一个共同的理想坐标，就是党和人民的事业。

▲《江姐》剧照

▲《江姐》剧照

攀登之路——文艺名家宣讲文稿摘编

攀登之路——文艺名家宣讲文稿摘编

▲丁柳元饰演过的角色

"时代推动了我的创作和思考，我也在不断的创作中选择跟我内心契合度高的作品。人生是有限的，我要用自己的价值观去判断什么样的事情是值得去做的。这是一个用脑用心的过程，而不是一个简单被动的事情。"

我曾经在金鹰奖的舞台上说，与其说是我塑造了英雄，不如说是英雄塑造了我。这是我近二十年来真实的创作写照。为什么呢？因为英雄的人格风范和精神风骨会深刻影响着创作者的心灵状态和艺术品质。真诚的人生态度和职业操守，是我的初心所在。我从最初放弃一个职业、走上艺术创作的道路，从部队到脱下军装后的继续创作，每个时刻我都在提醒自己来时的路，只有这样才知道往哪儿走是正确的。而一旦打通了自我和角色之间的通道，这种创作意义上的升华就会作用于自我意义上人格的超越。一个创作者的职业态度和思想的深度，是对艺术作品把握的基本保证，而完成从"角色"到"本色"的重塑，是新时代每一位文艺工作者心灵成长的必由之路。

▲丁柳元荣获金鹰奖现场照

"创作没有捷径，要想塑造出动人的人物形象，就要把自己揉碎了变成她。每一次塑造，每一个剧本，除了要下苦功夫以外，最重要的是真诚。对于每个角色，我都豁出命去演。演员不能太爱自己，要爱自己心中的角色。"

我们塑造英雄，首先要相信他。我做了些什么呢？比如《江姐》的创作，我把自己关进宾馆里面，然后门上贴了八个字："请勿打扰，请勿打扫。"把所有跟现代有关系的元素，高级床垫、电话之类的物品，全部都清出去，让自己沉浸式地变回六十多年前的一个年轻人。我查阅了大量的资料，进行了大量的阅读，从躺着看、站着看，到后面走着看，我的感受就是四个字：振聋发聩。我走进她、感受她、相信她、变成她。她，就是江竹筠。

还有一个核心问题是，如何读懂江姐的内心世界，从表演的角度看，就是表演的心理依据和动机。首先我要知道，她为什么不怕死。不弄清楚这一点，所有的塑造，都将是空中楼阁。在那一年的时间里，我拒绝了一切外界接触，用江姐的方式呼吸，用江姐的脉搏脉动，让江姐的精神气质在我的身上生根，整个创作过程是一次真正的灵魂净化。她那句经典台词"竹签子是竹子做的，而共产党员的意志是钢铁"，在我看来不是豪言壮语，而是发自肺腑，是来自信仰的庄严誓词。从扮演角色到走进角色，江姐强大而纯洁的内心唤起我对信仰的无尽思考。

我主演的《江姐》拍摄距今快二十年了，至今仍深受重庆当地百姓的欢迎。我能感受到，我创作的角色是站在所有百姓的肩上，这种深深的荣耀感、使命感、敬畏感一直伴随着我，从创作初期走到今天。以至于在这部戏拍完的七八年后，我都听不得《红梅赞》的旋律，每次听到都会泪流满面，因为我已经分不清楚，是我经历了这些事情，还是我扮演的角色经历了这些事情。多年以后，我带着母亲到歌乐山，很自然地给妈妈介绍说，"我在这儿上过刑""我在这儿坐过老虎凳"……看到妈妈一脸凝重，我才反应过来，我一直是用第一人称在介绍。表演艺术创作首先要深入生活、贴近人物，再一个是个性化的独特表达。我的创作其实并不高产，但是每一个角色我都会竭尽全力。一个演员能够通过自己的职业和这些优秀的灵魂在一起交融、互相照映，真的是非常幸运。在角色塑造的过程中，他们身上闪光的品质会在你不自知的情况下，变成你自己的品质，像拼图一样，拼成你想要的自己。

"记得我们从哪儿来，才能知道我们到哪儿去。作为一个艺术工作者，在我们的创作中，应该自然地带有对时代、对艺术的关联和思考，去发现和挖掘我们这个时代与我们民族文化休戚相关的人性之美、人格之美。"

如何用文化来涵养自己，如何饱含激情的去塑造角色，如何摒弃"优孟衣冠"的"表演"习气，真正的与角色人物合二为一，真正抵达人物的心灵境界，是当代艺术工作者的使命，更是一种人生信念和基本的职业操守。

我们要爱惜自己的羽毛，加强个体道德的修养自律和心灵品质的提升，做时代深沉的思考者。要从"眼睛里"到"心怀中"，发现人们身上闪烁着的迷人光辉，眼睛里要看得到真、善、美三位一体的美好，去呼唤它，拥抱它，用我们的创作去展现它、歌颂它。我们信奉的艺术承担着引领当代文化风气的责任和使命，是时代与人心前行的号角和人们迷茫无助时的启明。

▲ "元元培根行动"现场照

攀登之路——文艺名家宣讲文稿摘编

"一个小小的'元元',点亮你我心地之光。这份温暖像星光一样,虽不足以普照大地,但一直闪烁着,流布美和善的力量。"

我从不避讳自己年龄的增长,也不会去修饰年龄,我秉承的信念是:只要心灵不长皱纹就好。艺术创作之外,我还想做点其他的事情。于是,我创立了"元元培根行动"文艺志愿服务项目。希望通过文艺志愿服务,将美育的种子播撒向中小学、研究生,乃至教师、文化从业者等社会各界。通过思政、美育讲座和艺术教学指导,"结对子、种文化",深度帮扶,将文化之根深深植入基层,滋养人心。截止目前,"元元培根行动"举办了40场,涵盖24个省、市、自治区(县)数万参与者,总行程20万公里。我们去过很多探险者都不会去的地方,见过藏族干部们、援藏干部们、军人军嫂们。我看到过十八岁的边防士兵在高原站岗,睫毛挂满了冰霜,因为小朋友给的一颗糖而感动落下的泪珠也冻在了眼睑……这些对我的触动都特别大。我很少讲自己职业生涯中遇到过什么困难,因为每个行业都会有自己的酸与苦。但是我们要知道自己人之所往,心之所向,我们的精神高度应该要像高原一样。所以"元元培根行动"不仅是一个公益项目,也见证了我内心的逐步成长。

"元元培根行动"现场组图

关于文艺家的更多信息，请查阅：

《丁柳元：每个角色，我都豁出命去演》

《丁柳元：二十年演绎红色经典初心不改》